湾区梧桐

WanquWutong

田粟 / 著

深圳出版社

图书在版编目（CIP）数据

湾区梧桐 / 田粟著. -- 深圳 : 深圳出版社，
2024.2
ISBN 978-7-5507-3916-1

Ⅰ.①湾… Ⅱ.①田… Ⅲ.①长篇小说－中国－当代
Ⅳ.①I247.5

中国国家版本馆CIP数据核字(2023)第218018号

湾区梧桐
WANQU WUTONG

出 品 人　聂雄前
策划编辑　黄明龙
责任编辑　王　民　胡小跃
责任校对　黄　腾
责任技编　梁立新
书名题写　安想珍
装帧设计　龙瀚文化

出版发行　深圳出版社
地　　址　深圳市彩田南路海天综合大厦（518033）
网　　址　www.htph.com.cn
订购电话　0755-83460239（邮购、团购）
设计制作　深圳市龙瀚文化传播有限公司　0755-33133493
印　　刷　深圳市新联美术印刷有限公司
开　　本　889mm×1194mm　1/32
印　　张　9.25
字　　数　232千
版　　次　2024年2月第1版
印　　次　2024年2月第1次
定　　价　48.00元

版权所有，侵权必究。凡有印装质量问题，我社负责调换。
法律顾问：苑景会律师 502039234@qq.com

一

清晨，才刚迷糊了一会儿的陈熙怀被一阵刺耳的电话铃声吵醒。他揉了揉干涩的眼睛，摸索着戴上眼镜。虽然电话就在枕边的床头柜，随手可取，但他似乎并不急于接听。正所谓"哀莫大于心死"，近期坏消息实在是太多了，多得他都麻木了，他已经不指望电话里能传来什么好消息！果然，正如他所料，当他有气无力地拿起话筒时，电话那头传来的是一个男子山穷水尽的低落声音："陈总，我们已经尽力了，实在抱歉。"

好在陈熙怀事先早有心理准备，并没把希望寄托在这个来电上——他的救命稻草另有其人。他默默地把话筒搁了回去，身心疲惫地叹了一口气。

醒来后就无法再睡着了。陈熙怀艰难地从床上坐了起来，拖沓着走出卧室，来到客厅，冲了一杯热咖啡，将鼻孔靠近杯口深深地吸了一口气，试图让咖啡的香气戳通脑门儿。他拉开窗帘，落地窗外的维多利亚港灰蒙蒙、静悄悄的，几只船悠哉游哉地移动着，与他此刻如同油煎的心情形成了强烈的反差。

谁也没有料到，在欧美资本大鳄的追击下，这场由于泰国自身汇率的转制而引发的该国金融动荡，最终竟然会演变成一场波及整个亚洲的金融风暴，也波及了他陈熙怀——一个在东南亚服装贸易市场上打拼多年的业界精英。他在新加坡、马来西亚、菲律宾、印度尼西亚的贸易伙伴全线崩溃，订单取消、公司倒闭、期票无法兑付，货款无从追讨，刚才的电话正是新加坡的客户打来的。这家公司拖欠了他大笔货款，早前还信誓旦旦地说他们公司资金链畅顺，运作正常，向陈熙怀一再保证，叫他尽管把心放回肚子里。然而，形势出乎意料地急转直下。昨天，这家公司的电话突然无法接通，陈熙怀意识到问题的严重性，几番周折之后，终于联系上了公司的负责人。该负责人承认他们公司确实出了些状况，但仍然保证会想办法偿还拖欠他的货款，并答应第二天，也就是今天一早给他答复。当时直觉就告诉陈熙怀，事情并不会那么顺利。果然，今早那个电话证实了他的担忧。

客户的货款收不回来，资金链断裂，银行贷款就无法如期偿还，后果将是灾难性的。不过，陈熙怀还没有完全绝望，他手上还有一张大牌，那就是被他视为最牢靠的伙伴和后盾的一位韩国大客户，只要这个客户不倒，就足以支撑他渡过这个难关。而且，从经济实力及目前的整体状况看，陈熙怀对韩国可以抵御住这次金融风暴的冲击充满了信心。韩国稳了，他的贸易伙伴就不会有问题，他的钓鱼台也就稳了。

今天是礼拜天，菲佣如常休息，一早就出去找同乡姐妹聚会去了。陈熙怀自己动手热了一杯牛奶，做了一份鸡蛋三明治，草草吃过早餐，就急急忙忙出门赶往公司。此时，他的太太和儿子仍未起床。由于生活习惯不同，陈熙怀与太太长期分房而睡。

将近两个小时后，陈熙怀又神色慌张地从公司赶回家，把正在吃早餐的太太和儿子吓了一跳。

陈太太放下手中的杯子，迎了上来，惶恐地看着丈夫，问："怎么啦？"其实，陈熙怀公司近期遇到了困难，作为妻子的她是知道的，所以，她与其说是询问，莫如说是想通过丈夫的口来证实她的担忧。

"韩国那边也出问题了，我必须同林助理马上去一趟韩国。"陈熙怀边说边快步朝楼上卧室走去。他今早前脚刚踏入公司大门，来自韩国的坏消息就随脚后跟来了，原本以为韩国的金融体系固若金汤，但在以索罗斯为首的西方资本大鳄的夹击下，也开始显露出溃堤的征兆。韩国那边可是陈熙怀的最后一根救命稻草，如果那边的伙伴也倒下了，那么这根救命稻草就成了压垮他的最后一根稻草了。所以，他决定火速赶往韩国，无论如何也得让对方优先把他这边的款项给兑付了。

"我帮你收拾行李。"陈太太用餐巾轻轻揩了揩嘴角，跟着上了二楼。被独自留在餐厅的儿子茫然地看着父母的背影，手上的勺子机械地搅和着面前餐盘里几乎原封未动的茄酱意面。他感觉到父母遇上困难了，默默地分担着焦虑。

十分钟后，陈熙怀拎着一只黑色小旅行箱，匆匆吻了吻在门口送别的妻儿，钻进了一辆等在路边的黑色丰田商务车。

"机场，快！"不待陈熙怀扣好安全带，副驾位置的助理林亨里就对司机挥手说，然后探出头来深情地望了陈太太一眼。

陈太太牵着儿子的手，站在门前的台阶上，一直目送着商务车消失在T字路口。

"妈咪，爹地要去哪里呀？"儿子轻轻晃着妈妈的手，仰起苍白的脸问。

"爹地和林叔叔去韩国处理公事。"陈太太蹲下身子，抚摸着儿子瘦削的脸说。儿子穿一条浅色格子吊带短裤，里面着一件打底的白色长袖衫，一头干枯的黄发，看上去并不像是一个健康的孩子。他名叫陈刘晋豪，今年六岁。"陈刘"是丈夫和她的姓，她叫刘琳。

丈夫走后，刘琳心里一直忐忑不安，她非常清楚丈夫目前所面临的困境，也非常清楚丈夫此行成败的意义。如果丈夫此行能顺利让韩国公司支付所欠货款，那么丈夫公司就能挺过这一关，万一对方出了状况，无法支付货款，丈夫的公司将难逃火顶之灾，而这个家也必将成为覆巢之卵！她环视了一圈自己的家，一想到这座陪伴他们多年的山顶豪宅有可能会因为丈夫生意失败而易主时，刘琳心头不禁感到一阵凄凉。

以往，礼拜天是一家人最快乐的时光。这一天，如果天气好的话，他们夫妇会带儿子去海洋公园游玩，或一家人开车到郊野公园徒步、野炊，又或是去西贡吃海鲜，甚至去新加坡、韩国、日本等进行短途旅行。但自从金融风暴爆发以后,陈熙怀没日没夜地为公司的事奔波忙碌,不要说带家人出去游玩,就是在家陪他们母子的时间都没有了。

心烦意乱的刘琳带晋豪在楼下街道转了一圈。

"妈咪,今天我们去哪里玩呀?"走在回家的路上,晋豪问道。

"今天我们不出去玩了,回家等爸爸的好消息,好不好?"刘琳用商量的语气说。

晋豪点了点头,下意识地拽紧刘琳的手。母子俩默默地往回走。

一辆双层巴士从这对母子身边呼啸而过,卷起一阵沙尘,也卷起了年轻母亲的裙子与秀发,更卷起了她内心的焦躁与苍凉。

中午,刘琳给儿子煎了两个荷包蛋,煮了一碗快食面做午餐,自己则只喝了一杯奶茶,吃了半块曲奇饼干。她实在是没胃口。

儿子吃完面条就独自回房间去了,刘琳则斜靠在客厅沙发上,心不在焉地翻阅着刚才在回家的路上购买的最新一期时尚八卦杂志。然而,杂志的绚丽色彩和里面俊男靓女的图片并未能使她紧绷的神经有丝毫的缓解。跟往期杂志内容不同,这期杂志最引人注目的不是明星的八卦,而是他们的破产或资产缩水的新闻,当中不乏一线当红巨星。看来,在这场金融风暴的肆虐下,娱乐业的大腕们也没能幸免。这些新闻使她对自己家庭的前景陡增了许多忧虑。

近来家里发生的事,使刘琳心烦意乱、寝食不安,她已好多天没睡个好觉了,身心都已疲惫到了极限。她靠在沙发上不知不觉地竟睡着了。随着时间一分一秒地过去,阳光渐渐地从东面的窗台移到西面的窗子,照进屋里,落在刘琳躺着的沙发上,照在她脸上。刘琳猛地被刺目的太阳光线惊醒,惊讶地发现晋豪正蜷缩在她怀里,沉沉昏睡。晋豪是在她睡着的时候,静静地爬到了沙发上,钻进了她怀里的。

看着如小猫似的蜷缩成一团的儿子,一股难言的辛酸再又袭上了刘琳的心头。她揉了揉鼻子,到儿子房间拿了一条小毛毯给他盖上。此时，客厅的电话突然响起，刘琳冷不防被吓了一跳，随后兴奋地朝电话扑了过去。"肯定是你爹地打电话回来了！"刘琳心想。但当她拿起话筒时，传来的是银行提醒还贷的语音信息。

放下电话后，刘琳越发心烦意乱了。

"你爹地也真是的！事情进展如何，好歹也打个电话回来说一声呀！"刘琳忍不住在心里埋怨道，但埋怨过后紧跟而来的是更多的担心和焦虑。

傍晚时分，菲佣雅玛回来了。她今天回来得比平时早许多，大概也是顾及东家近期的遭遇吧。雅玛进厨房看了看，感觉到主人今天并没有做饭，便给刘琳茶几上的玻璃杯续了些温水，问道："太太，你们吃过晚饭了吗？"

刘琳有气无力地答道："吃过了，吃了快食面。"

"要不要我再煮些东西给你们吃？"

"我不吃。你去问问少爷吧。"刘琳对着儿子的房间示意了一下。

雅玛轻轻推开晋豪的房门，发现晋豪正趴在床上看漫画书，一边看，一边自言自语地给漫画中的人物配音。

"少爷，你饿不饿？要不要我煮东西给你吃？"雅玛问。

晋豪头也不抬地甩了甩脑袋。

已是晚上将近九点钟，正是港台的黄金节目档时段，以往，这个时候刘琳应该已是沐浴更衣、身穿松软的睡袍、抱着公仔熊、盘腿坐在软绵绵的沙发上追热剧了。但此时的她头发凌乱，衣冠不整，慵懒地躺在沙发上，眼睛失神地望着落地窗外维多利亚港上如繁星般的点点灯光。她知道，如果陈熙怀事情办得顺利，他肯定会第一时间打电话回来报喜报平安的，但他已经去了整整一天，却音信全无，说明他的事情办得并不顺利。这么一想，无疑又增添了刘琳的忧虑。

晋豪在雅玛的照料下洗了澡，穿着睡袍走到刘琳身旁，在她脸颊上吻了一下,小心翼翼地轻声道:"晚安,妈咪。"

刘琳伸手搂住晋豪,把嘴唇紧紧贴在他瘦削的脸上,持续了十几秒钟,才松开了嘴,抓着他的小臂膀,把他向后挪了挪,看着他因贫血而苍白的脸,挤着生硬的笑容道:"晚安,宝贝。"

晋豪点了点头,机械地朝自己的房间走去,到了门口,突然转过身来问:"妈咪,爹地什么时候回来?"

"我们的宝贝睡醒了,爹地就回来了。"刘琳使劲咧着嘴角,露出笑的样子说。

晋豪木讷地哦了一声,默默地进了房。

雅玛收拾好晋豪用过的浴室和换下的衣物,然后到刘琳房间调好浴室温度,把浴缸的水放满,摆好浴巾、浴帽等沐浴用品,回到客厅小心翼翼地说:"太太,水放好了,可以泡澡了。"

刘琳伸了个懒腰,拖着沉重的身子进了浴室,放任地在浴缸泡了将近两个小时,直到手指、脚趾皮肤都蔫了、白了。在平日,泡完澡后,敷面膜、搽精华素等一全套保养,刘琳最起码还得忙上半天,但今晚,泡完澡后刘琳就直接躺到了床上——虽然毫无睡意。

第二天下午四点钟左右,门铃响起,没等雅玛反应过来,刘琳就从沙发上一蹦而起,率先冲去开门。按门铃的果然是丈夫陈熙怀。大门打开,夫妻四眼相对,彼此均露出了惊讶的神色——他们都被对方的憔悴吓着了。从丈夫呆滞的表情中,刘琳已猜到他此行的结果,眼泪忍不住如泉水般涌了出来。晋豪听见声音,张开手臂从屋里冲了出来,一把抱住陈熙怀的大腿,如猫咪见到了久别的主人,使劲地在陈熙怀腿间蹭着。陈熙怀抱起儿子,一手搂着刘琳,全无回归的喜悦,只有满脸的茫然与彷徨。

去到韩国后,陈熙怀才发现韩国伙伴的公司其实早在两天前就已经破产关闭了,正在等待清盘。最后一根救命稻草也没有了,陈熙怀心如死灰,如果不是香港还有他的挚爱,他真可能直接就从盘浦大桥跳下去了。

作为国际贸易链条中的一环,在上下游贸易伙伴纷纷倒闭的情况下,陈熙怀的公司最终也未能幸免。因资金无法回笼,订单取消,银行融资到期,陈熙怀的公司被迫破产清算,银行私人账户也被冻结,汽车、山顶豪宅等一应资产统统被收缴拍卖。陈熙怀多年的打拼,一夜之间成了镜中月。

半个月后,陈熙怀一家黯然搬离了山顶豪宅,搬进了新界一套一室一厅的出租屋。与原来的三层别墅洋房相比,陈熙怀一家现如今租住的这个居室就好比一个豆腐格,虽说是一室一厅,但房间除了摆一张下层120厘米宽、上层90厘米宽的双层床,一个四门衣柜,一张60厘米×40厘米的梳妆台外,就再也搁不下其他家什了;至于客厅,就只能摆一张吃饭的小圆桌、几把木椅和一个小到不能再小的壁橱;厨房也袖珍得只能容下一个人操作,卫生间简陋到只有一个马桶和一个淋浴花洒了。刘琳原来是阔太太,光衣物就不少,虽然搬家时已经能处理就处理了,但还是剩下一大堆必需品,把新居堆得满满当当的。

收拾完毕,夫妻俩站在屋中间,看着眼前杂物房一样的居室,再回想起以前的豪宅,陈熙怀感觉恍如隔世,悲从中来,不禁潸然泪下。"让你们娘俩住这样的地方,我真是太没用了!"陈熙怀用额头轻轻磕着门框说。

刘琳哀伤地叹了一口气,轻轻擦拭了一下眼角的泪。她还没来得及调整心态。生活发生这样的变故,她还真不知道该如何面对。

二

为了生计,陈熙怀在香港机管局应聘了一份工作。新工作主要是负责机场候机楼内的日常杂务管理。从一个公司老板到一个公司的小职员,从管别人到被别人管,从别人看他的脸色到他看别人的脸色,这种角色转换,让陈熙怀充分体会到了什么叫世态炎凉。

家里现在已经没有佣人了,刘琳当起了全职太太,负责一家三口的饮食起居,以及晋豪上学的接送。对一个被人伺候惯了的富太太来说,买菜做饭洗衣这些日常家务简直比画画还要难。刘琳的这双手,以前只会做些涂脂抹粉、敷面膜的事,现在让她做饭炒菜,她甚至不知道炒菜时究竟是先放油还是先放盐,煲饭时忘了放水的事也是时有发生,做出来的菜不是盐多放了就是水少放了,要么咸得发苦,要么焦得无法下咽。陈熙怀下班回家后亲自下厨重新烹饪是常有之事。

对于刘琳而言,居住空间变狭小了,除了人变得烦躁、容易发脾气之外,夫妻生活也是一个不好处理的问题。新居只有一间卧室,而且只有一张上下层的床,儿子睡上层,刘琳和陈熙怀睡下层,为免影响晋豪,晚上他们来"性趣"的时候,无论多么猴急,都忍住等晋豪睡了才行动,即便是这样也还是爆雷了。一天夜里,夫妻俩的狗爬式正整得欢,趴在丈夫身体下的刘琳扭头一看,借着窗外的微光,发现睡在上层的儿子正探出头来,默默地看着他们。赤身裸体的刘琳羞得尖叫一声,一把推开陈熙怀,狼狈地钻进了被窝里。陈熙怀反倒豁达,毕竟都是有把的嘛。他保持跪势,与儿子对望了数秒,才抓起做爱时刘琳垫下体的浴巾遮住私处,挪到床沿,伸手想去摸晋豪的小脑门儿,谁知晋豪却像是害怕,又像是生气了似的,缩了回去,一股脑儿钻进了自己的被窝里。

令陈熙怀夫妻没想到的是,经历了这件事以后,晋豪见了陈熙怀就像见了陌生人似的,远远避开,对刘琳也不再亲近了。以往刘琳送他上下学,他总是紧紧拽住刘琳的手,兴奋地甩着、蹦着。现在,他要么远远地走在前头,要么没精打采地落在后头。另外,据老师反映,晋豪近期在班上无论是纪律还是功课,表现得都不尽如人意,而且还莫名其妙地对女同学接近自己有强烈的抗拒行为。刘琳对此非常自责,对夫妻生活从此变得讳莫如深。陈熙怀每次想和她亲热，都被她以各种理由拒绝了。久而久之，陈熙怀心里渐渐地有了想法，认为刘琳是因为他生意失败了，嫌弃他，借题发挥，刻意与他疏远。陈熙怀因此性情大变，终日长吁短叹，要么悲恸落泪，要么大发脾气。刘琳对此非常反感，以至于夫妻关系渐行渐远，这让陈熙怀更加苦恼和焦虑。

这天周末，陈熙怀提议一家人到郊野公园去徒步，刘琳愉快地答应了。现在住的房子小，刘琳也不愿意老待在家里，想到外面去透透气，过个家庭日，趁机修复一下夫妻关系。

吃过早餐，一家人就出门了。陈熙怀背着一个大号背包，里面装着刘琳为徒步准备的食品、水和水果。刘琳一手撑着花伞，一手拎着晋豪的小水壶。晋豪还是不肯牵妈咪的手，默默地走在陈熙怀与刘琳之间。

他们乘坐公共交通工具来到了位于天水围北的一块湿地，这是新界就近的一个热门露营地，每逢周末，这里都会迎来众多徒步或露营的市民。

今天天气不错，阳光明媚，气温宜人。市民或三三两两在横穿湿地的小道上自由散步，或在山坡下的草坪铺一块油毡布，围坐在一起野餐。

在湿地小径上只走了一圈，刘琳就感觉腿脚酸软，走不动了。

"找个地方坐下来喝口水、吃些水果吧。"刘琳手撑着腰，喘着气说。

陈熙怀环顾了一下四周，指着不远处位于湿地边上的草坪说："我们到那边歇息吧。"

来到草坪上，陈熙怀从背包抽出一块床单般大小的油布，刚在草地上铺开，刘琳就迫不及待地一屁股坐了下来，一边喘着粗气，一边拧开晋豪的水壶，呼唤晋豪过来喝水。

晋豪自顾在湿地边上拨弄着水草，全然没有理会刘琳的呼唤。陈熙怀只好上前将他抱了过来。晋豪应付地喝了一小口水，就挣脱了陈熙怀，独自回到刚才玩的地方去了。

陈熙怀和刘琳曲肘支撑着头部，相对侧卧着，远远地看着晋豪玩耍。陈熙怀看看远处的晋豪，再又看看眼前的刘琳，这对母子曾经给了他许多欢乐，他们一直是他奋斗的动力！刘琳长得非常美！陈熙怀记得初遇她时，她是那样清纯：身穿素色连衣长裙，苗条适中的身材，轮廓清晰的脸，及肩的长发，一口整齐洁白的牙齿，笑起来比阳光还灿烂。陈熙怀对她是一见钟情，为了追求她，花了不少心思，失眠了不知多少个夜晚！在众多追求者当中，陈熙怀除了初生牛犊不怕虎以及有几分帅气之外，并没有什么优势。他们当时在同一家服装公司工作，陈熙怀在经营部当销售助理，刘琳是行政秘书，由于业务的原因，两人时有接触。不过，当时刘琳心里已另有其人，是她的大学同学，男方各方面的条件都很优越，两人已到了谈婚论嫁的地步，所以陈熙怀那时充其量只是一厢情愿而已。后来，刘琳的男友举家移居国外，男方绝情地结束了与她的恋情，给她的精神带来了巨大的打击。陈熙怀这才得以乘虚而入，并最终抱得美人归。陈熙怀并没有让刘琳失望，婚后不久，他就从原来的公司辞职，单飞创业，成立了自己的服装贸易公司，凭借着自己的勤奋与能干以及服装贸易上下游的人脉关系，很快就在与同行的竞争中脱颖而出，生意一帆风顺，越做越大。恰逢此时，他们的儿子晋豪出生。为了表示对太太的感谢和对儿子降生的庆贺，陈熙怀花巨资在山顶购置了一栋别墅。生意兴隆、儿子降生、新居入伙，这一年陈熙怀感觉仿佛到了人生的高潮！而刘琳也从此在家里当起了富太太。几年来，陈熙怀的生意一直顺风顺水，然而，一场突如其来的金融风暴，却将陈熙怀多年的打拼所获化作了泡影，他被命运打回了原形，最后，除了妻子和儿子之外，他几乎一无所有！

虽然经历了命运变故和岁月的磨砺，但刘琳看起来依然美得超凡脱俗：一张轮廓鲜明、线条流畅的脸，晶莹的双眸，剑一样的眉，隽秀的鼻子，热情诱人的双唇，如今看起来，魅力依然丝毫不减当年!陈熙怀情不自禁地凑上前去想要吻一下刘琳,但刘琳却条件反射般举手将他隔开了。刘琳这个下意识的举动把陈熙怀给激怒了,他猛地蹦了起来,指着刘琳吼道:"你既然这么讨厌我,走呀,赶紧走呀!"声音之大,把旁人的目光都吸引了过来。

刘琳窘得满脸通红,压着嗓子连声道:"你干什么?你不要脸,我和晋豪可要脸。赶紧坐下来!"

"心都没有了,还要脸做什么!"陈熙怀不依不饶地大声道。

刘琳刚要央求陈熙怀住嘴,却突然听见有人大声喊道:"谁家的孩子落水了!"

听见喊声,夫妻俩不约而同地朝晋豪所在的方向望去,惊恐地发现晋豪已落入水中,如落汤鸡般拍打挣扎。

"晋豪!"陈熙怀大喊一声,一个箭步冲了过去,刘琳也声嘶力竭地喊着晋豪的名字,跌跌撞撞地追了过来。

陈熙怀跳进湿地,将晋豪抱起,晋豪在他怀里不停地哭喊挣扎:"放开我!放开我!我不要!我不要!"真不知道他是失足掉下去的,还是因为见父母吵架,赌气故意跳下去的。但,没想到的是,这次落水事件居然给他留下了严重的心理障碍,从此,他对河海湖泊均望而却步。

随后赶到的刘琳一把从陈熙怀手中抢过浑身湿透的晋豪,泪涟涟地对着陈熙怀吼道:"你差点儿害死我们的儿子,你知道吗?"说完,抱着儿子拔腿就跑。陈熙怀匆忙收拾好东西,快步跟了上去,但当他追到马路边时,刘琳已带着晋豪坐的士不顾他而去了。

刘琳没有回家,而是带着晋豪直接去了母亲家。刘琳的母亲已经六十多岁了,体形微胖,满头白发,丈夫早年去世,刘琳结婚后,她就一直独居。母亲居住的是公屋,空间也并不宽敞。陈熙怀生意失败前,刘琳多次劝母亲搬过去同他们一起住,但母亲不愿意搬离与丈夫居住多年的房子,所以一直没有应允。

看见女儿带着浑身湿透的儿子突然到来,母亲先是愣了愣,随后赶紧把他们让进屋里,收拾卫生间给晋豪清洗。刘琳平日时常带晋豪过来看望他外婆,因而在这里备有她和晋豪换洗的衣物。

母亲从刘琳的表情看出,女儿肯定又是和陈熙怀吵架了,也就没多问,反正以前也有过此类情况。按照以往的经验,最多不过两天,要么陈熙怀过来将他们接回去,要么他们灰溜溜地回去。然而,这次她估计错了。

晋豪刚清洗干净,陈熙怀就打来了电话,但刘琳不肯接,母亲接的电话。陈熙怀在确认了刘琳母子在岳母家之后,当即松了一口气,然后问他们打算什么时候回家。听得出,陈熙怀非常懊恼。母亲把话筒伸向女儿,说:"熙怀问你什么时候回家。"刘琳隔空大声应道:"我们不回去了!"

"傻孩子。"母亲轻责了一句,转而对着话筒说:"熙怀,别理她,要不晚上你过来一起吃饭?"

"我不想见到他!别让他过来!"刘琳继续隔空喊道。

刘琳在母亲家过夜也是常有的事,陈熙怀并没在意,对岳母说:"既然她不想见我,那么我就不过去了,让她冷静一下吧。"

回家后,陈熙怀非常懊恼,觉得自己当时确实没有必要反应那么激烈,以至于当众同刘琳吵架。不过,他相信,最迟第二天晚上刘琳肯定会带着儿子回来,因为后天就是周一了,晋豪要上学,他的文具书包都在家里呢。

不过,陈熙怀这一次也猜错了。到了周日晚上,已将近九点钟了,刘琳和儿子仍然没有回来。正当陈熙怀既纳闷儿又着急之际,电话响了,陈熙怀赶紧拿起话筒。是儿子晋豪打来的。

"儿子,你和妈咪几点回家?"陈熙怀迫不及待地问。

"妈咪说我们今天不回家了。"晋豪吞吞吐吐地说。

陈熙怀怔了怔,说:"可是,你明早要上学呀,你的书包和校服都在家里呢,你们今晚不来,明天怎么上学呢?"

"妈咪叫你现在把我的书包和校服送到外婆这边来。"从语气可以听出,晋豪也很不情愿。

"这样子呀?"陈熙怀失落地应了一句,"好吧。"

陈熙怀把晋豪的校服、书包送到岳母家楼下,没等他上去,刘琳就噔噔噔地独自跑下来取了。见到刘琳,陈熙怀上前正想说几句道歉的话,但刘琳侧着脸避开他的目光,一把夺过包裹,头也不回就上楼去了。

见女儿独自一人回来,母亲很是过意不去,说:"也不叫熙怀上家里来坐坐?"

刘琳哼道:"要不是为了拿晋豪的书包和校服,我都懒得见他了,还让他上来坐?"

陈熙怀在楼下徘徊了一阵子,最后悻悻地独自回家了。他不知道,就在他在楼下徘徊的时候,晋豪一直在楼上隔着窗户默默地注视着他。

刘琳带着晋豪在母亲家一住就是半个多月。其间,陈熙怀无论是打电话还是上门,刘琳都一概不予理会,把陈熙怀折腾得心烦意乱。

对于刘琳的事,母亲是看在眼里,急在心里,她不知道女儿究竟想要干什么!母亲很了解刘琳的性格,刘琳外表文弱,但骨子里倔得很,只要她认定的事情,没有人可以改变她,这就是当初她为什么会抛开众多条件更为优越的追求者,不顾她的善意提醒,执意要嫁给陈熙怀的原因。当然,婚后几年,事实证明刘琳并没有看错人,至于后来陈熙怀生意失败,这并不是陈熙怀个人的原因。婚前她一再要女儿慎重,那是她作为母亲应尽的职责,但既然已结了婚、生了儿子,她就不仅仅是希望女儿幸福了,还希望她能秉守为人妻、为人母的职责和妇道。

算下来,不知不觉今天已是第二十一天了,晚饭过后,刘琳洗了碗筷,刚收拾好厨房,电话就响了。大家都猜到,这肯定又是陈熙怀打来的电话。母亲拿起话筒喂了一声,电话那头果然是女婿的声音。

母亲把话筒伸向从厨房出来的刘琳:"熙怀的电话。"

刘琳嫌弃而干脆地应道:"不听。"

母亲摇摇头,转而对着话筒说:"熙怀,别急,让她再冷静一阵子吧。"然后把话筒递给电视机前的晋豪,"来,跟爹地说说话。"

晋豪刚要伸手接电话,刘琳快步上前,一把将电话盖上,不让晋豪接听。母亲无奈地摇了摇头,一副心力交瘁的样子说:"你究竟想做什么嘛!都这么长时间了,你还要折磨他到什么时候?一家人,干吗要这样相互煎熬?"

刘琳没有回答母亲的话。其实,她心里也没有什么方向和打算,既没有想过要与陈熙怀离婚,也没有与他和好的念头,只是一见到陈熙怀,甚至是一听到陈熙怀这个名字,她立马就不由自主地烦躁起来。

生意的失败对陈熙怀的打击非比寻常,那种感觉就好比一个人在一座桥上走着走着,桥突然断了,前行的路没有了,心窗瞬间被乌黑的浪涛完全淹没而绝望。他之所以能挺过来,全因心里还有刘琳和晋豪。他们就好像黑暗中的一盏明灯,照亮了他的心窗,使他在绝望中找到了一丝眷恋与不舍。尤其是刘琳,她就是他人生奋斗的动力。只要有刘琳,他就觉得人生尚有奔头,如果没有了刘琳,或者说刘琳不爱他了,那么,他的精神世界马上就会坍塌。这就是为什么当他觉得刘琳嫌弃他时,立马就性情大变的原因。刘琳这次闹别扭,起初,陈熙怀并无多想,因为是他自己的过错造成的,同时,他以为只要自己主动认错,过几天,等刘琳气消了,也就没事了。但没想到过了这么长时间,刘琳不仅没有半点言归于好的迹象,反而给他的感觉是渐行渐远,如此一来,陈熙怀就不再淡定了,内心愈发胡思乱想。都说人在遭逢挫折时特别容易产生负面情绪,特别容易自卑,也特别容易想歪。刘琳与他分居的时间已经超过了他心理上所能承受的上限。他断定刘琳确实是要离开自己了。有了这个念头之后，他脑海里就开始从以往的细节中寻找支持他这一想法的证据，结果越找越多，最后得出的结论是，刘琳要走之心早已有之。这个想法对陈熙怀而言是致命的！生意失败导致妻儿受苦的歉疚，加上确定刘琳要离去所感到的绝望，在这双重重压之下，陈熙怀的精神大厦终于坍塌了。他的内心跌宕起伏，在短时间内经历了愤怒、悲戚、自怜和平静，因刘琳的背弃而感到愤怒，因时运不济、生意失败而感到悲戚、自怜，最后又因为爱而恢复了平和。"如果这是她的选择，如果她离开我能过得更好，那就让她去吧。我这辈子大概也就这样子了。"陈熙怀叹了一口气，心灰意冷地叨念道。

陈熙怀干干净净地洗了个澡，换上新衣服，把门窗关好，打开煤气阀门，拿出家里仅剩的一瓶两斤装白兰地，靠在床上，对着瓶嘴，麻木地一口接一口地喝了起来……

老人家睡眠浅，刘琳的母亲首先听见电话铃声。她艰难地从床上支撑起来，看了一眼挂钟，自言自语道："这么夜深还打电话来，有什么急事吗？"她猜想这应该是女婿陈熙怀打来的。

刘琳也被电话吵醒了，气鼓鼓地对母亲说："我来接，看他究竟想干什么？这么晚了，还让不让人睡觉！"边说边从床上翻身而起，冲向电话机。她也认为这是陈熙怀的电话无疑。

刘琳操起话筒，劈头就一句："你想干什么？"

对方沉默了一两秒，然后礼貌地问道："请问是刘琳女士吗？"出乎刘琳的意料，对方居然是个女的。

刘琳怔了怔，随即反问道："请问你是？"

"你好，我这里是屯门医院急诊科。"对方说。

一听见"医院"二字，刘琳当即头皮发麻，一种不祥的预感从脑海一闪而过。她忙不迭问道："我是刘琳，请问有什么事吗？"

"陈太太你好，你先生煤气中毒，正在我们医院抢救，请家属尽快过来一下。"对方说。

刘琳一听，当即惊叫一声，近乎语无伦次地连声追问道："怎么会这样子的？现在情况怎么样了？严重不严重？"

"目前病人仍处于昏迷，医生正在全力抢救。"说完，对方就挂了。

"怎么会这样子？"刘琳拿着嘟嘟响的话筒，脑袋一片空白，不知如何是好。

母亲已从刘琳适才的通话中得知陈熙怀出事了，手忙脚乱地说："还愣着干吗？赶紧去看看呀！"

刘琳用手按住胸口，使劲地呼吸了几口气，喘着气说："妈咪，你在家看着豪仔，我立马去屯门医院，明天可能要麻烦你送豪仔去上学了。"

"豪仔你就不用担心啦，去吧。"母亲对着门口甩甩手催促道。

刘琳披上外套，拎着手袋，跌跌撞撞冲了出去。

晋豪也被吵醒了，用手支起半截身子，一脸惶恐地目送着刘琳离去。

刘琳来到医院时，陈熙怀还未脱离危险，仍在ICU（重症监护室）抢救。据医生介绍，初步可以断定是一起煤气自杀事件。刘琳在护士的指引下，补办了陈熙怀的医疗手续，然后木讷地坐在ICU门外的长椅上，等候抢救结果。此刻的她心情异常复杂，说不出究竟是一种什么样的滋味。她没想到陈熙怀居然懦弱到这种地步，居然做出这等不负责任的事！理智上，她希望陈熙怀能跨过这道鬼门关，但心里却隐隐约约对他有一种鄙视和厌恶，还真巴不得他就这样死去了算了。

不知过了多久，主治医生一边摘着口罩，一边从ICU走了出来。一见到医生，刘琳连忙起身，迎了上去，焦急地问道："医生，我先生的情况怎么样？"

医生松了一口气，既像是如释重负，又像是安慰，道："总算抢救过来了。"

刘琳一听，捂着胸口，对着医生深深地鞠了个躬："感谢医生。"

隔着玻璃，她看见陈熙怀躺在病床上，鼻子插着氧气管，手指、胸口都连接着仪器，样子非常虚弱。这副模样，让刘琳既生气又怜悯，她连连摇头道："真是自讨苦吃。"

陈熙怀迷糊着眼睛，他应该也看见刘琳了，手指轻微动了动，不知道是因为激动还是懊悔，泪水顺着眼角直流。

昨夜，那瓶白兰地还没喝完，他就已昏迷过去了。也许是他命不该绝，他家对门住的是一位消防员，当时正好扛着一把大的老虎钳下班回来，就在他站在家门口准备掏钥匙开门时，隐约闻到陈熙怀家里散发出一阵浓烈的煤气味。职业的本能告诉他，这种煤气气味的浓度很不正常。消防员把鼻子贴近门缝嗅了嗅，当即断定，屋内正发生严重的煤气泄漏，便对着楼宇内大喊数声："漏煤气了，赶紧撤离！"随即，用手中老虎钳迅速砸烂陈熙怀家的门玻璃，冲进厨房，关上煤气阀，打开所有窗户，一转身，发现了昏迷在床边的陈熙怀，于是二话不说，一把将他抱到楼下。闻声赶来的邻居已协助拨打了"999"。不一会儿，救护车、消防车长鸣着警笛接连赶到。陈熙怀被送到了离家最近的屯门公立医院抢救。警察根据住户及相关联系人信息找到了刘琳。

陈熙怀在医院住了一个多星期。其间，以前的助理林亨里陪同刘琳来医院探望了他好几次；也有几个新朋旧友相继来看望过他，当中有一个叫卢桥的，是陈熙怀以前公司的跨境货柜车司机。卢桥从事深港跨境运输已有十多年的时间，曾经替陈熙怀的公司在深港之间拉过货。在卢桥处于人生低谷时，陈熙怀曾经帮助过他，助他渡过了难关。卢桥对陈熙怀一直心存感激，两人私交甚好。卢桥娶了一个内地女子做老婆，在深圳买了房，育有一女。

就在陈熙怀出院前一天，卢桥来了。一进病房，卢桥就惊讶地叫道："陈总，怎么搞成这个样子呀！"

虽然生意失败,却依然受到旧属的敬重,对陈熙怀来说确实是一种安慰。他无奈地摇摇头,道:"一言难尽呀!"

陈熙怀已基本康复,精神状况与平常无异,与卢桥在病房里聊了将近两个小时。虽然有些细节陈熙怀没有一一详述,但卢桥还是能体会到他目前的心情和处境。生意失败,生活环境落差大,夫妻感情出现了裂痕,这就是陈熙怀今天所面临的困窘。

"陈总何不考虑一下到对面去发展?"卢桥指了指北面。

"你是说深圳?"陈熙怀问。

卢桥点了点头。

"在香港尚且如此,在那边人生地不熟,又能做些什么呢?"陈熙怀泄气地说。

"可以做你的老本行,服装呀!"卢桥说。

"唉!我现在已经没什么本钱了,办厂,谈何容易?"陈熙怀摇头道。

"本钱是一个方面,技术也很重要。你本来就是行业内的精英,有经验、有渠道,现在就差个机会而已,何不去那边碰碰运气呢?"卢桥说。

"唉!再说吧。"陈熙怀一副了无生趣的样子,顿了顿,问道:"你现在的情况怎么样?混得还可以吧?"

"还可以,买了套大房子,不用租房了,老婆在家做全职太太,都开心着呢!"卢桥耸耸肩,满足地说。

"在哪买的房,香港?"陈熙怀一脸羡慕的样子问。

"香港哪买得起?深圳。"卢桥笑道。

"你小孩读书怎么办?"

"跨境保姆接送呀!"卢桥说,"深港两地有专门接送跨境学童上下学的保姆机构,她们在深圳用保姆车把孩子集中接送到口岸,由专门的阿姨护送过海关,过关后,再由这边的保姆车直接送到学校,安全、方便。我女儿露丝每天都这么上学。"

"哦，"陈熙怀若有所思地点了点头，"深圳房价贵吗？"

"与香港比，深圳的房子简直就是白菜价！在香港买一个卫生间的钱，在深圳可以买一千多英尺的大房子。"卢桥说，"怎么样？去深圳置业，和我做邻居。"卢桥笑道。

生意失败后，房子一直是困扰陈熙怀的问题。不说别的，就拿他与刘琳来说，溯源起来，他们夫妻关系之所以出现了问题，很大一部分原因也是跟房子有关。如果不是因为租住的房子过于窄小，一家人不得不共寝一室，那么就不会被晋豪撞见他们亲热，刘琳也就不会因自责而疏远他，也就不会发生后来的事——他是这么认为的。所以，房子的问题是他最迫切希望解决的问题。他想，如果改善了居住环境，他们夫妻的关系也许会慢慢地恢复正常。

"住在那边，我上班、晋豪上学，怕不方便呀。"陈熙怀双手撑着病床，坐直了身子，眼睛闪烁着亮光。看来，卢桥这个建议让他心动了。

"这都不是问题。问题是你是否有这个想法。"卢桥甩甩手说，"晋豪上学，可以跟我女儿一起，交给跨境保姆；你上班就更不用担心了。关口早上六点半开闸，晚上十二点关闸，你上下班都来得及。而且，据说不久以后连接深港两地的口岸二十四小时全天通关，届时来往深港就更加便利，更不用担心啦。"卢桥拍了一下大腿说，见陈熙怀有所心动，便不失时机地紧接着道："你看，我就是很好的例证。这么多年，虽然没有大富大贵，但过得也挺好。又体面，又受尊重。要是在香港，单凭我那份工资收入，无论吃住，都只能算是底层。"

"我公司倒闭，被清算后，已经没有什么钱了，恐怕买不起房呀。"陈熙怀咂了一下嘴巴说。

"刚才不都说了吗？深圳的房价便宜得很，二三十万就能买一套很好的房子啦。"卢桥说。

"你那套房子多大？花了多少钱？"陈熙怀似乎越来越有兴趣

了,问。

"我那个房子一千英尺左右,当初花了十万港元多一点点,现在估计值二十万港元左右吧。"卢桥得意地说。

"还增值了?"

"那肯定。房价一直在涨,而且还会继续涨。"卢桥信心满怀道。

被卢桥这么一说,陈熙怀还真心动了。不过,他担心刘琳不一定愿意去深圳住,不禁又沉默了起来。

卢桥见陈熙怀没有说话,以为他还在担心钱的问题,拍着胸口说:"只要陈总你想在深圳置业,如果不够钱,我借给你。"

"多不敢说,二十来万还是拿得出来的。"陈熙怀拧着眉头说,"我担心的是刘琳未必愿意去深圳住。"

"要不等你出院后,找个时间,你们一家人过来深圳玩,我带你们走走看看。如果她喜欢,就买,不喜欢就再看咯。怎么样?"卢桥问。

"也行。"陈熙怀点头道。

"不过,我相信,刘琳看了之后,肯定会喜欢的。"卢桥说。

卢桥话音刚落,门外突然传来一个声音:"你说什么东西我肯定会喜欢?"紧接着,刘琳跨进了病房,后面跟着林亨里。

见了刘琳,卢桥立马起身相迎。寒暄过后,卢桥说:"我是说等陈总出院后,我请你们一家去深圳玩。"

"好呀,我也好久没去深圳了。"刘琳说。

"我什么时候可以出院?"陈熙怀问。

"我刚才问了医生,医生说你明天就可以出院了。"刘琳说,眼睛并没有看陈熙怀,而是瞟了旁边的林亨里一下。

三

周六早上,陈熙怀一家经罗湖口岸入境深圳。

香港新界与深圳只是一河之隔,对于香港居民而言,住在新界与住在深圳就过一座罗湖桥而已。

卢桥带着老婆、女儿早已在口岸大楼的10号门等候他们了。陈熙怀一家刚出旅客大厅,卢桥就看见了他们,使劲朝他们挥手召唤。

见面后,卢桥显得特别兴奋,先是紧紧地握着陈熙怀的手,随后又摸了摸晋豪的脑勺,说:"走,找个喝茶的地方坐下来慢慢聊。"卢桥把陈熙怀一家带到离罗湖口岸不远的金驼岛酒楼喝早茶。

卢桥的老婆叫蔡虹霞,原本是一家报关公司的报关员,与从事进出境货物运输的卢桥因业务关系认识,两人一来二往产生了感情,最终结成了连理。婚后两人育有一女,名叫露丝。露丝比晋豪年长一岁。

相对于晋豪的拘谨,露丝显得非常大方得体。喝早茶时,她坐在晋豪旁边,不停地给晋豪斟茶、夹点心,而晋豪却一直耷拉着肩膀、低着脑袋,露丝每给他夹一次点心或斟一次茶,他就怯懦地瞟一眼自己的父母。每次与儿子的眼神相碰,刘琳的心就像是被刀子捅一般难受。自从陈熙怀自杀未果后,刘琳明显感觉到晋豪本已怯懦的性格变得更加孤僻了。刘琳把这一切全怪责到陈熙怀头上,觉得是他让儿子变成这个样子的,是他的懦弱影响了晋豪,使晋豪产生了自卑感。也正因如此,刘琳对陈熙怀是愈发厌恶了。

喝完早茶,卢桥把陈熙怀一家带到自己家住的小区,领着他们参观了一圈。卢桥居住的小区很宽敞,绿化非常好,栽种着各种各样的鲜花树木,走在其中,鸟语花香、知了声声,恍如置身于大花园之中。参观的时候,露丝一直大方地牵着晋豪的手。晋豪对知了很感兴趣,只要知了声一起,他都要么甩开露丝的手,要么拉着露丝,兴致勃勃地循声找寻。看见晋豪这么开心,刘琳的脸上终于露出了久违的笑容。

"怎么样,这个小区还可以吧?"见陈熙怀一家都很开心,卢桥感到非常欣慰。

"挺不错。"陈熙怀说。刘琳也微笑着表示赞同。

"要不要去中介那里了解一下房子,对比一下与香港房价的差别?"卢桥不失时机地说。

"不看了吧?又不是要买房子。"刘琳说。

"既然来了,了解一下行情也无妨。"陈熙怀说。

卢桥将他们带到了小区裙楼的商铺区,这里有多家地产中介公司。没等大人决定进哪家中介,露丝和晋豪就已手牵着手蹦进了离他们最近的一家地产公司了,大人们也就乐呵呵地跟了进去。

见有客人到,销售员热情地上前招呼:"老板,要看房吗?"

"了解一下,有合适的也可以考虑。"陈熙怀说,旁边的刘琳则露出一副漠然的表情。

"老板考虑买多大面积的房子呢?"销售问。

"一百平方米左右,房间要多。"陈熙怀说。

刘琳原以为陈熙怀只是逢场作戏随意了解一下而已,但听他的语气,完全像是有备而来的样子,于是连忙拉了拉他的袖子,问:"你不是真想买吧?"

"看看,如果合适也可以考虑嘛。"陈熙怀支吾道。

刘琳一听就不高兴了,铁青着脸说:"敢情你这是冲着买房子过来的,来深圳玩只是幌子?"其实,以往家里的大事小情概由陈熙怀谋划、操办,她一直都甚少操心,也不愿意操心,心安理得地做她的全职太太,眼下,她之所以感到不高兴,是因为陈熙怀来之前并没有告诉她要在深圳买房子的事。

卢桥觉察到气氛不对,赶紧圆场道:"是我临时建议陈总来这里咨询一下行情而已,嫂子不要错怪陈总。"

蔡虹霞上前扶着刘琳的手臂,笑哈哈地说:"既然来了,了解一下也无妨嘛!万一真的有合适的,那可是天大的缘分喽。"

见此,刘琳也就不再说什么了。

销售向陈熙怀推荐了一些二手房。这是一个旧楼盘,卖的都是二手房。介绍完,销售领着他们实地看了几套房子。其中一套四室两厅的,朝向和光线都非常理想,面积足够大,实用率也高,关键是价钱也合适。看得出,这套二手房的原业主在装修上花了不少心思和本钱,整套房子装修得很别致,家具也齐全,而且应该甚少居住,全屋看上去依然像新的一样,可以拎包入住。据销售员介绍,原业主是台湾商人,由于需要资金周转,急着将房子出手。进入这套房子之后,陈熙怀的腿就好像生了根似的,不愿意走了。

刘琳开始一直双手抱胸,眉头紧皱,时而瞅瞅天花板,时而望望窗外,一副漫不经心的样子,但当她看见晋豪和露丝在儿童房宽阔的绿色大理石窗台上蹦蹦跳跳的开心劲时,她一直紧绷的脸渐渐地舒展开了。

"你们是要和我们做邻居吗?"露丝问晋豪。

晋豪不知该如何回答,用求助的眼神望着刘琳。

"你想吗?你想和露丝姐姐做邻居吗?"刘琳微笑着问他。

晋豪局促地抠着自己的指甲,依然不知道该如何回答。

刘琳俯下身子,扶着晋豪单薄的肩膀鼓励道:"没关系的,喜欢就说喜欢,不喜欢就说不喜欢,爸爸妈妈都听你的。"

晋豪一边抠着指甲,一边畏惧地环视着周围的人,小脸憋得通红,最后终于艰难地点了点头。

"既然晋豪喜欢,我们就换个环境试试吧!也许这样对我们大家都有好处。"陈熙怀乘机对刘琳低声说道。

刘琳轻轻搓了搓晋豪瘦削的脸,紧嗑着前齿,露出肉紧的笑脸,说:"我们听晋豪的。"

新居入伙是在周六举行的,请了一些朋友。刘琳的母亲也过来了,老人家在屋内转了一圈,每扇窗都推开往外观望了一会儿,虽然嘴上没说什么,但从表情可以看出,她对女儿女婿的新居是满意的,尤其是当陈熙怀指着一间宽敞的带独立洗手间的房间说"妈咪,这间房是您的"时,老人家的脸上顿时绽放着阳光,她按了按柔软的床垫,说:"唉,我也不可能在这里长住。"陈熙怀扶着她的肩膀说:"不管您在不在这里住,这间房都给您留着。"

重新住进了大房子,陈熙怀有一种解放了的感觉,心情非常舒畅。晋豪也很兴奋,对眼前的一切充满了新鲜和好奇。唯有刘琳,在她的眼神里看不到丝毫新居入伙的兴奋,相反却只有迷茫和困惑,甚至是失落。在她看来,香港与深圳虽然只是一河之隔,但却是不在同一水平的两个世界!她甚至觉得他们家的这次搬迁,实际上是一次跌落式的搬迁,是失败的标志。

搬入新居的头两天,虽然很忙很累,但总算顺利。不过,真正的挑战却在周一。这天,无论是陈熙怀的跨境上班,还是晋豪的跨境上学,都是第一天。所谓万事开头难,对他们两人而言,这是一条从未走过的、陌生的路,心中充满了疑虑和不确定性。

陈熙怀情况还好些,成年人,无所谓,只是比平日早些起床和出门而已,但晋豪毕竟是小孩,父母始终不放心让他独自出门。

之前,经蔡虹霞介绍,刘琳已在露丝所在的跨境学童服务机构为晋豪办理了服务协议,两家孩子同在一个服务机构,无论是大人还是小孩,彼此都可相互照应。

早晨五点半,陈熙怀准时起床,以部队的速度漱洗穿衣完毕,背上一个黑色背包,匆匆出了小区,在对面公交站搭上了开往口岸的公共汽车,半小时后,来到了关口,过关前,在口岸一家名为"啃德鸭"的快餐店买了一个汉堡包和一杯豆浆,在排队等候过关的当儿把早餐吃进了肚子里,十五分钟过完深港两道关,搭上了上水至九龙的火车,中转机场,一路紧凑有序,并不见得比平时匆忙多少。

陈熙怀走后,刘琳给晋豪准备了一份简单的早餐:一块面包、一个煎蛋、半个苹果和一杯热牛奶。六点五十分,刘琳把睡得正香的晋豪弄醒。晋豪也意识到今天是个特别的日子,不敢怠惰,一醒来就立马麻利地穿上衣服,漱洗完毕,自觉地快速吃完早餐,在刘琳看来,这也许就是唯一的好处——在香港,晋豪无论是起床还是吃早餐,都得费很大周章。晋豪刚吃完早餐,门铃就响了。是露丝来叫晋豪一起去上学。

露丝左手拖着一个拉杆式书包,右手拿着一盒已经开启了的牛奶。见了刘琳,她连忙咽下刚吮吸在口中的牛奶,鞠了半个躬:"阿姨早!晋豪准备好了吗?"

刘琳连声道:"好了,好了,马上就来。"说着,匆忙回屋,不一会儿,一手拖着晋豪的拉杆书包,一手拿着晋豪的过关证件,轻轻推着晋豪快步走了出来。

"我陪你们下去坐车,"刘琳转身带上门,然后问露丝,"你每天都自己一个人去坐车吗?"

"是呀。"露丝理所当然地点了点头。

橘红色校巴七点半准时停在了小区门口。刘琳带着晋豪来到时,已经有学童在排队上车了。从人数看,居住在这个小区的跨境学童还真不少。

一位负责接送的阿姨站在车门旁,逐个收取上车小朋友的证件,轮到晋豪时,阿姨俯身扶着晋豪的肩膀,笑嘻嘻地问:"你就是那个新来的陈刘晋豪小朋友吧?过关的证件准备好了吗?"

晋豪木讷地看看阿姨,再看看刘琳。刘琳对着阿姨微微鞠了躬,把晋豪的证件递给她,说:"是的,我是他妈咪,请多多关照。"

阿姨依旧笑嘻嘻地说:"陈太太不用客气,小孩交给我们你尽管放心。"

"放心,放心,"刘琳连声道,"不过,今天是阿豪第一天从这边去上学,我担心他不适应,我能不能坐你们的车到口岸送他过关?就一次。"刘琳竖起食指,恳切地看着阿姨问。

"陈太呀,不是我不近人情,实在是公司有规定,家属一律不允许坐我们公司的车。"阿姨面露难色地说,"不过,您真的不用担心,有这么多小朋友做伴,他会喜欢的。"

既然如此,刘琳也就没再强求了,她对着走在前面的露丝说:"露丝,照顾好晋豪弟弟啊。"

露丝转过身来对着刘琳打了个"OK"的手势,调皮地说:"没问题。"

刘琳点点头,夸道:"露丝真懂事!"转而对儿子说:"晋豪,路上要听露丝姐姐和阿姨的话。"

晋豪抬头木然地看了刘琳一眼,并没有回答她的话,扯着露丝的衣服,两人一前一后往车厢内走去。

孩子们都到齐了,阿姨对着前来送学的家长们招招手,说道:"走了,放心吧,再见。"

刘琳一直目送着校巴消失在车流中,才依依不舍地进入小区。

由于今天起来得早,刘琳感觉没有睡够,浑身疲惫,一回到家,就扑在床上,倒头补觉了。

不知过了多久,刘琳睡得正香时,一阵电话铃声将她吵醒。她揉了揉眼睛,看了看时间,已经是十点一刻了。电话是蔡虹霞打来的。

蔡虹霞也是刚刚睡醒,她打电话来是要约刘琳去国贸顶层的旋转餐厅喝午茶。男人上班挣钱去了,孩子也上学了,独自或约个同伴出去喝个茶,吃些爱吃的点心,把早餐午餐一并解决了,再悠闲地逛回家,睡个午觉,之后准备晚饭,等老公和女儿回家吃晚餐,这就是蔡虹霞现在的日常生活。由于丈夫卢桥和陈熙怀的关系,蔡虹霞与刘琳本来就相互认识。考虑到刘琳一家刚搬过来,人生地不熟,卢桥一再叮嘱蔡虹霞平时要主动联系刘琳,尽可能多带刘琳到处走走,一来让她尽快熟悉周边环境,二来也为了增进感情。

蔡虹霞和刘琳在楼下叫了一辆的士。从她们居住的黄贝岭到国贸并不远,的士刚一起步就到了,咪表都还没有跳。旋转餐厅就在国贸大厦的第四十九层。当蔡虹霞和刘琳走出电梯时,服务员热情地迎了上来:"蔡小姐这边请。"很明显,蔡虹霞是这里的常客。

蔡虹霞事先已经打电话订了座,服务员直接把她们引到了预留的座位上。她们的座位紧靠着玻璃幕墙,随着餐厅360度旋转,深圳最繁华的商贸中心区尽收眼底。当她们的位置转到餐厅的南面时,蔡虹霞指着深圳河边一座红黄相间的方形建筑说:"那就是罗湖口岸大楼。我们的孩子每天都从那里进出、上学、回家。"

刘琳当然知道那就是罗湖口岸大楼,平日她也是从那里进出关的,但从这么高的角度俯瞰整座大楼,她是头一次,感觉还是有些新奇。

"原来口岸大楼的全貌和周边环境是这个样子的!"刘琳微微侧着身体,望着罗湖口岸的方向,喝了一口茶,仿佛是自言自语。

"那条窄窄的河就是深圳河,深圳与香港新界只一河之隔。"蔡虹霞又指了指从罗湖口岸大楼后面穿过的那条带状水域说。

"两边基本连在一起了。"刘琳优雅地点点头。

"历史上深圳与香港本来就是同属宝安县的嘛。"蔡虹霞呷了一口茶,转而问道:"今天是孩子第一天跨境上学,他习惯吗?"

"还好,就是出门的时候有些匆忙,"刘琳说,"你每天都让露丝独自去坐校巴吗?"

"是呀。"

"放心吗?"

"有什么不放心的?楼下有保安,左邻右里、接送的阿姨都很熟。"

说话间,茶点已陆续上来,两人边吃边聊。

"感觉深圳这边的居住环境怎么样?"蔡虹霞吃了一口点

心问。

"其实我还是比较喜欢在香港住,方便。"刘琳皱了皱眉头说。

"可能是因为你还没习惯,习惯了之后,你会喜欢这里的。"蔡虹霞似乎很有信心地说。

"但愿吧。"刘琳抿了抿嘴,嘴角挤出一丝讪笑。

"你们刚搬过来,人生地不熟,有什么需要帮忙的,尽管跟我和卢桥说,千万不要客气。"蔡虹霞说。

"好的。谢谢。"刘琳微微笑了笑。

两人吃了一笼虾饺、一笼烧卖、一份叉烧肠粉,一份白灼生菜,最后每人还吃了一份甜点——木瓜鲜奶炖雪蛤,结账不到三百块钱。刘琳掏出钱包要买单,但蔡虹霞不让。

"这点小钱就不要跟我争了。"蔡虹霞说。

"那我就不客气了。"刘琳把钱包塞回了手袋,补充道:"不过,这里的消费还真便宜,要是在香港,吃这么多东西,肯定不止这个价钱!"

"那是!香港挣钱在这边花还是很合算的!"蔡虹霞结完账,抿了一口茶,漱了漱口,看了一下腕表,说:"十二点了,走,我们到楼下商场逛一逛。"

国贸下面的裙楼是大型商贸区,服饰、珠宝、餐饮,应有尽有,当中不乏国际大品牌。

走出电梯,看着琳琅满目的商场,刘琳情不自禁地说:"这里看上去倒有几分香港的样子!"

她们路过一间鞋铺时,蔡虹霞拿起一双鞋看了看,说:"名牌服饰、珠宝等高档奢侈品,香港还是比深圳便宜。"

两人在国贸商场逛了一会儿,什么都没买就回去了。回小区后,蔡虹霞一直在刘琳家陪她唠闲嗑。下午三点五十分,两人一起到小区门口接露丝和晋豪。他们俩上的是半日制学校,正常下午四点钟就能回到深圳。

见到儿子,刘琳恍如久别重逢,拉着儿子的手,上下左右、来来回回看了又看,生怕有什么破损似的。

"陈太太放心,晋豪挺乖的,很听话。"接送的阿姨手搭在晋豪的肩膀上,笑嘻嘻地夸奖道。

"嗯,那就好。谢谢您的照顾。"刘琳对着阿姨再又微微鞠了躬,转而扶着露丝的肩膀问:"露丝,晋豪乖不乖呀?"

露丝抓着晋豪的手使劲晃了晃,答非所问道:"我们是好朋友!"然后问蔡虹霞:"妈咪,我去晋豪家玩一会儿可以吗?"

蔡虹霞巴不得似的甩甩手说:"去吧,去吧。"

露丝对着妈咪做了个鬼脸,牵起晋豪的手,噔噔噔一路小跑进了小区。

刘琳与蔡虹霞相视笑了笑,无奈却又欣慰地摇了摇头。

"我回家准备晚饭了,差不多时间你就替我叫露丝回家吃饭吧。"蔡虹霞对着刘琳摆了摆手道。

"好的。"刘琳也打了个再见的手势。

刘琳回到家时,两个小朋友已在家门口等着了。刘琳刚一开门,他们就像兔子似的一溜烟跑进了晋豪的房间,砰一声关上了房门。虽然晋豪一直都不太愿意同包括刘琳和陈熙怀在内的大人说话,但跟露丝在一起时却显得格外放松和愉悦。

乘小孩玩耍之际,刘琳开始准备晚饭。

陈熙怀大概是在傍晚六点半钟回到家,正好赶上晚饭时间。吃过饭后,一家人坐在客厅沙发上一边看电视,一边分享彼此一天的经历。

"明天不用起那么早,晚半个小时出门都还来得及。"陈熙怀说。

"那就好,早上可以多睡半个小时。"刘琳说,"路上坐车方便吗?车上会不会很挤?"

"还好,过完关直接坐火车,挺方便。"陈熙怀说,搂着身边的儿子问:"晋豪,你呢?跟爹地和妈咪讲讲你第一天上学的经历吧。"

晋豪在爹地怀里挣扎了一会儿,支支吾吾地挤出了几个字:"路上好多小朋友。"

"哦,阿姨对你好不好?"陈熙怀问。

晋豪点了点头。

"你喜欢这样子上学吗?"刘琳问。

晋豪似乎很不情愿和他们交流,勉强地又点了点头,然后就挣脱陈熙怀的搂抱,独自跑回自己的房间。

刘琳皱了皱眉头,失望地看了陈熙怀一眼。她之所以同意在深圳买房,主要是希望环境的变化能给晋豪带来变化,治愈他内向的性格,同时也能消除他对父母的隔阂。正因如此,晋豪的每一个细节她都非常关注。

"别急,再给他些时间吧。"陈熙怀知道刘琳心里想什么,安慰道。

当夜,刚一上床,陈熙怀就兴致勃勃地一手搂住刘琳的细腰,另一只手自然而然地摸向她的下腹,然而却被刘琳推开了。

"明天还要早起呢,早点睡吧。"刘琳冷冷地说。

四

时间一晃已过数月,陈熙怀和晋豪已完全适应甚至喜欢上了这种双城生活。不过,相对于陈熙怀父子每天早出晚归的乐此不疲,留守在家中的刘琳反而越来越觉得这样的生活枯燥乏味,难以忍受了。刘琳的朋友圈在香港,在深圳除了蔡虹霞之外,基本没什么朋友。刘琳刚搬来深圳时,蔡虹霞还会经常抽空陪陪她,约她逛街、吃饭、喝茶，但由于两人的兴趣爱好不一样，加之刘琳性格高冷，没什么共同话题，因而两人在一起的机会也就越来越少。陈熙怀父子上班的上班，上学的上学，家里剩下刘琳独自一人，孤独无聊。对于一个应酬惯了的阔太太来说，这样的生活无异于坐牢，刘琳内心愈发苦闷。最后，她实在是忍无可忍，决定回香港找工作做，借机回归香港的朋友圈。但当她把自己的打算告诉陈熙怀时，陈熙怀却强烈地反对。

"你都这么多年没有工作了，怎么突然想起要工作呢？"陈熙怀摊着双手说。

"现在的环境变了，你不知道吗？"刘琳冷笑道。

"怎么变我也养得起你们母子俩。"陈熙怀说。

"不用说了，反正我已经决定了。我再不出去找些事做，都快变成与世隔绝的人了。"刘琳不容分说道。

"人家蔡虹霞都不上班，你却要出去上班，这不等于说我连卢桥都不如吗？你让我的脸往哪搁呀？"

"说了半天你是因为怕丢面子。世界上丈夫是亿万富豪，太太还坚持工作的事例多着呢！何况你现在只是一个普通的打工仔而已，哪来的面子？"刘琳不屑地说。

"我知道你们苦，但你再坚持一下吧，等国际经济形势好转了，待我东山再起，到时再让你们母子俩过好日子。"

刘琳心想，就目前的形势，等你东山再起，恐怕不是花谢了，而是我谢了！她苦笑了一下，说："等你东山再起再说吧！反正我是一定要出去工作的了，晋豪也无须委托机构接送了，早晚同我一起进出就行了。"

陈熙怀虽然心里极度不愿意，但拗不过刘琳，只好心不甘情不愿地由她去了。就这样，刘琳也加入了每天双城生活的行列中。

这个周一，是刘琳人生的新开始，因为，从这一天起，她也要加入一天双城的模式了。陈熙怀上班比较早，先行独自出门，刘琳稍晚亲自护送晋豪过关上学。

刘琳把晋豪送到学校后,转而来到旺角的一家咖啡厅。她刚推开咖啡厅的门,位于角落的一个卡座上,一个中年男子就向她露出了饥渴的笑容,并频频向她挥手。刘琳面无表情地径直朝该名男子走去,在他对面的位子坐下。

刘琳向随之而来的侍应点了一杯冰咖啡和一只椰挞。侍应刚一转身,那名男子就将手伸向刘琳,嬉皮笑脸地说:"这么久没见,想死我了。"

刘琳看都没看对方一眼,也没有握对方的手,从袋子里拿出一个小圆镜照了照,掏出一支口红,一边涂抹,一边冷冷地问道:"我托你的事办好了吗?"

"已经给你找好了,是我朋友的公司,喝完咖啡,稍晚些,等他们上班后,就可以直接去他公司见工了。"男子说,接着问道,"按理说陈熙怀认识的人比我更多,你为什么不让他给你找工作呢?以他的人脉,他找的工作肯定会比我找的好。"

"让你帮我找工作,你不觉得很荣幸吗?"刘琳瞟了对方一眼说。

"荣幸,非常荣幸。"男子哈巴狗似的连声道,"我只是好奇而已。"

"他不想让他的朋友知道我出来工作,觉得那样很没面子。"刘琳说,"对了,你这个朋友不认识陈熙怀吧?"

"不认识,保证不认识!"对方连连摆手。

"那就好。"刘琳松了一口气。

侍应把刘琳点的咖啡和椰挞送上来。刘琳收起镜子和口红,往后撩了撩头发,端起咖啡尝了尝,露出一副满意的表情:"嗯,好喝。好久没喝这么地道的咖啡了。"

"这是香港,东西肯定地道了。"对方说,"也不知道你们为什么离开这么好的香港,偏要搬到内地去住。"

刘琳没有接对方的话，继续默默地喝着咖啡。

"时间还早，喝完咖啡我们找个酒店休息一下再去见工吧，好想你。"对方趁刘琳不留意，将手搭在刘琳手背上，淫意荡漾地盯着刘琳的眼睛，压低嗓音说。

"你想干什么？"刘琳触电般抽回了手，使劲甩了一下头发，冰冷地说。

对方无趣地端起自己的咖啡喝了一大口，失落地望着玻璃墙外大街上熙熙攘攘的人流，忿忿不平地自言自语道："他都已经是个废人了，你为什么还对他那么死心塌地？"

刘琳依然没有说话，仍旧默默地喝着咖啡。

"我说过，他当初从我手上抢走的，我全都要夺回来！你等着瞧。"对方跷着腿，得意中带着阴险的表情。

刘琳鄙视地瞟了对方一眼，快速把椰挞吃了，然后一口将杯子里剩下的咖啡喝完，用纸巾擦了擦嘴，拎起手袋，一言不发地朝洗手间走去。

男子一直盯着刘琳的背影，直到她进了洗手间，才意犹未尽地吧嗒了一下嘴巴。

十分钟后，刘琳从洗手间出来，明显补了妆。她站在男子面前，对着门口甩了甩头，干脆地说："走吧。"

在这名男子的介绍下，刘琳在香港找到了一份相对满意的工作，时隔多年，她重新回到了职场。

刘琳的工作日是周一至周五，与晋豪上学的时间一致，母子俩得以每天结伴往返香港、深圳。不过，她很快就又厌倦了这种双城生活了，不仅觉得累，还觉得耗时间、耗成本。她以节省时间和交通成本为由，决定和晋豪周一到周五借宿在香港母亲家，只有周末放假了才回深圳。

刘琳的母亲也曾经叫陈熙怀周一到周五一起过去她那边住，但考虑到岳母家的房子并不宽敞，陈熙怀没有答应。

陈熙怀在深圳买房子的初衷是为了一家人能开开心心地住在一起，没想到还是聚少离多。不过，让陈熙怀感到欣慰的是，儿子晋豪对深圳这边的大房子还是蛮惦念、蛮喜欢的，每个周末回到深圳，他都显得非常兴奋和活跃；周一上学离开时，也都显得依依不舍，一再叮嘱陈熙怀记得给他窗台上的花浇水，并对下一个周末的回归充满了期待。

平时，陈熙怀一个人在深圳这边，晚饭后没什么事就周边逛逛，逛累了就回家洗澡，看一会儿电视，然后睡觉。卢桥有时候出车回来得早，也会让蔡虹霞弄几个菜，把他叫过去喝两杯。

有一天，陈熙怀下班经过罗湖商业城时，一时兴起，在罗湖商业城逛了一下，在一家服装店看上了一条裤子，大牌子白菜价，就是裤脚有些长。

"裤脚有些长，有码数小点的吗？"陈熙怀问店员。

"我们这里卖的都是断码货，不然，这样的国际品牌不可能卖这么便宜，"店员说，"裤脚长没问题，只要喜欢，买回去找个缝补店改一下就可以了。"

陈熙怀想了想，觉得有道理。他记得他们小区外就有个缝补店，于是就把裤子买了下来。

周末，刘琳和晋豪如期归来。吃过早餐后，闲着没事，陈熙怀突然想起裤子的事情，跟刘琳说："我到楼下改一下裤子，顺便带晋豪下去散散步。"

"去吧，我再睡个回笼觉。"刘琳伸了个懒腰说。

缝补店就在陈熙怀居住小区的裙楼商铺里。出了小区大门右转，走大概一百米，就可以看到一个门楣上挂着"国荣裁缝"招牌的铺位。铺位约莫有十平方米大小，招牌下面有一行小字：量身制衣、缝补、改裤脚……

虽然还不到上午十点，但从店主的忙活程度可以看出，店铺开门营业已有个把小时了。店主是裁缝师傅，三十岁出头。与大多数缝补店的店主不同，这个缝补店主是个男的，"国荣"大概就是他的名字。而且，更为奇妙的是，这个缝补师傅长得结结实实，肩宽腰板儿直，还理个平头，更没有传统裁缝那种文弱与慢条斯理，一点也不像是干细活的。

陈熙怀来到缝补店时，裁缝师傅正伏在脚踏缝纫机上麻利而协调地缝一件衣服。缝纫机横摆在店门口，光线很好，店内有一男一女两个小孩在地上玩耍，小孩年龄看上去与晋豪相仿。

看见陈熙怀进来，店主放下手中的活，热情地站起来问："先生，有什么可以帮到你？"

"我这里有条裤子，裤脚太长了，能帮我改一下吗？"陈熙怀一边说，一边从购物袋中取出裤子递给裁缝师傅。

裁缝师傅接过裤子，看了看，说："可以的。是你穿吗？"

"是的。"

"来，请站到这边来，我给你量一下尺寸。"裁缝师傅指了指身后，然后从缝纫机台面的小木盒里取出软皮尺和粉笔。

见来客人了，两个小孩从地上爬了起来，拘谨地站在一边，好奇地打量着陈熙怀父子。小男孩对晋豪似乎很感兴趣，轻轻揪着那个应该是他妹妹的小辫子，对着晋豪憨憨地笑着。

裁缝师傅给陈熙怀量好尺寸，在裤子上做了标识，然后说："好了，明天过来取吧。"

"明天什么时候？"陈熙怀问。

"上午吧，不放心的话来之前可以打个电话。"裁缝师傅递给陈熙怀一张名片。

陈熙怀接过名片看了看，这是一张简陋得不能再简陋的名片，有点发黄的卡纸上单面印着大大的"国荣裁缝"四个字，下面两行小字印着业务范围、地址和电话号码。

"国荣应该是你的名字吧？"陈熙怀笑着问道。

"是的，我叫李国荣。"他爽朗地笑道。

"什么时候学的手艺？"

"在合资制衣厂工作时学的。"

"我以前在香港做的也是与制衣有关的业务。"

"哦？这么说来我们是同行呀。"李国荣哈哈笑道，"现在呢？现在还在制衣行业吗？"

"公司倒闭了，没有做了。"陈熙怀伤感地说。

李国荣遗憾地哦了一声，顿了顿，问道："这样看来，您是香港人啰？"

陈熙怀略做迟疑，道："是呀，不过，现在住到这边来了。"说完，呵呵了两声，"好了，不说了，我明天来取吧。"提到伤心处，陈熙怀就不愿再往下讲了，他牵着晋豪的手走出了缝补店。晋豪边走边回头依依不舍地看了那对兄妹几眼，那个小男孩则对着他摆摆手，做了个再见的手势。

第二天，陈熙怀还没睡醒，儿子晋豪就跑到他房间来把他推醒了。陈熙怀睁开眼睛，一眼看见站在床前的晋豪，兴奋地翻身而起，肉紧地在晋豪脸蛋儿上搓了几下，道："宝贝早呀！"自从上次"房事撞破"事件后，这是晋豪第一次跑到他们房间来。

"爹地，你什么时候去取裤子呀？我还想跟你一起去。"晋豪小心翼翼地说。

陈熙怀看了看手表，时间尚早，于是说："好的，我们吃了早餐就去。"

陈熙怀起来洗漱完毕，回到房间，刘琳还在睡，但感觉她是醒着的，于是说："今天就不做早餐了，我带晋豪到楼下粉面店吃碗腌面，顺便取裤子，要不要给你打包早餐？"

刘琳一动不动，迷迷糊糊地应道："不用管我了，你们自己吃吧，冰箱里还有牛奶、面包。"

陈熙怀带着晋豪在小区外一家客家粉面店吃完早餐，看看手表，时间正好，父子俩就手牵着手慢悠悠地朝"国荣裁缝"走去。

当陈熙怀带着儿子来到裁缝店时，李国荣并没有像昨天那样伏案忙活，而是坐在茶几前煮水泡茶。一见到陈熙怀，李国荣立即站起来招呼道："老板早！来，喝杯茶先。"看来，他这个茶有可能是专门为陈熙怀而准备的。陈熙怀也正在兴头上，欣然应邀，与晋豪并排在李国荣对面落座。

昨天那对小孩一左一右靠在里门门框上，好奇而腼腆地望着晋豪。

"这两个是你的小孩？"陈熙怀指着那对小孩问。

"是呀，"李国荣说，回头对着那两个小孩招招手，"来，你们过来招呼一下这位小朋友。"

两个孩子小心翼翼地走上前来，一左一右地紧挨着父亲坐下。

李国荣把右手搭在男孩肩上，介绍道："这是哥哥，叫建武，今年九岁，"然后把左手搭在女孩肩上，"这是妹妹，叫建芳，今年七岁。你的呢？你小孩几岁了？"

陈熙怀轻轻拍了拍晋豪的背，说："儿子，向叔叔和小朋友介绍一下你自己。"但晋豪憋得满脸通红，就是说不出话来。

陈熙怀的本意是想锻炼一下晋豪的胆量，结果还是让他失望了，唯有自己替他作了介绍。

由于怕陈熙怀尴尬，李国荣赶紧圆场道："孩子还小，胆子比较小。我这两个也一样，见了陌生人就不敢说话。"

然而就在这个时候，晋豪突然从口袋里掏出一个"蒙面超人"动漫玩具递给建武。建武虽然一直用友善的眼神看着晋豪，但面对晋豪突然递过来的玩具，他一时也手足无措，不知如何是好。

"弟弟给你的，你就拿着吧！"陈熙怀笑着对建武说，赞许地摸了摸晋豪的后脑勺。

"拿着吧！"李国荣也拍了拍儿子的肩膀，"改天你再回送一件礼物给弟弟就是了！"

建武这才接过晋豪的玩具，与妹妹一起好奇地把玩起来。

陈熙怀与李国荣很有些一见如故的感觉，两人相聊甚欢，如果不是卢桥打电话过来，陈熙怀还不知道会和李国荣聊到什么时候。卢桥是要约陈熙怀一家去仙湖植物园玩。

"你有事，就下次再来喝茶吧！"李国荣站起来，意犹未尽地说。

陈熙怀取了裤子，按照贴在墙上的价目表掏出十元钱递给李国荣。

"举手之劳而已，不用给钱了，就当大家交个朋友吧。"李国荣用手隔挡着说。

陈熙怀说什么也不肯，最后将钱放在缝纫机上，拉着晋豪匆匆离去。陈熙怀做梦也没有想到，今天帮他改裤子的这个人，不久将成为他的生意合作伙伴。

五

周一到周五，陈熙怀一个人在深圳，虽然有卢桥这位老友邻居，但卢桥经常出车不在家，有时候陈熙怀闷起来想找个聊天的人都没有。自从认识了李国荣之后，陈熙怀终于找到了一个固定的消遣处，如果没有别的事，他几乎每天都会到李国荣店里喝茶聊天。他来到时，如果李国荣正忙着，陈熙怀就自己动手泡茶；如果李国荣手头没活，就会亲自给陈熙怀泡茶。这样一来二往，两人渐渐成了无话不谈的好朋友。通过交往，陈熙怀了解到，李国荣是个退伍军人。这更使陈熙怀放心与之交往了——在他印象中，军人是忠诚可靠的代名词。他们后来甚至谈及了合作做生意的设想，而给他们启发的是一件非常偶然的事。

这天，陈熙怀下班回来刚过罗湖桥，他的内地手机就收到了李国荣留的短信，说他老家托人带了些山猪肉来，约他晚上去他店里吃饭。这个信息应该是一早就发了的，只是陈熙怀在香港时内地手机没信号,所以没接收到而已。平时闲坐倒无所谓,但人家特意邀请过去吃饭,总不能两手空空吧!陈熙怀心想。此时,他正好路过中国免税店,于是就进去买了一瓶轩尼诗VSOP和一条万宝路香烟作为手信。

陈熙怀先回家把背包放下,然后换上休闲服和便鞋,拎着免税店买的烟和酒来到李国荣店里。李国荣租用的这个地方分上下两层:首层面积较大,前面大半部分是店面,后面小半部分是厨房和浴室;二层空间较小,用作卧室。

陈熙怀一进店门,就闻到了浓郁的焖肉味道,大声说道:"好香。"

李国荣正在后头狭小的厨房里做菜,听见陈熙怀的声音,探出头来招呼道:"来了?马上就好。你先喝茶。"

"动作蛮专业的嘛!"陈熙怀站在厨房门口,看着李国荣起劲地翻动着炒锅的样子,笑道。

"属于有姿势没实际的那种。"李国荣翻着炒锅,自嘲道,然后对趴在缝纫机上写作业的两个小孩说,"你们把茶几收拾一下,摆碗筷,准备吃饭。"

建武应了一声,放下作业,和建芳一起把茶几收拾好,摆好碗筷,把已经做好的菜端了出来。不一会儿工夫,李国荣端出了主菜,也是最后一道菜——红焖山猪肉。

"喝点吧?"大家都坐下后,李国荣从茶几底下拿出一瓶皖酒土,晃了晃,说。

"我也带了酒来。"陈熙怀拿出袋子里的洋酒说。

"请你吃个便饭你还带酒来?太见外了。"李国荣摇摇头道,"你喝什么?洋的还是白的?"

"洋的吧,我喝不惯白酒。"陈熙怀说。

"好,虽然我平时不喝洋酒,但今天陪你喝。"李国荣说。看样子,他今天兴致很高。

就在两人准备碰杯开喝的时候,突然来了一位客人。这位客人不是来缝补衣服的,而是拿出一套剪裁好了的西装衣料(业内称之为"裁片"),问李国荣能不能帮他缝制成衣。李国荣翻看了一下裁片,说单凭手艺,完全没有问题,只是他没有电动锁边机,所以封边接口做不了工厂那种效果,"这么好的布料,就不要糟蹋了,找一家专业的裁缝店加工吧。"李国荣说。

那人一听,竖起大拇指道:"师傅果然识货,我这裁片是从香港带回的。"原来,这位仁兄刚从香港回来,他手中拿的这套西装裁片是他在香港住酒店时,酒店客服推介给他量做的。他当时见布料是进口毛料,品质不错,价格又便宜,就让裁缝师傅给他裁剪了一套。量好身,布料裁剪好了,算账时才发现,虽然这些布料不贵,但缝纫费却很贵。这位仁兄气不过,就将裁片带回了深圳。"我就不相信深圳找不到缝制衣服的地方。"他当时气愤地说。

叙述完经历后,来客兴奋且遗憾地说:"既然你这边缝制不了,我只好到别处去问问了。"

打发走客人后,李国荣重新入座,开始吃晚餐。两人边喝边聊。几杯酒下肚后,李国荣说:"其实,刚才那种情况以前也碰见过,你们香港像这种量身定制西服的业务很多吗?"

"嗯,量不少,"陈熙怀的本行是服装业,对这块儿非常了解,"香港的服装业在国际上有很好的声誉,很多外来游客都喜欢在香港量身定做衣服,为了迎合旅客的需求,当然了,也是为了增加生意,大多高档酒店都向游客提供或推荐量身定制衣服的服务。"

"但是,按照刚才那位客人所说,香港的人工成本这么贵,有利可图吗?"李国荣一边给陈熙怀斟酒,一边若有所思地问。

"别忘了香港是个国际旅游城市,每年有不少欧美游客。人工成本相对于内地是贵些,但对于欧美游客来说,那就好cheap(便宜)了。"陈熙怀摆摆手说。

"嗯,喝酒!"李国荣碰了一下陈熙怀的杯子,喝了一口酒,接着说:"我有一个想法不知道可不可行?"

"什么想法?"陈熙怀放下杯子,夹了一块拍黄瓜放入口中,嚼着问道。

"如果把香港的这些订单拿到内地来加工,内地人工成本这么低,岂不是利润更大?"李国荣以前曾在来料加工厂工作,来料加工厂就是这么一种运作模式,他也一直琢磨着有一天能涉足这块儿生意。

"嗯,那肯定。"陈熙怀咽下黄瓜,咂了咂嘴巴,说。

"你有没有兴趣搞一搞这方面的业务?"李国荣往陈熙怀的碗里夹了一块猪肝,看着对方的眼睛问。

"我?搞这种量身定做服装的业务?"陈熙怀做了个谢谢的手势,眼睛斜斜地瞟着李国荣,细细品味着他的话。

"是呀,把订单拿到深圳来做。"李国荣紧紧地盯着陈熙怀的眼睛,双眼闪烁着期待的光。

"把订单拿到深圳来加工?"陈熙怀重复李国荣的话问道。

"嗯。"李国荣坚定地点了点头。

"唉,哪有这么容易啊!"缓过神来后,陈熙怀摆摆手道,"当中涉及很多问题,比如这边的场地、设备、人手等。"

"只要你能把订单接到手,并且将衣料裁片带到深圳来,这边的事情不用你管。换言之,你负责香港的订单及过关的业务,这边加工的事由我搞定。"李国荣轻轻敲着茶几说。

陈熙怀往椅背上靠了靠,向后捋了捋头发,思量片刻,轻轻地点了点头,说:"听起来好像可行。"

"我看完全可行。"李国荣信心满满地说,"你以前干这行的,门路熟,人手应该也有,接订单应该没问题吧?"

"订单肯定没问题!招揽几个以前的裁缝工人,我们就可以开干了,反正他们很多都因为金融风暴工厂倒闭,失业在家,这对他们来说也是一个就业机会呀。"陈熙怀说。

· 41 ·

"没错，一举两得。既可以帮助别人，又可以开拓生意路子。"

"那么，你呢？如果我们真做的话，你打算怎么样开始？"

"如果你能确定下来，我计划租一间民房，购买几台旧的多功能电动缝纫机，找几个熟练工人——就找我以前的同事，就可以开始了。"李国荣跃跃欲试。

"不需要领取牌照吗？"

"我们做的家庭作坊式的加工，无须牌照。"

"行吗？"

"行，我有些朋友就是这么给大厂做代工的。"

"嗯，看似不难。"听了李国荣的话，陈熙怀也蠢蠢欲动。

吃完晚饭，已经将近晚上九点，一瓶1升的洋酒，两人干掉了四分之三。建武把餐具收拾进去清洗，腾出茶几给父亲泡茶。

李国荣泡了一壶上好的凤凰单枞，给陈熙怀斟了热腾腾一杯："来，喝杯茶解解酒！"

陈熙怀端起茶杯，放在唇边吹了吹，一饮而尽。"啊！真舒服！"露出一副享受的样子，瞟了一眼瓶中剩下的四分之一的酒，带着几分醉意说："其实我们可以把剩下的那点酒也干掉！"

"留着下次喝吧！趁清醒，我们商量一下生意上的事吧。"李国荣抹了抹包公一样的脸，认真地说。

"好。"陈熙怀拍了一下大腿，雄心勃勃地应道。

两人越谈越投机，越谈越觉得可行，最后居然就这么愉快地把事情给敲定了。

周末，刘琳和晋豪回来了，陈熙怀把要与李国荣合作做生意的事告诉了刘琳，本想让她也替自己高兴一下，没想到刘琳听了之后，不假思索地冷笑道："跟一个在街边补衣服的人合作做生意？沦落到这种地步，你至于吗？"

陈熙怀被当头泼了一盆冷水，一时无言以对。

"你机场的工作怎么办？"刘琳瞟了陈熙怀一眼，意识到自己的话伤了对方的心,于是用像是安慰又像是关心的语气问。

"打算做完这个月就辞掉。"陈熙怀说。

"一个替你改裤子的人,什么底细都不清楚,你觉得可信吗?就不怕被骗了?"

"我觉得没问题。再说了,投资不大,没什么可被他骗的。"

"既然如此,你自己看着办吧!"刘琳耸了耸肩,说。

月底,陈熙怀与机场结清了工资,办妥了离职手续,开始了他的另一段人生。他招揽了两个相熟的裁缝师傅,在旺角租了一个只能摆下一张桌子的铺位,挂了一个"熙怀裁缝",就开始营业了。

深圳这边李国荣开始得更早。他就在陈熙怀居住的小区租了一套房子,通过熟人从二手市场采购了几台多功能缝纫机,利用原来在服装厂工作的关系,挖了几名手艺好的衣车工人。一个服装加工小作坊就办起来了。

凭借原来在服装界的人脉,陈熙怀很快就跟香港多家酒店建立了联系。这些酒店源源不断地向"熙怀裁缝"推送客户,加上其他一些自由散客,"熙怀裁缝"的订单多得远远超出了他和李国荣的预料。

陈熙怀在香港接到订单后,上门给客户量好尺寸,提供布样给客户挑选布料,裁缝师根据顾客尺寸和所选布料在香港裁剪好,做好标识,由陈熙怀亲自携带过关,送到深圳李国荣的作坊加工成衣,再由陈熙怀带返香港交到客户手上。业务环环相扣,哪个环节稍微出点问题,掉了链子,整个业务流程就会受到影响。这项业务,过海关这个环节至关重要,也是风险最大的。如果海关以超出旅客自用合理数量为依据,将裁片扣下或禁止入境,裁片无法及时送到李国荣的作坊加工,那将会造成灾难性的后果。其实,如果单纯从成本的角度出发,陈熙怀可以将裁剪环节一并在内地完成,这样就无须在香港租用铺位,可以省下一笔不菲的费用,但那样子做的话,需要将布匹完整地带回深圳,而布匹是需要征收关税的。陈熙怀在香港将布料裁剪好了之后再带入深圳,商品特征不明显,不容易引起海关注意,相当于打了个擦边球。

不过,这种擦边球是有代价和风险的,就是过关时经常会被海关盘查,久而久之,关员几乎都认识他陈熙怀了,甚至一见到他,就直呼:"裁片佬,过来检查!"一段时间下来,整得陈熙怀都有过关恐惧症。有一次,一位海关科长在给他办理手续时,提醒他这种模式并非长久之计,建议他正儿八经地注册工厂,领证合法经营。他回来与李国荣商量,两人都觉得海关科长说得有道理,如果想做大做强,还是要注册办厂。于是,他们一边做着目前的生意,一边盘算着,等攒够资本后就立马注资办厂,而就在这个时候,李国荣的一个老乡及时出现了。

六

这一天,香港还处于圣诞假期。都说香港是旅游购物的天堂,每逢节假日,总能吸引大批游客到访,这个圣诞假期也不例外。大批游客的到来,也带旺了陈熙怀的生意,订单多如雪片,以至于陈熙怀一天来回深港四五趟都跑不完。

傍晚六点多钟,陈熙怀带着今天最后一批裁片过关进入深圳。他之所以选择这个时间过关,是因为这个时间段是客流高峰,旅客多,关员忙不过来,他被抽查的概率也就小了。他害怕被海关抽查,尤其是今天这一次。他携带的裁片数量多得连他自己都觉得不好意思,万一被海关抽查了,必定凶多吉少。

真是越怕鬼就越见鬼。过关时,无论他怎么躲藏,海关关员那双眼睛就像是红外线追踪器似的,在潮水般的人流中准确地定位到了他,并对他晃了晃食指,把他叫到了跟前。

"陈熙怀,又是带了裁片吗?"关员碰了碰他拖着的如蚊帐般大的行李袋,问。

"嘻嘻嘻,是的是的,长官!"陈熙怀紧张得都能听到自己的心跳声了,但却极力挤出嬉皮笑脸的样子,心想:这下子玩完了。

"你携带的这个量都快赶上货柜车了吧!"关员调侃道。

"这次是有点多。阿sir,给次机会啦。揾食艰难呀!"陈熙怀求情道。

"机会没少给你啦,这次实在太多了,再给你走,我就是失职了。"听关员的语气,这次是毫无回旋余地了。

"唉!这几天不是过节吗?游客多,生意比平时稍微好一点点。赚的都是辛苦钱!还望阿sir体恤。"陈熙怀抹了一把额头上的冷汗道。

"以前我们多次跟你解释过了,旅客过关只能携带旅途自用物品,你携带的这些东西不属于旅途自用,量少就不管你了,量这么大肯定是不行的。"关员耐心解释道。

"求你啦,生意难做,你就行行好吧!"除了软磨硬泡,陈熙怀实在没别的办法了。

"别别别,别求我,我没这个权力,我还是请科长来照顾你吧。"关员一看陈熙怀又摆出这副死皮赖脸的模样,吓得赶紧去把科长叫了过来。

科长看了一眼陈熙怀拖着的那袋胀鼓鼓的裁片,连连摇头道:"这样的量无论如何都不可能给你放行了。"

"科长,我的沽菩萨!如果这些裁片今天带不过去,加工不了,交不了货给客户,我就完蛋了。求求您了,您就再给我一次机会吧!"陈熙怀说着,眼泪不禁夺眶而出。

科长是个女的,见陈熙怀这副模样,也不觉一阵心酸,她转身擦了一下鼻子,回过头来道:"一次给你,两次给你,这是不符合规定的。你这么做生意并不是正道。"

"这我也知道,但又有什么办法呢?上有老下有小,十几张嘴等着我这个行当吃饭呢!"陈熙怀夸张地擦了一把鼻涕眼泪说。

"记得上次我曾经跟你解释过,你这种情况可以注册一个正规的工厂,合法经营,你怎么不考虑一下呢?"科长说。

"是的,是的。我和合伙人已经在筹备办厂的事了,只是一时半会儿还没有物色到合适的地方而已。所以,科长您看这次是不是就让我过去了?"陈熙怀一副殷切的样子说。

"让你这么过去肯定是不行的。"科长无奈地叹道,"这样吧,如果你非要带过去的话,就征税吧。"

陈熙怀挠了挠下巴,问:"如果征税的话,税款是多少?"

"稍等。"科长让刚才那位关员计算出了税款。陈熙怀一看税额,连连摆手道:"太贵了!太贵了。交了这个税,我这趟就白干了。"

"你就别老想着挣钱了,先想想如何才能顺利完成这笔订单再说吧。"关员说。

陈熙怀想了想,最后叹了口气,无奈道:"看来只能如此了。"

当陈熙怀拖着那袋沉重的裁片回到"国荣裁缝"门店时,李国荣正在店内与一男一女两个陌生人在喝茶聊天儿。一看到陈熙怀垂头丧气的样子,李国荣立马就猜到他今天过关又不顺利了。李国荣一边叫人把那袋裁片拿去车间给工人加工,一边用镊子从滚烫的消毒煲里夹出陈熙怀的功夫茶杯。

"来,陈生过来喝杯茶,歇一歇。"李国荣朝刚从洗手间出来的陈熙怀招招手说。

陈熙怀一边在裤子上揩着手上的水珠,一边没精打采地在茶几旁坐下,叹道:"唉,今天这批单白做了。"

"什么情况?"李国荣斟着茶的手停在空中,问道。

"这批货被海关征税了,扣除税款,基本无利可图了。"陈熙怀边说边从口袋里摸出那张税收发票递给李国荣。

李国荣接过发票一看,也不禁惊叫道:"这么高的税?真是白做了呀！如果每批货都要这样交税，就做不下去了。"

"看来，我们得抓紧转型，注册正规的来料加工企业才行。"陈熙怀说。

"是呀，但目前我们面临的最大问题是资金和资质问题。"李国荣靠在椅背上，一脸无奈的样子道。

"如果你们想办来料加工厂，我可以帮忙呀。"坐在旁边一直默默地喝着茶的那位陌生男子突然开口道。

"哦，忘了介绍你们认识。"李国荣猛然醒悟过来似的，指着两位陌生人向陈熙怀介绍道："这位是邱震摇先生，我的老乡，也是我曾经的同事，现在做了大老板了，今天特意过来找我喝茶叙旧；这位是他的女朋友陈闻洁小姐，"然后指着陈熙怀，"这就是我的生意搭档陈先生。"

"幸会幸会！久闻大名！"邱震摇微微向前欠身，向陈熙怀伸出手说。

陈熙怀握了握对方的手，问："邱先生做哪一行生意呀？"

"哈哈，只要能赚钱，什么都做。"邱震摇打着哈哈道。

"震摇，你刚才说办来料加工厂你有路子？"李国荣给邱震摇筛了一杯茶，问。

"我什么时候说过假话？"邱震摇反问道。

"既然你有办法，那就指条路给我们吧。"李国荣抓着邱震摇的手臂说，脸上闪烁着绝处逢生的喜悦。

"我不仅要帮你们，如果你们愿意的话，我还要入股，和你们一起干。"邱震摇一本正经道。

"那就更好啦！"李国荣拍了一下邱震摇的大腿，兴奋地叫道。

"办厂恐怕需要不少的资金吧？"陈熙怀显得相对较为平静。他担心他们把投资资本寄托在他身上，要知道，他并没有资金。

"资金问题不用担心，我有资金。只是一直没找到合适的合作伙伴而已,只要你们决定做,不够的资金由我来解决。"邱震摇拍着胸口说。

"邱先生打算怎么做呢?"陈熙怀端起茶杯,打量着邱震摇问。

"我们首先找个厂房,然后购置设备,硬件齐全后,就可以申请工商注册,然后向海关申请注册备案,备案申请通过后,就可以招工生产了。"邱震摇说得头头是道,看似非常内行。

听了邱震摇的话,李国荣满心欢喜,拍着邱震摇的肩膀道:"你小子果然能耐。"看来,他对邱震摇深信不疑。

"哎,这不是洒洒水的事吗?"邱震摇不以为意道,"我们先物色一个条件合适的厂房,大家看过满意之后,就可以开始了。"

"陈生,你觉得如何?"李国荣看着陈熙怀征询道。

"这也是一个很不错的思路。"陈熙怀含糊地应道。

"那我们就按照这个思路着手,让震摇去了解一下,有进展随时沟通,到时觉得合适,我们就干,不合适,再另做打算。"李国荣看着陈熙怀说。

"嗯!"陈熙怀若有所思地点了点头。

"今天真可谓喜忧参半。感谢震摇给我们带来了希望,"李国荣欣慰地说,"震摇,你们如果不嫌弃,我给你们量身定做一套西装,如何?"

"你这么客气,我们却之不恭呀。"邱震摇看了陈闻洁一眼,笑道。

"我们这里做的西服,用的全都是进口毛料,质量很不错的呀。"陈熙怀补充道。

"那必须的!陈老板的东西肯定是最好的。"邱震摇碰了一下陈熙怀的手,夸道。

"陈生,等会我们一起到旁边的潮州打冷吃点粥吧。"李国荣对陈熙怀说。

"好呀,跑了一天,正好吃点粥降降火。"陈熙怀说。

说话间，李国荣已安排裁缝师傅给邱、陈两人量度好了尺寸，两人根据样板挑选了喜欢的布料。之后，四人一起到一街之隔的潮州打冷用餐，再又详细地商讨了开办来料加工厂的相关事宜。凭第一印象，陈熙怀对这个邱震摇并没有什么好感，觉得对方有些浮夸，不太靠谱，但他相信李国荣，两人合作做生意以来，为人处世，李国荣让他很放心。就让李国荣去跟他谈吧，具体情况到时走一步，算一步。陈熙怀是这么想的。

陈熙怀回到家时，儿子晋豪正在客厅同李国荣的两个小孩建武和建芳玩任天堂游戏。由于是假期，刘琳和晋豪这几天也都在深圳。陈熙怀和刘琳都感觉到，晋豪跟建武兄妹在一起玩的时候，是最轻松和最自信的，完全没有平时那种令他们夫妻心酸的胆怯和拘谨。这也算得上是夫妻俩仅存不多的共识了。今天，建武兄妹在晋豪家玩了整整一天，连午饭、晚饭都在晋豪家解决了。

刘琳斜躺在沙发上翻阅一本时尚杂志。她瞟了一眼刚进门的陈熙怀，随口道："回来了？"

"嗯。"陈熙怀打开鞋柜，换上拖鞋。

"今天顺利吗？"刘琳再又瞟陈熙怀一眼，问。

"今天呀可谓喜忧参半。"陈熙怀倒了一杯水，走到刘琳身边。刘琳下意识地把脚缩了回去，给陈熙怀腾出了位置。

坐下来之后，陈熙怀先将今天过关的经历绘声绘色地给刘琳描述了一遍，但也许是相同的故事听得太多了，这个故事并没有在刘琳的脸上掀起丝毫的涟漪，她的双眼一直盯着手中的杂志，直到听见陈熙怀说要兴办一家来料加工厂时，她才放下了手中的杂志。

"开办一间服装厂得要好多钱吧？"刘琳往上挪动了一下身体问。

"今天认识了一个人，他说他有资金。"

"谁呀？"

"李国荣的朋友。"

"可靠吗?"

"有李国荣在,用不着担心。"

"嗯,还是那句话,你自己要当心。"

两周后,邱震摇电话通知李国荣,说已物色到厂房,要他和陈熙怀尽快过去看。

厂房在一个城中村里面。李国荣和陈熙怀应约来到约定地点时,邱震摇与陈闻洁同一个胖乎乎的中年男子在村口迎接他们。据介绍,这人名叫魏向贱,是厂房房东。魏向贱把李国荣他们带到村内一栋八层楼高的厂房前。这栋楼除了第三层外,其他楼层均已出租,邱震摇所说的厂房正是这闲置的第三层。

厂房的面积和位置都很合适,离关口近,方便运输,租金也不贵,最重要的一点是,这层楼原本就是一个服装厂,所需制衣设备一应俱全。看过之后,大家均表现得非常满意。

"既然如此,我们回去准备一下,回头就同你签合同。"邱震摇对魏向贱说。

"你们得尽快,"魏向贱说,"已经有几个租客同时看上了这个地方了,而且出的价钱比你们都高,我是碍于邱总的情面,才忍痛低价租给你们的。"

"明白明白!事成后请你喝酒!"邱震摇拍着魏向贱的肩膀笑道。

告别了魏向贱,大家回到李国荣的店里,落实厂房租赁及合作办厂的相关事宜。

陈熙怀原本是三心二意的,但看了厂房之后,头脑迅速发热,忘乎所以,三人说干就干!决定立即着手准备成立公司。

按照魏向贱刚才所说,李国荣他们必须立即通过银行转账十万元定金给他。但陈熙怀认为现在转给对方的只是诚意金,诚意金不需要那么多。李国荣也赞成陈熙怀的意见。经邱震摇与魏向贱电话讨价还价,最后双方达成意见,将定金降至三万元。

这三万元属于未来公司的公共开销,但鉴于公司仍没成立,目前没有公共账号,这笔钱应该怎样支出?陈熙怀和李国荣相互对视了一眼,正要说什么,邱震摇却抢先开口道:"这点钱由我先垫付吧,到时计入我的投资款里就行了。"

"这样也好。"李国荣点头应道。

"闻洁,你现在去一趟银行,给魏老板转三万元定金。"邱震摇指示陈闻洁道。

"货款都还没到账,哪来的钱呀?"陈闻洁说。

"还没到账吗?今天几号了?"邱震摇抬起手看了一眼手表上的日历,"啊!今天才二十九号?"

"下个月五号货款才能到,早着呢!"陈闻洁说。

"没关系啦,三万块而已,我和国荣先拿出来吧。"陈熙怀瞟了邱震摇一眼,看着李国荣说。

"哎呀,真不好意思,这日子过得连时间都忘了!"邱震摇露出一脸无奈的样子说。

"你是快乐不知时日过呀。"李国荣笑呵呵道。

陈熙怀和李国荣通过他们小作坊的公共账号给魏向贱转了三万元定金,然后约定第二天上午在魏向贱的厂房里现场签订租赁合同,同时由邱震摇准备他们三人的合作协议。

第二天,李国荣和陈熙怀准时来到现场,但邱震摇和魏向贱却迟迟没有现身。李国荣和陈熙怀找遍了整座厂房,都不见魏向贱,打他电话,电话提示对方已关机。问厂房其他人员,他们都说不认识此人,并表示他们公司没有魏向贱这个人。李国荣和陈熙怀预感到情况不妙,赶紧打电话给邱震摇。

邱震摇看似刚刚睡醒,连声道歉,说昨晚喝多了,睡过头了。当他听说了魏向贱的情况后,也显得非常焦急。"你们等等,我立马给他打电话。"邱震摇忙不迭地说。

十分钟后,邱震摇打回电话来,说他拨打了魏向贱留的几个电话号码,但均联系不上他。

"哎呀,你们本不应这么急着把钱转给他。"邱震摇懊恼道。

听他这么一说,李国荣当即就惊愕住了。

"这个怎么能怪我们呢?你当时也在场,而且他是你的朋友呀。"李国荣拧着眉头说。

"打住打住,他也是别人刚介绍给我认识的,我跟他了解不是很深,算不上朋友。"邱震摇连忙辩解道。

"这……"李国荣听他这么一说,更加无语了,扭头惘然地望着陈熙怀。

"邱先生怎么说?"陈熙怀已从李国荣的表情中感觉到情况不妙,焦虑地问道。

"他说魏是别人介绍给他认识的,他对魏的情况并不是很了解。"李国荣苦笑道。

"他,他哪能……"陈熙怀也是无语了。

"还是你明智,没有转那么多钱给他。"李国荣喘了一口气,顿了顿,惭愧地说:"这样吧,邱震摇是我介绍的,这事因我而起,这三万块如果追不回来,就算在我的头上吧。"

"我觉得现在不是追究责任的时候,我们应该先去报警。"陈熙怀说。

李国荣和陈熙怀到就近的派出所报了案。接案民警登记了他们的资料,给他们录了口供,让他们先行回去等候消息。警察根据案情传唤了邱震摇和陈闻洁等相关人员,却一直没有结果。

没想到陈熙怀和李国荣办厂的雄心,还没起步就被这么一盆冷水给浇灭了。三万元虽然不算多,但却给他们的心理受到了不轻的打击。看来,他们眼下能做的,唯有继续经营他们的加工生意了。为了避免触犯海关规定,陈熙怀现在是宁可每天多往返深港几趟,减少每次携带裁片的量;有时订单实在太多的话,他就让香港的两个裁缝帮忙分散携带。他们的生意就这样在夹缝中顽强地生存着。

陈熙怀和李国荣都是服装业的能手，且为人厚道、诚信经营，手工和用料也都非常好，做出来的西装深受客户喜爱，无论是香港还是深圳的门店，都吸引了不少客户。除西装外，李国荣裁缝唐装的手艺也非常了得，上了年纪的人尤为喜欢，经常有人慕名而来。李国荣和陈熙怀虽然经历了骗局，被骗了三万元，且牵线者是李国荣介绍的朋友，但两人的感情和合作关系并没有因此受到影响。

这天，卢桥休息在家，闲着没事，也来到"国荣裁缝"门店喝茶聊天儿，当他听闻陈熙怀和李国荣租厂被骗的事情后，连连摇头说："你们要租厂房找我呀！"

"你怎么会有这方面的路子？"陈熙怀将信将疑地看着卢桥问道。

"我有门路有什么奇怪？"卢桥反问道，"我是给工厂搞运输的，认识些厂房房东再正常不过了呀！如果你们真有需要，我可以帮你们留意一下。"

陈熙怀和李国荣相互对望了一眼，说："可以呀，你就帮我们留意一下呗！"

"你们想要办什么厂？"卢桥问。

"我们想办一个来料加工服装厂。"李国荣说。

"你有兴趣的话可以一起搞。"陈熙怀笑着说。

"别拉我，那些事不适合我。"卢桥连连摆手道，"我只适合开我的货柜车。"

"知足常乐。好呀！"李国荣赞叹道。

"够吃够住，一家人平平安安、和和睦睦就好。"卢桥看着门外同晋豪和建武兄妹一起快乐地玩着"跳飞机"游戏的女儿，感慨地说。露丝是一个性格开朗，甚至有些小泼辣的小女孩，非常讨人喜欢。

七

一转眼又过了个把月。陈熙怀把从香港带回来的裁片分派给工人加工后,刚在门店坐下,还没来得及喝上李国荣为他沏的茶,一位六十岁出头、衣装普通的男子出现在了他们的店门。

李国荣连忙起身相迎,恭谨地招呼道:"先生,请问您有什么需要吗?"

"进饭店吃饭,进裁缝店就是想做衣服啰!"进店后,老人家端详着挂在墙上的成衣样品说。

"欢迎惠顾,随便挑!我们用的都是进口布料,师傅的手艺也都很考究,品质绝对有保障!"李国荣指着那些样品介绍道。

"好不好试过才知道呀。"老人家不为所动地说。

陈熙怀瞟了老人一眼,也许是觉得对方外表过于普通,所以,并没有表现出过分热情,只自顾喝茶。

"看看喜欢哪一款?"李国荣继续热情地笑道。

"这几款都喜欢,怎么办?"老人摸着那些样品,说。

"您可以先挑一两款最喜欢的做,觉得好的话,以后可以再来帮衬。"李国荣微笑着建议道。

"这主意好,"老人家欣赏地看了李国荣一眼,指着其中两款道,"就先做这两款吧!"

"好的,给您最优惠的价钱。"李国荣说,心想,这老头有点意思,接着招呼道:"要不您先喝杯茶?"

"先量尺寸吧。"老人家边说边脱去外套。

"好嘞。"李国荣赶紧取来工具,指了指桌子后面的空地说:"您这边请。"

量完身,老人家预付了费用,留下了联系电话,问:"大概什么时候能做好?"

"大概两周后吧。"李国荣卷着皮尺说。

"做好了就通知我来取吧。"老人家重新穿上外套。

"做好了立马给您打电话。"李国荣一边收拾东西,一边指了指旁边的茶几,"喝茶。"

"我今天还有其他事,就不耽搁了,取衣服的时候再说吧。"老人家朝李国荣和陈熙怀快速一瞥,就匆匆离开了。

"感觉这老头有点怪怪的。"老人走后,陈熙怀说。

"还好吧,挺直爽的。"李国荣看着老人离去的方向说。

两周后,老人如约来到店里取衣服。他穿上新衣,在镜子前转来转去,鼻腔不停地发出"嗯""嗯"的声音。试穿完毕,不等李国荣和陈熙怀开口,他就主动地在茶几前坐了下来。

"卢桥是你们的朋友?"刚一坐下,老人家就率先问道。

"是呀。"陈熙怀和李国荣略带惊讶地对望了一眼,齐声应道。

"您认识卢桥?"陈熙怀问。

"他曾经给我的工厂做过运输,我们也算是朋友了。"老人家说。

"哦!"陈熙怀若有所思地点了点头,不禁联想起前段时间卢桥说要给他们介绍厂房房东的事,心想:难道眼前这个农民一样的老头就是卢桥要介绍的厂房房东?这么一想,陈熙怀不由得挺直了腰板。

"听卢桥说你们想租地方办制衣厂?"老人家喝了一口茶,问。

"是有这个想法。"陈熙怀说,"怎么样,您有这方面的资源?"

"嗯,应该有吧。"老人家神秘地笑了笑,应道。

经介绍,眼前这位老人也姓李,叫李守忻,是地道的深圳本地人。巧的是,他正是上次魏向贱介绍陈熙怀他们租厂的那个城中村的居民,而且,更为巧合的是,他才是那个厂房的真正东家。

"那个自称是厂房房东的魏某人是你们村的人吗?"了解了相关情况后,陈熙怀问。

"我并不认识这个人,而且,我们村没有姓魏的。"李守忻喝了一口茶，回味了一下，说。

"既然如此，他为什么能进入您的厂房？"李国荣看着李守忻，疑惑地问道。

"这个我确实不知道。"李守忻冷冷笑了笑，道。

"您那层厂房为什么空着呢？"陈熙怀将信将疑地问。

"我之前与别人合办服装厂，合伙人有些不守规矩，被我终止了合约。"李守忻苦笑道。

李国荣和陈熙怀若有所思地哦了一声。

"我一直想把这个厂重新搞起来，"李守忻说，"所以一直在物色合作伙伴。"

"选择合作伙伴确实需要非常谨慎。"陈熙怀看了李国荣一眼，说。李国荣认同地点了点头。

沉默了一会儿，李守忻突然问道："你们有兴趣和我一起把那个厂搞起来吗？"

李国荣和陈熙怀对望了一眼，给李守忻的杯斟满了茶，意味深长地问道："您为什么会选择我们？"

"卢桥之前跟我说过你们的情况，我也目睹了，觉得你们还是可以合作的！"李守忻把杯中茶喝干，拇指和食指钳着杯，停在胸前，一副诚恳的样子说。

"我们倒是想做，只是手头上资金不多，恐怕会令您失望。"陈熙怀看了李国荣一眼，说。

"我需要的不是资金，而是技术和营销渠道。"李守忻双目如炬，在李国荣和陈熙怀脸上来回打量着说。

李国荣与陈熙怀再又对望了一眼，说："这事容我们俩商量一下，回头再答复您。"

"行，不急，考虑清楚再说。"李守忻点点头，把空杯放回茶几上，顿了顿，看着李国荣问："听卢桥说你当过兵？"

"是呀，当过几年义务兵。"李国荣无限回味地感慨道。

"一看就像是部队出来的。"李守忻露出亲切的笑容道,"我也当过兵。"

"哦,那么我应该称呼您老首长了。"李国荣触电似的,精神为之一振,挺直了腰板说。

"唉,什么首长?我喜欢他们叫我老班长。"李守忻摆摆手说。

"老班长好!"李国荣站起来向李守忻敬了一个不算标准的礼,问道:"您是哪年退伍的?"

"对越自卫反击战胜利后就退了。"李守忻一副得意的样子说。

"真羡慕您,有机会为国上战场。"李国荣敬佩道。

"没什么好羡慕的,要不是人家欺负到咱家门口来,谁也不愿意打仗。"说着,李守忻从身上摸出一个小布袋,从布袋里掏出一个树根状的烟斗,再搓出一团烟丝把烟斗填满。李国荣从茶几上拿起打火机替他点着了烟斗。李守忻深深吸了一口烟,满足地说:"还是现在的和平日子好啊!"

"是呀!不过,没有您这些前辈的流血牺牲,哪来今天的和平日子?"李国荣注视着李守忻沧桑的脸颊,由衷地说。

三人再又聊了一会儿,李守忻吸完了一斗烟,将烟斗在烟灰缸上敲了敲,撩起衣角搓了搓烟杆,利索地站了起来,说:"我走了。你们想好了随时给我电话。"

李守忻走后,陈熙怀和李国荣反复推敲了一番,又向卢桥进行了证实,最终决定先去现场看一看,再做决定。

第二天,李国荣和陈熙怀来到了李守忻的厂房。李守忻把厂房的具体情况向他们做了详细介绍,开诚布公地说明了他的合作意向:他本人提供厂房和缺口资金,李国荣负责技术,陈熙怀负责外资和境外业务。

"您这么好的条件,想跟您合作的人应该不少,为什么偏偏选择我们呢?"陈熙怀再次提出了自己的疑虑。

"这你得感谢卢桥,是他向我推荐了你们。不过,最重要的,还是你们做的东西符合我的要求。"李守忻说。原来,李守忻打算开办的并不是普通的服装厂,而是一个以唐装为主打产品的具有民族特色的服装厂。这也是他之前慕名来到"国荣裁缝"定做唐装的原因,他那是想看看李国荣他们的工艺究竟如何,结果让他相当满意,所以才有了现在的洽谈。

对于李守忻的话,李国荣和陈熙怀依然将信将疑:如果李守忻是当真的,这不失为一个大好的机会,简直可以用"柳暗花明又一村"来形容。但他们担心的是,眼前这个老头是否可信?他会不会是另外一个邱震摇或魏向贱?

李守忻仿佛看透了李国荣和陈熙怀的心思!也许是为了打消他们的疑虑,李守忻把他们领到了家里,向他们展示了厂房的产权证书和相关证明文件。据李守忻自己介绍,这个厂房是他利用特区建设土地征收补偿款建造起来的,属于他家的私有房产。看来厂房是没问题了。

消除了对厂房的疑虑后,李国荣又担心起产品来。

"唐装在国际上有市场吗?"李国荣疑虑道。

"具有鲜明中国元素的产品在国际上不乏市场。"陈熙怀说。在国际市场这一块儿,他是最有发言权的。

李国荣信服地点了点头。

"不过,据我所知,办合资企业,境内合营方不能是个体,你符合这个条件吗?"陈熙怀问李守忻。

"这个没问题。"李守忻说,"我们把厂挂靠在村股份公司里就可以解决这个问题了。"

"这样做,在管理和利润上会不会对我们不利?"陈熙怀问。

"管理上不受影响,只要合法经营就行;至于利润,也不受影响,交点管理费就行。"李守忻说。

"那就好。"李国荣点着头说。他对眼前这个老班长是越来越有亲切感了。

"既然如此,我没意见。"陈熙怀说。

"那就这么愉快地决定了?"李守忻看看李国荣,再看看陈熙怀,说。

"就这么干吧!"李国荣和陈熙怀对望了一眼,几乎异口同声道。

三人当即就把合作细则敲定了下来。中午,李守忻留陈熙怀和李国荣在家里吃了个便饭。

刘琳对陈熙怀又要与别人合作办厂的事似乎并不看好,不过也没有反对,只是冷冷地说了一句:"前车之鉴。不要把最后那点柴米钱都赔进去了!"

刘琳所说的柴米钱并非刻薄话,只是这个时候陈熙怀确实拿不出太多的钱来投资。虽然李守忻这个厂房原本就是制衣厂,不仅留有整套可以直接使用的制衣设备,厂房的装修、格局、消防等也都无须改动,节省了不少前期投资,而且,李守忻看似家底丰厚,这边的硬件投资他自己就能轻松解决。但由于是合资企业,陈熙怀作为外资方,他的投资必须以外汇的形式从境外汇入,这一点李守忻就爱莫能助了。最后,陈熙怀向包括卢桥在内的朋友东借西凑,才筹够了投资款项。

他们给这个厂取名为"国熙服装厂",办下执照、招齐工人后,直接就开工生产了。

八

得益于陈熙怀在香港服装业的熟稔与人脉,国熙服装厂开业伊始就接了不少大宗订单,生意红火。国熙服装厂开业后,陈熙怀与李国荣原来的加工小作坊也就结束了经营,作坊的那几个裁缝师傅顺理成章地成了国熙服装厂的领班和技术指导。这几个裁缝师傅都是业内的高手,他们的到来不仅大大地提高了产品的品质,更拓宽了服装厂的客户和销售渠道。工厂运作很快就上了轨道,业务蒸蒸日上。

能够这么快就在深圳开办了企业,重拾往昔事业,这是陈熙怀所不曾预料的。看来,当初乔迁深圳是非常明智和正确的选择,要不然,他陈熙怀怎么可能搭上深圳这趟发展的快车,分享到内地改革开放的红利呢?不过,让陈熙怀最感庆幸的还是在深圳遇上了李国荣和李守忻这样志同道合的人。

"你们两位是我的贵人。"这是陈熙怀在李守忻和李国荣面前常挂在嘴边的话。

"我们互为贵人。"李国荣也总是笑着回应道。

"什么人聚什么样的人!首先你具有正能量,才能聚集到正能量的人。"李守忻说。

陈熙怀生意上了轨道,事业再度起步,然而这一切都未能改变妻子刘琳对他的冷淡态度。陈熙怀一直想跟刘琳好好谈谈,想知道她究竟为何要这样对他,他要怎样做才能让她重新接纳他。但刘琳并不愿多讲,若陈熙怀多问几句,她就会显得很不耐烦,甚至有些歇斯底里。陈熙怀对此是无可奈何,非常苦闷。

近日,陈熙怀接到来自美国客户的一笔大订单,这个客户的中国内地签证已过期,来不了深圳,所以只能在香港同他洽谈。这个客户想委托陈熙怀加工生产一批成衣出口美国,为了符合美国的优惠待遇,他要求陈熙怀在生产时直接将成衣原产地标识为香港,然后直接从深圳装运美国。这样做虽然可节省很大的成本,获取更多利润,却不符合海关有关产地标识的管理规定,存在极大的政策风险。陈熙怀怕把控不住,不敢应承,但他又不想失去这笔生意,希望在香港找一个合作伙伴,通过转口加工的形式拿下这笔订单。他约了客户明天一早见面,届时向对方提出自己的方案。

一来是第二天约的时间比较早,二来也想多与妻儿相处,所以陈熙怀当晚没有回深圳,而是直接去了岳母家借宿——近来这已经不是第一次了,他突然感到多与刘琳沟通的必要性和紧迫性。

孩子和老人都已入睡,刘琳给陈熙怀开的门。

"怎么这么晚?"刘琳穿着睡衣,一脸疲态地轻轻拍打着虚张的嘴巴,说。

"不好意思,吵到你们了。"陈熙怀一边换鞋子一边抱歉道,"明天一早要去找一个做二次加工的厂家,赶时间,所以今晚就不回深圳了,在沙发上应付一晚吧。"

"在香港睡沙发都比深圳强吧?"刘琳一边说,一边摇摇晃晃地进房去给陈熙怀拿被褥。

"等我攒够了钱,再把山顶别墅买回来给你们母子住。"陈熙怀对着刘琳的背影说。

"失去的东西就回不来啦。"刘琳把枕头被褥堆在沙发上,正要回房时突然又回头道,"听说你以前那个林助理现在还在服装界混,你刚才说找什么二次加工,可以看看他有没有资源呀!"

"这方面的资源我还用得着找他?"陈熙怀呵呵道。

"老搭档,就权当给他些生意做,帮衬一下他啰。"

"嗯!既然你这么说,我明天联系他吧。"陈熙怀想了想,应道。

刘琳回头看了陈熙怀一眼,轻轻说了声:"晚安!"就独自回房了。

"晚安。"陈熙怀看着刘琳的背影,失落地应道。

为了不影响到大家休息,陈熙怀没有洗澡,他上了一趟洗手间,简单地洗了一把脸,就在沙发上躺下了。

客厅的窗帘很薄,街灯的亮光伴随着车流声从窗外洒落进来,扰得本已心烦意乱的陈熙怀辗转难眠。他枕着双臂,双眼紧盯着天花板,大脑像失控的野马,杂乱无章地东奔西突。此时,他多么希望刘琳能出来陪陪他,但这简直就是奢望!他清晰地意识到,他与刘琳之间的感情正渐行渐远。他使劲地想牵住她,却得不到她的呼应,只能独自焦虑沮丧。

陈熙怀是被岳母淘米煮粥的声音吵醒的。他揉了揉干涩的眼睛,深深吸了一口气,从沙发上坐了起来,感觉脑袋一片浑浊。他盯着自己的双脚发了一会儿呆,直到岳母拖着肥胖的身躯,在围裙上搓着双手从厨房走出来,问他:"我把你吵醒了?"

"没有,是我自己醒的。"陈熙怀勉强地笑了笑应道。

"还早呢,再睡一会儿吧。"

"不睡了,我洗个澡,一会儿就出去。"

"我煲了芡实淮山排骨粥,吃了粥再去吧。"

"不了,我约了人喝茶谈生意。"

当陈熙怀洗漱沐浴完毕,用浴巾搓着头发从洗手间出来时,迎头就看见儿子晋豪木然地坐在沙发上。陈熙怀惊喜地喊了一声:"晋豪!"急忙上前一把抱起晋豪,"想爸爸吗,宝贝?"陈熙怀激动地端详着晋豪问。

晋豪没有说话,两只依然带着睡意的小眼睛在陈熙怀脸上好奇地来回转了几圈,然后默默地指了指洗手间。

"你想尿尿?"陈熙怀盯着儿子的小脸蛋儿问。

晋豪点了点头。陈熙怀在儿子脸上使劲亲了一口,把他放下,摸了摸他的小脑勺,说:"去吧!"

陈熙怀刚穿上外套,刘琳也从睡房出来了。她穿着薄薄的粉色睡袍,身体玲珑浮凸,揉着睡意朦胧的眼睛,问:"要出门了?"

"嗯,客户中午要赶飞机,所以趁早跟他再好好聊聊。"陈熙怀边说边凑到刘琳身边,想亲她一口,却被刘琳躲开了。这尴尬的一幕刚好被从洗手间出来的晋豪看见了,他装作若无其事地从他们中间穿了过去。

"叫上林亨里一起和客户谈吗?"刘琳挠着略显凌乱的头发问。

"我先跟客户谈谈我的方案,如果对方接受,我再找林亨里。"其实陈熙怀并不想找林亨里，他也确实不需要林亨里帮忙，但既然刘琳提到他——哪怕她只是随口说说而已，他也必须把握住这个讨好她的机会，即使这样做也许会给公司增加些许成本。

美国客户比陈熙怀晚了五分钟到咖啡厅。陈熙怀向他阐述了自己的方案。由于转口加工需要增加成本，刚开始，美国客户并不同意。双方再又相持了一会儿。陈熙怀向对方强调了利害关系，说除非对方愿意承担法律风险，否则做不来。美国客户意识到别无选择，经过一轮讨价还价，最终还是接受了陈熙怀的方案，转口香港进行二次加工，再从香港装运美国。

送走了美国客户，陈熙怀给林亨里打了个电话。二十多分钟后，林亨里左顾右盼地走进了咖啡厅，一眼就看见了卡座里的陈熙怀。

"老板。"林亨里向陈熙怀挥了挥手，笑盈盈地朝他快步走来。

陈熙怀也向林亨里招了招手。

林亨里在陈熙怀对面，也就是美国客户刚才坐的位置坐下，兴奋地向陈熙怀伸出了手，说："老板，好久没见。听说您又东山再起了？恭喜恭喜！"

"刚刚开始，前景未明。"陈熙怀微微笑了笑，打量了林亨里一眼，说："你呢？你好像混得也挺不错嘛！"

"跟老板您比就差远了。"林亨里摇头道。

林亨里离开陈熙怀后，自谋发展，其间替人打过工，变换了几个工种，最终还是回到了服装行业，借着当年跟陈熙怀在行业内积攒下来的人脉，做起了行业中介，替厂家之间、厂家与销售之间相互介绍生意，赚取居间费用，过着不汤不水的日子。

侍应拿着菜单过来问林亨里吃什么。林亨里翻开菜单随便浏览了一下，点了一杯咖啡和一个蛋挞，合上菜单，交还给侍应，然后挠了一下后脑勺，尴尬地笑了笑道："老板，说不定到时我还得跟您混呀。"

"你现在都自己做老板了，还跟我混？"陈熙怀不以为意地说。

"什么老板,我这种工作最多也就是混口饭吃,没有保障的。"

陈熙怀端起咖啡,喝了一口,瞟了林亨里一眼,不紧不慢地说:"现在我这边还真有一个转口加工的单子,不知道你愿不愿意做?"

"愿意,当然愿意!难得老板念旧,赏口饭吃。"林亨里摆出一副求之不得的样子说,"是什么单子呢?"

陈熙怀把情况简要地向林亨里介绍了一下,说:"这个能做吗?"

"太能做了,这正是我的主业。"林亨里拍了一下大腿,兴奋地说。这时,侍应端上来林亨里点的咖啡和蛋治。林亨里喝了一口咖啡,接着说:"您这种情况有两种做法。"

"哦?说来听听。"

"第一种方法是您在内地把成衣做好,直接贴上香港产地标识,运至香港,再由香港发货至美国;第二种方法是您在内地把成衣做好,然后通过正常渠道报关出口到香港,在香港委托厂家进行二次加工,贴上香港的产地标签,然后从香港出口到美国。相比之下,第一种方法可以省去很大的成本。"

"看不出这两个方案有什么区别呀?"

"区别大了,第一种方法不需要报关,通过地下渠道将货物运至香港;第二种是正儿八经地报关出来。"

"不报关,我们厂如何向海关核销?到时货料进出不平衡,过不了海关稽查这一关呀!"

"怎么会呢?你们到时在内地采购一批布料填补上去不就可以了吗?"林亨里凑近陈熙怀的耳边,压低声音说。

"这样不就是飞料走私吗?"陈熙怀脱口而出道。

"轻点声轻点声。"林亨里在唇边竖起手指说,"现在做来料加工的,有几家不偷吃的?!完完全全正儿八经做生意,能挣几个钱?"

"但这样做是违法的,风险太大了。"

"我在口岸有熟人,没有风险。"

"违法的事情,还是不做的好吧?"陈熙怀瞟了林亨里一眼说。

"嗨,做生意不就是图利嘛。有利润,又安全,为什么不做呢?"

陈熙怀思量了一会儿,问道:"你能确保百分之百安全吗?"

"百分之百安全。"林亨里眯着眼睛,胸有成竹地说。

"相比第二种方法,能省多少钱?"

"具体要计算后才知道,不过,估计数目不会少。"

"你真能保证安全?"陈熙怀再次问道,看来他是有所心动了。

"您是我老板,我能骗您吗?"

"可惜我已经和美国客户谈妥了呀。"

"我们怎么操作,美国客户怎么会知道呢?我们按第一种方法做,按第二种方法收费,利润更大。"

陈熙怀犹豫了片刻,说:"这样吧,我们做好两手准备,我回去跟我的拍档商量一下,如果他们同意,我们就按第一种方法干。如果他们不同意,我们就还是采用第二种方案吧。"

"好,我等您的答复。"

两人再又东拉西扯地聊了一会儿,谈了些彼此的近况。待林亨里把蛋治吃完,咖啡喝光,两人就分头散去了。

离开咖啡厅后,陈熙怀直接回到深圳,向两位合作伙伴汇报生意洽谈情况。

"如果采用第一种做法,我们可以节省不少的成本。"汇报完毕后,陈熙怀强调道。

李守忻听了之后,毫无商量余地地摆摆手道:"这是违法的事情,不管可以节省多少成本都不能做!"

"生意不就是为了逐利吗?如果既赚钱又安全的事,干吗不做呢?"陈熙怀借用林亨里的话回应道。

"守法经营是我的底线,只要是逾越法律红线的,坚决不能做。"李守忻掷地有声地强调道,顿了顿,"之前的拍档就是想瞒着我乱搞,被我赶跑的,我不希望这样的事情再次发生。"

"我赞成李董事长的意见,我们决不能去碰法律的底线。"李国荣表态道。

"那好吧,我们就采用第二种方案。"陈熙怀不无惋惜道。

事情定下来后,陈熙怀立即联系了林亨里,把公司的决策告知了他,委托他联系二次加工的工厂。

林亨里给陈熙怀介绍的是一个规模较小的加工厂。内地改革开放后,出于人工、场地等成本因素的考虑,很多劳动密集型的加工企业都已迁往了内地,但受香港特殊地位的影响,产自香港的商品在很多国家和地区都可享受比内地更为优惠的贸易待遇,具有很大的竞争优势,所以,某些行业在香港还是保留着加工工厂。这些厂大多都是从事外包装、贴牌等简单的二次加工,工作量不大,规模也就不可能太大,规模大了吃不饱、养不活。

林亨里通过这宗生意,打开了与陈熙怀的合作之门。自此,凡是国熙服装厂需要到香港进行二次加工的转口贸易货物,陈熙怀都交由他处理。林亨里实质上已成了国熙的合作伙伴了。其实,凭陈熙怀在香港服装业内的阅历和人脉,这些事情他自己完全可以搞定,之所以交给林亨里,除了是精力所限,忙不过来外,更主要的原因还是刘琳的推荐。为了取悦刘琳,凡是她的要求,陈熙怀都尽量满足,至于刘琳为什么要推荐林亨里,他却从来没有多想。不过,令陈熙怀没想到的是,他对林亨里的帮助与提携,对方不但没有半点感恩,反而恩将仇报,上演了一出现实版的农夫与蛇的故事。

九

刘琳说周末晚上受邀参加公司举办的派对活动,这个周末不回深圳。她不回,儿子晋豪却要回。晋豪喜欢深圳,如无意外,他每周都要回来。陈熙怀在香港办完业务以后,顺道把晋豪接回了深圳。平时,刘琳的妈妈也会在周末跟着女儿一块儿回深圳小住两天，但刘琳不回，老人家也就不过来了。

说是公司派对，实际上是公司老板组织的一次私人聚会，参加派对的人除了本公司的部分员工外，还有老板社会上的一些朋友。派对要求参加人员一律佩戴面具，女的穿连衣套裙，男的西装革履。刘琳曾经是阔太太，派对自然没少参加，但戴上面具出席的派对却是第一次，心中充满了期待。出席人员中，刘琳除了知道有本公司的老板外，其他还有什么人参加，她概不清楚。

傍晚七时，沐浴更衣后，满身香气的刘琳按约定的时间，乘坐的士来到了派对地点。这是一个私人会所，两个身材高挑、身穿素色旗袍的礼仪小姐在门口迎接她。她们都佩戴着黑白色的猫脸面具。其中一名礼仪给刘琳戴上了和她们一模一样的面具，然后领着她进入大堂，乘电梯直上四楼。走出电梯，整个环境都笼罩在柔和的灯光下，空气中弥漫着干冰的雾气和情欲的味道。刘琳跟随礼仪小姐沿着音乐飘来的方向进入一个长形大厅——一个大舞池，舞池两端分别是宾客座位，左边是男宾，女宾在右边。刘琳到来时，已经有好些佩戴面具的宾客在场了。他们都静静地坐在椅子上，隔着面具互相打量、揣摩着。派对的规则是，活动开始前，禁止彼此交流。

礼仪小姐把刘琳领到女宾位置坐下。戴着面具的服务员给刘琳端上来一杯苏打水。刘琳端起杯，呷了一小口，用眼睛余光扫视了一圈在座的宾客，试图找出熟悉的人，但由于灯光太暗，而且大家都戴着面具，刘琳想要从这些坐着一动不动的戴面具的人中识别出谁是谁，确实有些难度。

客人陆续到齐，灯光从原来斑斓的色调变成了蓝色调，音乐也暂停了，两名佩戴面具的主持走到舞池中央，宣布派对正式开始。主持手里抱着一个精致的小纸箱，分别走到男宾和女宾区，让每位宾客从纸箱里抽出一张折叠好的小纸条。

待大家都拿到纸条后，其中一位主持拿起话筒说话了："女士们、先生们,现在你们每人手上都有一张小纸条,请打开你们的小纸条,上面有一个号码,请男士拿着你们的号码到女士这边来,寻找持有相同号码的女士,她就是今晚与你们配对的伴侣,你可以对她做任何事情——当然,不能把她给吃了。(笑声)配对好了之后,先别说话,先邀请她到舞池中央跳一曲舞,看看你们彼此能否猜出对方是谁——猜出有奖!现在请女士们亮出你们的号码,等待帅哥来把你们领走。"

刘琳瞟了一眼手中的纸条,上面写着一个"5"字。她左右看了看,见其他女士都把纸条有字的那一面朝上,平放在大腿上。她于是也跟大家一样把纸条放好,用手轻轻按着。

一位男士来到刘琳面前,向她亮了亮手中的纸条,伸手弯腰,摆了个"请"的姿势。

刘琳抚了抚大腿上的裙幅,迟疑了一会儿,把手伸给了对方。对方牵着她的手,来到舞池中央。这时所有男女宾客均已配对完毕,灯光降至最暗,彩灯再度闪烁,华尔兹舞曲随即响起,男女宾客成双成对地相拥着随音乐翩翩起舞。

手刚一搭上对方的肩膀,刘琳就已经知道他是谁了。

"怎么这么巧呀?"刘琳用嘲弄的语气轻声道。

"不是巧,是缘分。"对方使劲把刘琳往自己身上搂去,说。

"不会是你故意安排的吧?"刘琳用手撑着对方的胸膛,与他保持适当的距离。

"你要相信天意。"他把嘴探向刘琳的脸颊,做出要吻她的动作。

"喊!"刘琳嗤了一声,侧脸躲开。

"你现在不相信不要紧,我会证明给你看的!我要夺回本该属于我的东西。"

"什么是本该属于你的?"

"你呀!"

"真是太好笑了,我什么时候属于你过呀?"

"别忘了,在他追你之前,我可是已经喜欢上了你的。"

"那是你的单相思,我可从未接受过你的追求。"刘琳笑道。

"不管怎么样,我不仅要夺回你,而且还要在生意上超越他、打败他,把他踩在地上。"

"你怎么这么恨他呢?他并没有做对不住你的事情!你以前跟着他,做他的助理,他可没有亏待过你呀。至于现在,人家还介绍生意给你做呢!你怎么能这么忘恩负义呢?"

"他过得比我好就是最大的错。他夺走了你就是对我最大的伤害。"

刘琳再又嗤了一声,把对方推开,径直回到座位上,端起杯子喝了一大口苏打水。对方跟着过来,在她身边坐下,对着服务生打了一个响指。

服务生端着托盘上前弯腰问道:"先生,请问您需要什么?"

"两杯威士忌。"男子说。

"你要自己喝两杯吗?"刘琳冷笑着问。

"一杯给你呀。"男子抓着刘琳的手说。

"我可不喝威士忌,我就喝苏打水。"刘琳甩开男子的手说。

"来到这里就不要那么扫兴了。你看这里有谁不喝酒?"

刘琳环顾了一下四周,确实,刚才跳舞的男男女女都已陆续回到座位上,觥筹交错,兴致勃勃地唱起来——现在已经是男女混坐了。

"那就让我做唯一不喝酒的人吧。"刘琳说。

"不喝酒就嗨不起来,不好玩了。"男子说。

"要那么嗨干吗?你还想玩什么?"刘琳哼了一下鼻子,笑道。

"一会儿你就知道。"男子得意地说。

这时他端起其中一杯一饮而尽,将另外一杯推到刘琳面前。刘琳摇头拒绝,对方于是把另外一杯也喝了。紧接着,他又让服务员端上来一杯，不过，这次他并没有一饮而尽。酒精很快在他的体内发挥了功效，表现得超乎寻常兴奋，渐渐地手舞足蹈、语无伦次起来，还多次将手伸到刘琳胸前。

刘琳把他的手拍打开，嫌弃道："就这点酒量还学人家喝酒。"但他不仅没有收敛，反而变本加厉地对刘琳动手动脚。

宾客们边喝边聊，喝一会儿、跳一会儿，全场气氛渐渐变得火热起来。这时，主持人走到舞池中央，大声问道："刚才有人猜出你们的partner（舞伴）是谁了吗？猜出的请举手！"但现场并没有人举手。主持人扫视了一下舞池，继续说道："好，不要紧！接下来就让我们一起交融起来吧！"话音刚落，现场响起了激烈的迪斯科音乐，"来吧，高潮时刻到了，嗨起来吧！"

此时，大部分宾客已经处于假醉或真醉状态，这个音乐来得正是时候，大家一涌而出，冲到舞池中央，随着激烈的节拍，在五颜六色闪烁的射灯下，如群魔般，疯狂舞动起来。

刘琳被拍档一把拽到舞池中央，紧紧搂住，随着音乐节拍如木桩一样左右晃动。刘琳感觉自己像是被大蛇死死缠住了一样，几乎窒息。她不停地用拳头捶打对方的肩膀，挣扎着要对方松手。但对方像是疯了一样，不但没有松手，反而将她箍得更紧，晃动得更加激烈。

刘琳先是惊恐地胡乱挣扎，愤怒到了极点，一拳打在了对方的鼻梁上，然后再抽脚朝对方腹部猛踹过去，把对方踹了个四脚朝天，并趁乱冲出了会所，狼狈逃回了母亲家。

开门的母亲被刘琳披头散发的样子吓了一跳，似乎想问什么，最后却只是欲言又止地摇了摇头。

第二天是礼拜日，刘琳一早就赶回了深圳见儿子。她踏进家门时，儿子从房间探出头来，默默地看着她。刘琳快步上前，俯下身子，静静地抚摸着儿子的脑勺，将他从头到脚，再又从脚到头地来回端详了数遍。她不敢直视晋豪的眼睛，总觉得他那呆滞的眼神中隐藏着一种窥探的力量。

陈熙怀带刘琳和晋豪到就近的国贸喝早茶。刚坐下不久,陈熙怀就接到了林亨里的电话,说有业务上的事情要和他谈,陈熙怀叫他直接来国贸找他,正好一起喝早茶。

"业务上的事情改天再谈吧。等他来到都几点了?"刘琳说,瞟了晋豪一眼,却无意间发现晋豪一直在盯着她的眼睛。刘琳局促地端起茶杯喝了一口茶,没想到茶太热了,把她烫得咕噜一声又将茶吐回了杯中。

"他说已经过了罗湖桥了,马上就到。"陈熙怀说,对着服务员招了招手,"加一个位。"

二十分钟左右,林亨里在服务员的引领下朝陈熙怀他们走来。

"你的鼻子怎么啦?"待林亨里落座后,陈熙怀瞟了他一眼,问。

林亨里轻轻摸了摸青瘀的鼻梁,咂了一下嘴巴,若无其事地说:"昨晚被打的。"

刘琳一听,心里一惊,本要夹给晋豪的一块烧卖咚一声掉在了晋豪面前的茶杯里,溅得晋豪满脸茶水。刘琳慌忙抽出纸巾替晋豪擦拭。

"开玩笑而已,是自己不小心撞的。"林亨里幸灾乐祸地笑道。

"就是,谁敢打你?"陈熙怀轻轻抽了抽嘴角,讪笑道。

林亨里并没有与陈熙怀谈什么实际的业务,只是东拉西扯了半天,快到中午,随着早茶结束,他就告辞自顾去了。

"感觉亨里今天怪怪的。"林亨里走后,陈熙怀舌头搅和了一下口腔,摇头道。

刚回到家,刘琳就收到了他发来的短信:"吓坏了吧?"

"你想干什么?"刘琳回复道。

"没有,就想吓吓你。"

"昨晚你们都像疯狗一样,太可怕了!"

"酒里有东西。"

"幸亏我没喝。"

"可惜你没喝,不然,你也会和他们一样嗨。"

"喊,我才不和你们玩这么低级的游戏呢!"

"我早晚会把你拉下水的。"

"你没机会了,我不会再跟你去那些地方的。"

十

自从李国荣与李守忻合伙创办了工厂以来,他的故交邱震摇对他又变得亲热了起来,三天两头就过来探访他,和他套近乎、拉乡情。这不,今天又来了。

李国荣忙完手中的事,刚在茶几前坐下,烧了一壶开水,准备泡茶,恰好这时邱震摇就出现在了他办公室门口,身后依然跟着他那位如影随形的红颜知己陈闻洁。

李国荣客气地招呼道:"来得正好,我刚要泡茶呢!坐。"

邱震摇环视了一圈李国荣的办公室,再又一副欣慰的样子,说:"国荣呀,看到你今天有这样的成就,我呀真替你感到高兴。"

"刚起步,谈不上什么成就。"李国荣不以为意地答道。

"本来我们是要合作的,但没想到被那个魏向贱给骗了。害得我错失了与你们合作的机会,那个贱人真可恶!"邱震摇一副追悔莫及的样子,摇头道。

"对了,公安局已经将魏向贱抓获了。"李国荣一边烫洗茶具,一边漫不经心地说。

本来已经在茶几前就座的邱震摇一听说魏向贱落网了,立即条件反射般嗖的一声站了起来,连声问道:"什么,你说什么?魏向贱被公安局抓获了?"

"是的,公安局昨天通知我和陈生去派出所认人,确认并签署了一些证人证言材料。据办案民警介绍,这个魏向贱涉及多宗诈骗案,公安局正在搜集证据材料,准备将他移交检察机关。"李国荣瞟了邱震摇一眼,说。

一旁的陈闻洁扯了扯邱震摇的袖子,提醒道:"抓到了是好事呀!你紧张啥?"

"乱说,谁说我紧张了?我是高兴、是激动好吗!"邱震摇甩开陈闻洁的手,弹了弹身上的衣服说。

"嗯,确实很值得高兴。"李国荣说。他用开水烫了两个杯子,给邱震摇和陈闻洁筛上了热茶,"尝尝,正宗武夷山大红袍。"

"公安局还透露什么线索没有?"邱震摇端起杯,停在空中,用嘴巴吹了吹滚烫的热茶,瞅着李国荣的眼睛问道。

"没有透露。"李国荣呷了一口茶,在口中漱了漱,咕噜一声滑进了喉咙里,说。

"你们被骗的钱能追回来吗?"邱震摇小心翼翼地将茶喝了,问。

"不好说,很有可能被他挥霍完了。"李国荣耸耸肩说。

"遇人不淑,祸害了你们,真是惭愧呀!"邱震摇又重复了一遍这句话。

"怎么能怪你呢,你也是一番好意。现在人都已经抓获了,你大可不必耿耿于怀了。"李国荣反过来安慰邱震摇道。

邱震摇懊悔地叹了一口气,说:"如果派出所那边有什么消息,麻烦你告诉我一声。"

"这事你就不必操心了,让警察调查去吧。"李国荣说。

"那是,那是。"邱震摇装出欣慰的样子,连声应道。

今天,邱震摇在李国荣这里只待了不到一盏茶的工夫,就借口说有事,带着陈闻洁匆匆离去了。他这一走,很长一段时间都没有了音信。

经派出所查实,魏向贱是一个诈骗惯犯,除李国荣和陈熙怀这宗案件之外，他还涉及多起诈骗案。派出所本以为魏向贱会供出一些同伙，但他自始至终都一口咬定自己是单独作案，没有同伙。最后，魏向贱被移交检察机关，判处了两年半的有期徒刑。至于他诈骗所得的钱财，已被他挥霍殆尽，无从追讨。

魏向贱获刑后不久，邱震摇和陈闻洁忽然又不知从哪里冒了出来，专程前来向李国荣道贺。据他自己说，前段时间他们是到越南洽谈生意去了。

"总算罪有应得了，真巴不得法院判他个扑街十年八年或是无期徒刑。"一进门，邱震摇就嚷道，一副大快人心的样子，"只可惜没能把你们的钱给追讨回来。"

当时李守忻、陈熙怀和林亨里都在场。由于生意上的关系，林亨里与李守忻、李国荣也都相熟了，但与邱震摇和陈闻洁是首次见面。陈熙怀之前曾经怀疑邱震摇与魏向贱是一伙的，合谋骗了他和李国荣，对他一直心存戒备。但现在公安局已查明了事实，法院判决已下，证明了邱震摇与诈骗案无关，陈熙怀心中的芥蒂才得以消除。由于林亨里与邱震摇是初次见面，陈熙怀出于礼貌介绍了他们相互认识。林亨里和邱震摇一副惺惺相惜的样子，当即就互加了联系方式。

"我经常到香港办事，到时找你。"邱震摇一边在手机上储存林亨里的电话号码，一边说。

"随时欢迎。来香港，我请你们吃饭、带你们玩。"林亨里一副好客的样子，仿佛不经意地瞟了陈闻洁一眼。

"看来，你们是相见恨晚呀。"陈熙怀笑道。

"您的好朋友也就是我的好朋友，善待您的朋友是对您最大的孝敬。"林亨里殷勤地说。

"亨里先生说得没错，好朋友的好朋友就是我们的好朋友。"邱震摇附和道。

一直在一旁默默聆听着的李守忻，舒畅地吐了一口烟，脸上掠过一丝意味深长的笑意。

李国荣和陈熙怀的生意做得非常好,邱、林两人,一个是李国荣的故交,一个是陈熙怀的旧属,朋友的事业发展顺利,按理,他们两个应该感到高兴才对。然而,事实却并非如此。随着两人交往的加深,他们均感觉到彼此有一个共同点,那就是都对他们的故人心生嫉妒!

这天,邱震摇和陈闻洁单独约见了林亨里。

"有没有兴趣咱们也搞一个厂。"邱震摇问林亨里。

"我早有这个想法了,只是一直没找到合适的合作伙伴。"林亨里仿佛嗅到了什么,兴奋地说。

"现在还没找到吗?"邱震摇盯着林亨里的眼睛,期待地问。

林亨里略微迟疑了一下,突然会意地连连点头道:"找到了,找到了!"

"既然如此,还等什么?他们有的资源,我们也有。"邱震摇舒展了表情,跃跃欲试道。

林亨里紧握着拳头,咬牙切齿道:"我们一定要做得比他们好。"

"那必须的。"邱震摇咬着牙,笑道。

林亨里走后,陈闻洁拉了拉邱震摇的袖子问:"喂,你真要和他合作呀?"

"你看我像是开玩笑的样子吗?"邱震摇看着陈闻洁反问道,一副诧异的样子。

"林亨里一直都在帮李国荣他们做事,你突然和他另起炉灶办厂,就不怕李国荣说你挖他们的墙脚吗?"

"这有什么可顾虑的?凭什么人家林亨里就要一辈子替他李国荣和陈熙怀打工?"

"既然你早有办厂的打算,当初为什么不直接跟李国荣、陈熙怀他们合作,而偏要跟他们介绍的这个林亨里搞呢?"

"有些人是注定一辈子尿不到一个夜壶里的,懂吗?"邱震摇捏着陈闻洁的耳垂说。

"不懂。"陈闻洁白了邱震摇一眼，娇嗔道。

"对于强者来说，竞争比合作更刺激、更有意义。"邱震摇眯起双眼阴沉而险恶地看着窗外。

"你们男人就爱斗来斗去。"陈闻洁假装鄙视地哼了一下鼻子。

邱震摇缓了缓气，说："其实，关键是我新认识了一位非常有实力，而且也想做这方面生意的朋友！"

"怪不得会突然想起办厂的事！"陈闻洁斜斜地瞅着邱震摇，一副恍然大悟的样子。

"这个贵人此时出现，肯定是老天爷在眷顾我，岂能错过？"邱震摇捏着陈闻洁的脸蛋儿说。

"这人是谁？我怎么没见过？"陈闻洁拨开邱震摇的手，问。

"过两天就让你们见面，不过，到时你得使点真本事出来，搞定他。"

"又要我出卖色相。"陈闻洁噘着嘴说。

"委屈一下你啦。能不能促成他与我们合作，就看你的啦。"邱震摇用肩膀蹭了一下陈闻洁说。

"到时怎么报答我？"

"怎么报答你？"邱震摇装出愕然的样子说，"这个厂不是也有你一份的吗？"

陈闻洁挠着自己的下巴，一副志在必得的样子，说："既然如此，老娘就用石榴裙憋死他。"

这是一个悠闲的午后，在皇子水疗会所男宾部一个双人包厢内，灯光昏暗，空调全开，两个穿着会所休闲镂空大裤衩，赤裸着上身的男子趴卧在水疗床上，任由两名手抓吊环的赤足女子在他们的背上来回踩着，时而发出不知道是享受还是痛苦的呻吟声。

其中一名男子呻吟道："亨里，只要你能确保订单，我们的厂就不成问题。"这是邱震摇的声音。

"订单肯定是没问题的。再说了,国熙服装厂的很多客户我都熟悉,到时我还可以把他们的客户抢过来。"旁边的那个男子说。听声音,是林亨里。

"那我就放心了。我已经与厂房房东李少锡谈妥,今晚约了他在凤凰楼吃饭,按摩结束之后,我们就去酒楼会他,商量一下合作事宜。"邱震摇说。

傍晚五点三十分,邱震摇和林亨里穿着整齐走出了按摩房,陈闻洁正在会所大厅等候他们。她也刚从女宾部按摩房出来。洗浴后的陈闻洁面带困倦,皮肤显得有些苍白和干燥,但散发出一种撩人的慵懒。三人交还了手牌,邱震摇结了账,驱车来到凤凰楼。进了酒楼包厢,邱震摇点了一壶菊普,三人喝了一会儿茶,约莫六点钟左右,服务员领着一个三十出头的矮胖男子走了进来。

一见来者,邱震摇立马起身相迎,并指着来人向林亨里介绍道:"这就是我跟你说的厂房房东、大土豪李少锡、李少爷。"然后把林亨里介绍给了对方。

李少锡与在座的一一打过招呼,将手中拎着的一瓶1升装轩尼诗XO放在餐桌上,瘪着嘴说:"今晚我们就喝这个。"说着,在邱震摇旁边的位置坐下。

"哎呀,李少你真是的,我约吃饭还要你带酒?"邱震摇一脸过意不去的样子说。

"烟酒不分家。谁家没酒?谁带不一样!"李少锡瞟了对面的陈闻洁一眼。

"李少就是大方,怪不得大家都争着要跟你合作。"邱震摇拍了拍李少锡的肩膀奉承道。

"我人好嘛!"李少锡再又瞟了陈闻洁一眼,乐呵呵地道。

"关键是人长得帅,又有'米'。"对面的陈闻洁轻轻抿了一下嘴角,插嘴说。

"'米'嘛,可以有。"李少锡并不谦虚地哈哈笑道。

这个李少锡正是邱震摇与林亨里打算要合作办厂的人。寒暄过后,邱震摇将谈话引入了主题。

"闻洁,你去点菜,我们三人商量办厂的事情。"邱震摇说。

李少锡与李守忻是同一个城中村的村民,都姓李,而且都是靠土地征收发的家。李少锡也有自己的厂房。邱震摇想仿效李守忻、李国荣和陈熙怀的做法,由李少锡提供厂房和资金,林亨里负责外贸订单,他负责管理,合作办厂。

"如果事成的话你就是董事长了。"邱震摇拍着李少锡的手臂说。

"谁稀罕这样的董事长?关键是能挣钱。"李少锡嗤道,挠了挠下巴,露出疑虑的表情说:"我有时在想,花这么大的资本去办这个厂究竟值不值?我把厂房租出去躺着收租金多好,干吗要去冒这个经营风险?"

"值不值,无须我多说,你看看你们村李守忻那个老家伙就知道了。人家挣的钱,岂是出租厂房可以相提并论的?"邱震摇说。顿了顿,邱震摇继续说道:"况且你只是拿出一层楼来办这个厂,还有其他楼层可以出租,稳妥得很呀!"

"不是说今天是来谈合作方案,怎么还在讨论是否投资这个问题呢?"一旁的林亨里困惑地望着邱震摇,问。

这时陈闻洁已经点好了菜返回包厢,她绕到李少锡身后,把手搭在李少锡的肩膀上,说:"投资的事李少心中早有定数,刚才只是说出心中的顾虑而已。"

李少锡得意却又略带腼腆地笑了笑,说:"顾虑肯定是有的嘛。毕竟我出厂房又出资金,这可是非常大的一项投资呀。"

"就是,换了你们,我敢肯定你们绝对没有李少这么大气,肯定会更加瞻前顾后!"陈闻洁双手架在李少锡的肩膀上,轻轻捏了捏,说。

李少锡像是怕痒似的缩了缩脖子,说:"这个厂肯定是要办的,不仅要办，而且一定要办得比李守忻那个老家伙的还要好，把他们给挤垮。"

"我就喜欢你这种有魄力的男人。"陈闻洁大大方方地亲了一下李少锡的头发，夸张地扭着臀回到自己的位置坐下。

李少锡抚了抚被陈闻洁亲吻过的头发，略显尴尬地瞟了邱震摇一眼。林亨里则看看陈闻洁，再又看看邱震摇。邱震摇装出若无其事的样子，在烟灰缸上弹了弹指间的烟蒂。

菜上来了，几个人边喝边聊，陈闻洁向李少锡频频敬酒，挤眉弄眼，最后干脆直接就坐在了他的大腿上。

吃完饭，陈闻洁扶着摇摇晃晃的李少锡上了前来接他的车。李少锡从车窗探出头来，向站在路边的邱震摇和林亨里挥挥手："明天来我公司具体谈。"

"锡哥，我们去哪？"司机问。

"去公司。"李少锡说，一把将陈闻洁揽入了怀里。

跟邱震摇原先的谋划一样，李少锡作为金主，提供厂房和大部分资金；林亨里负责境外业务，包括订单、销售等；他邱震摇则负责打通国内各环节的人脉关系以及管理等。虽然林亨里和他也都出一部分资金，但大头还是李少锡承担了。

合作事宜商定之后，三方签订了合作意向书，然后就分头实施去了。

数月后，就在"国熙服装厂"一街之隔的对面，一家名为"辰锡服装厂"的工厂传出了机器的轰鸣声。这就是邱震摇、李少锡和林亨里新开办的工厂。三人站在车间入口，看着忙碌的工人，心情就好比那高速运转的衣车，汹涌澎湃。

在毫无征兆的情况下，林亨里和邱震摇突然在自己工厂对面同别人另起炉灶，开设服装厂，与自己抢夺客户和生意，陈熙怀和李国荣都有一种被背叛的感觉，非常气愤。不过，相比之下，作为大东家的李守忻却反而显得非常平静。

"市场大着呢，多他一家不多，少他一家不少。"三人站在窗前，看着对面热火朝天的辰锡服装厂，李守忻吸着烟斗，漫不经心地说。

"可是，他林亨里这么做，分明是要抢我的客户呀！要知道，我很多客户他都有联系方式。"陈熙怀摊着双手愤愤不平地说，"都怪我当初太过相信他了。"

"是你的，别人抢不走；不是你的，你留也留不住。所以，关键是要做好自己。"李守忻在烟灰缸上敲着烟斗说。

陈熙怀挠了挠后脑勺，一时竟无言以对。

李国荣则苦笑着摇了摇头，把手搭在陈熙怀的肩膀上，说："董事长真是一针见血，看来，我们除了提高产品的品质外，别无他法。"

刘琳是在周二才知道他的工厂开业的消息的，当时她收到他的一条短信："我的工厂昨天开业了，晚上请你吃饭庆祝一下。"

他们约在一个西餐厅吃饭，他开了一瓶罗曼尼·康帝红酒。"这是一件非常值得庆贺的事情！"他给自己和她的杯倒上了红酒，举着杯子说，"来，祝我马到成功，击垮陈熙怀那条'粉肠'！"

刘琳没有和他碰杯子，两眼直直盯着对方的眼睛，琢磨了半晌，鄙视地摇摇头道："你这种人不仅是不讲道义，简直可以说是忘恩负义。"

"这不叫忘恩负义，这叫复仇。"对方说。

"人家什么地方对不住你了呀？"

"他夺走了你呀。"

"喊，又来了。即便如此，那又与你何干？我又不是你的。"

"当初我和他都追求你，结果你却嫁给了他，难道他比我优秀？"

"那当然。"

"所以,我要证明给你看,我并不比他差。"

"不管你做什么,你都改变不了什么。"

"走着瞧。"

十一

辰锡服装厂头一季度的业绩并不理想,这令一心想挣快钱、挣大钱的李少锡大失所望。

"不行呀,我出租裸厂的收益都比这个强呀。"在季度总结会上,李少锡一边看着业绩报表,一边不满地敲着桌子说。

"亨里,你之前说能把国熙的单抢过来,看来效果不佳呀。你还得加把劲哟。"邱震摇看着林亨里说,把责任推给了他。

"唉。那些客户一开始都把订单给我了,但后来他们发现我并不是替国熙服装厂收单,而是为我自己的新厂揽业务,他们就不跟我合作了。"林亨里无奈地摊着手说。

"人家毕竟是老客户、老关系,还是有感情的。"李少锡挠了挠额头,一副心烦意乱的样子说。

"感情是经受不起利益的考验的。"邱震摇冷笑道。

"看样子你好像有什么扭转乾坤的招数?"李少锡转过头来,瞅着邱震摇问。

"如果我们把加工的价格降下来,我就不信那些客户不把订单给我们。"邱震摇哼道。

"我们现在已经没有什么利润了,还要降低价格,你想我死呀?"李少锡怨妇般地说。

"舍不得孩子套不来狼。我们先把生意抢过来,建立稳固关系后,再把价格涨回去。再说了,价格低了,量大了,薄利多销,也是经营之道嘛。"邱震摇说。

"我觉得可以试一试。"林亨里附和道。

李少锡看着眼前这两个合伙人,一脸嫌弃的样子,说:"你们可要想好了,可不能不把我的投资当钱呀。"

"嗨,别忘了我们也有投资在里面,我们比你更想挣大钱。"邱震摇讪笑着说。

"亏你还笑得出来。无论如何,下个季度我一定要见到成效!"李少锡一脸愤懑地挥挥手道,心想,真不该蹚这浑水。

邱震摇这招果然有效,辰锡服装厂的低价将国熙服装厂除了传统服饰这一块儿的大部分老客户都吸引了过来。正当陈熙怀还在为第一季度的稳定业绩感到欣慰,为那些不离不弃的客户心存感念之时,许多旧合作伙伴抛下一句:"不好意思,人家的价格比你们低好多呀!"转身投向了林亨里的辰锡服装厂。客户这一百八十度的大转弯,把陈熙怀整得连表情都没来得及跟上,久久回不过神来,最后只在牙缝里挤出几个字:"这些白眼狼!"

"在商言商,哪里获利多就往哪里去,换了谁都一样。何况现在跑掉的并不是我们主打产品的客户,你焦急啥?"李守忻一如既往地雷打不动,镇定自如默默地吸着烟斗,说。

"话虽如此,但对我们的影响不可小觑呀。"陈熙怀依然耿耿于怀地说。其实,他不能释怀的是被背叛的感觉。

"是呀,得赶紧想个法子,我还等着供房、供小孩读书呢!"李国荣半开玩笑地说。他最近分期付款买了一套房子,月供不菲。

"你小子挺会理财的嘛,居然懂得买房?"李守忻瞟了李国荣一眼说。

"没法子,小孩大了,想给他们换个好点的居住环境。"李国荣挠着后脑勺说。

"如果有资金方面的需求尽管说,我可以过点水给你,不过得收利息。"李守忻一本正经地说。

"给,一定给利息。不过,暂时还能应付了,日后若有需要一定不跟您客气。"李国荣笑道。

"当初真不该把业务交给林亨里那个浑蛋！"陈熙怀没有理会李国荣和李守忻的玩笑，他抱着脑袋，依然一副懊恼的样子。

"遇上这么点小事就沮丧成这个样子，亏你还自夸是个商界的老手呢。这件事，让你看清了一个人，也未尝不是一件好事。"李守忻敲了敲燃尽了的烟斗，重新填上烟丝，点着，吸了一大口，慢悠悠地说："一定要沉住气。谁沉得住气，谁就是最后的赢家。"

陈熙怀耸了耸肩，心想：你有大把钱当然不急了，我们等着钱养家的，能跟你比吗？他无意间看了一眼李守忻台面上的烟丝，问："董事长，怎么还抽这个土炮呀？我上次给你买的进口烟丝抽完了吗？"

"没有，在这呢。"李守忻打开抽屉，拿出一个华丽的纸盒搁在台面，说。

"怎么，不舍得抽呀？"陈熙怀调侃道。

"抽不惯。"李守忻摇头道。

"我就不相信几百块钱的进口英国烟丝比不上你自己种晒的土烟叶。"陈熙怀不服地说。

"没办法的，他就好这一口。"一旁的李国荣替他们圆场道。

"还有这一口。"李守忻举起手中的紫砂杯喝了一口浓浓的茶，道："你们喜欢喝咖啡，但咖啡对于我来说比牛尿还难喝。"

"要与时俱进，与世界接轨，多接触新事物，这样才能发展。"陈熙怀用手指叩着桌面说。

"与世界接轨不等于要忘本呀。"李守忻道，顿了顿，"好了，为了安抚你们，今晚请你们到我家吃饭，我请你们喝珍藏老酒。"

李国荣和陈熙怀对望了一眼。他们知道，李守忻所谓的珍藏老酒无非就是他自家酿制的客家黄酒。这酒度数低，而且口感太甜，喝惯烈酒的他们并不感兴趣，不过他们还是愉快地答应了。

李守忻有三个小孩，大儿子李胜印憨厚老实，在村委工作；二儿子李革命聪明能干,自己经营酒店;女儿最小,叫李妮,是一名画家。李守忻的老伴前两年中风偏瘫,只能靠轮椅行走,一个外甥媳妇来娣帮忙照顾。

来娣非常能干,不仅把舅娘照顾得妥妥的,把家收拾得干干净净,尤其难得的是还烧得一手好菜,所以,李守忻请客吃饭,一般都安排在家里。

李守忻已提前打了电话回家,告诉家里人今晚有客人来家里吃饭,当李守忻领着陈熙怀和李国荣回到家时,来娣已准备好饭菜。

李守忻的两个儿子都已成家,各有家室,李妮虽然还没有结婚,但一般都住在自己的工作室里,平时李守忻这边只有他们夫妇和来娣三个人。老伴虽然行动不便,但精神状态很好,满脸慈祥的笑容,坐在轮椅上热情地招呼客人。

来娣四十岁出头,长得黝黑结实,客人一到,一双浑圆的大手掌勺,哐哐哐作响,一阵工夫就把饭菜端了上来。大家正要动筷,家里的电话却突然响起。来娣拿起话筒喂了一声,随即对着李守忻喊道:"舅舅,电话!"

"这电话真会挑时间。"李守忻放下筷子,笑盈盈地上前接过电话,"喂,我是李守忻……什么?"

大家的目光不约而同地望向李守忻,只见他骤然变得严肃和焦虑起来。

"……行,我知道了,我跑一趟,去做做她家里的工作,好的,谢谢。"李守忻挂上电话,神情凝重地回到席位上。老伴默默地看了他一眼,欲言又止。

"没什么要紧事吧?"李国荣打破沉默问道。

"没事,吃饭吃饭。"李守忻又乐呵呵地说,但心情略显沉重。

吃完饭,喝罢茶,将李国荣和陈熙怀送到门外,李守忻像是随口说了句:"啊,对了,明天我要外出几天,办点私事,公司就交给你们两个了。"

李国荣与陈熙怀对望了一眼，说："放心吧，有什么事到时再请示您。"

"能有什么事？能解决的你们自己拿主意，尽量不要烦我。"李守忻微笑道。

送走了李国荣和陈熙怀，李守忻打电话给儿子李革命，让他的酒店帮忙订了一张第二天飞往贵市的机票，然后回到房间收拾行李。

老伴划着轮椅一边替他叠衣服，一边问道："一定要亲自跑一趟吗，电话里说不了吗？"

"她家没有电话。"

"学校说不通吗？"

"学校解决不了她家的实际问题。"

"哪个孩子？"

"王桂月。"

"就是那个月月吗？"

"嗯。"

"要让革命或者胜印陪你去吗？"

"不需要。"

"那自己路上小心，那边凉，多带件厚衣服；胃不好，不要乱吃东西。"

"嗯。"

"革命送你去机场吗？"

"看他方便吧。如果他没时间，让他的司机送一下也行。"

"跟革命说好了？"

"说好了。"

第二天，儿子李革命准时开车过来接李守忻去机场。

"这是机票，您先收好。"李革命把机票递给父亲，把他的行李放进车后备厢，"我这里给您准备了一些文具和糖果饼干。"李革命指着车后备厢说，"孩子们喜欢这个。"

"我还以为你会让司机来送我呢！"上车后，李守忻整理着腰包，说。

"老父亲出门，我必须得送一送，这点觉悟革命同志还是有的。"李革命笑着说。

"酒店的生意怎么样？"

"还可以。你们的服装厂也不错吧？"

"嗯。"

"您可要注意身体，不要太操心了，能做就做，不能做就不要做了，反正我们也不等您那钱花。"

李守忻静静地看着窗外，没有说话。

"什么时候回来？"

"办妥了就回来。"

"提前告诉我，我给您订机票，如果我在深圳就去接您。"

十二

飞机还算准点，下了飞机，几经中转，晚上将近八点，李守忻乘坐的大客车在贵县一个偏僻寂静的小镇停下。李守忻下了车，举目四望，这所谓的小镇，其实就只有临路几栋昏暗的民房，没有路灯，四周黑漆漆的。落完客，客车继续上路，带走了灯光，周围又陷入了漆黑。这时，一个农民模样的男子向李守忻走来，凑近他的脸打量了一下，问："您是李老板吗？"

李守忻也打量了一下对方，反问道："你是？"

"我叫阿牛，张校长派我来接您。"对方说。

阿牛把李守忻的行李搬上停在一旁的手扶拖拉机，待李守忻坐稳后，发动拖拉机，一路颠簸，把李守忻送到了目的地。

这是位于池塘边的一所农村小学，校舍由原来生产队的仓库改造而成，校舍门前是一个水泥晒谷场，晒谷场的两端分别竖着一个木板篮球架。

大概是听见了拖拉机的声音，知道李守忻到了，张校长小跑着出来迎接。

"辛苦了，辛苦了，"张校长握着李守忻的手，连声说，"理应亲自去车站接您，但又不知道您的准确到达时间。学校事多，分身乏术，只好让阿牛在车站守候，还望您见谅。"张校长是一个四十来岁的干练男子，短头发，清瘦，皮肤黝黑。

"不客气，这就挺好了。"李守忻说。毕竟是上了年纪的人了，经过一天的舟车劳顿，疲倦已挂在了他的脸上。

"饿坏了吧？走，家里吃饭去。"张校长抓着李守忻的手就往家里走，阿牛拎着行李紧随其后。张校长的家就在学校里，两间简陋的瓦房。

张校长从水缸里舀了一木盆水给李守忻洗脸，他的爱人忙着将饭菜摆上了桌。

"没什么好东西招待您，这都是自己种养的，别见外。"坐定后，张校长打开一瓶自酿谷酒，给阿牛、李守忻和自己各倒了一盅。

李守忻端起酒盅，喝了一小口，吧嗒了一下嘴巴，紧皱着眉头问："月月怎么突然要退学了呢？"

"唉！"张校长叹道，"她妈妈跑了，家里剩下一个老奶奶、一个残废的爸爸和一个弟弟，她爸爸说家里没有人干活，不让她上学。"

"村委不能协调一下吗？"李守忻再又喝了一口酒，问。

"村委也在做工作，但家里的事情，还是要靠自己呀，"张校长说，"这么聪明的一个娃，辍学了，真是太可惜。"

"明天一早我就过去看看。"李守忻说。

"我陪您去，让阿牛送我们去。"张校长说。

"那就麻烦阿牛兄弟了。"

"不怕麻烦,他是我侄子。"张校长说,"今晚您就住在我家,明早吃了早饭,阿牛就过来接我们。"

"好。"

第二天,李守忻和张校长乘坐阿牛的拖拉机来到了月月家。这是一栋矮小的泥砖瓦房,两间正室加一个耳房。耳房是厨房,烟囱正冒着青烟。李守忻和张校长一前一后走到耳房门前,低头往里瞧了瞧,一个身穿破旧花衣的小女孩正坐在灶前烧火,旁边站着一个光屁股的小男孩。小男孩发现门外有人,扯了扯专心烧火的女孩。女孩抬头看见李守忻,先是吓了一跳,随后看见了张校长,连忙站起来,瑟瑟地喊了一声"校长好",战战兢兢地迎了出来。

"王桂月,你知道这是谁吗?"张校长指着李守忻问小女孩。

小女孩胆怯地打量了一下李守忻,腼腆地点了点头。

"你爸呢?"张校长问。

小女孩指了指屋后。张校长和李守忻绕到屋后,那里,一个中年男子正坐在一把竹椅上编织竹器,地上散乱地堆放着开边和没开边的竹材。

"王清富!"张校长对着那男子喊道。

男子有气无力地朝他们看了一眼,当他看见张校长身后的李守忻时,顿时慌了神,架着拐杖,艰难地站了起来,喊道:"李叔!"

王清富一拐一拐地把客人引进屋里,指着两把油亮的竹椅招呼道:"李叔、校长坐!"

王桂月拎着陶瓷大茶壶给客人每人倒了一碗茶,转身刚要离去,李守忻一把将她拉住,问道:"你为什么不上学?"

王桂月胆怯地望了她爸一眼,难过地低下了头。

"不是她不想读,是家里实在需要人照顾呀。"王清富无奈地叹道。

这时,门外出现了一个老妇人,她眯着眼睛使劲地瞅了瞅屋

·88·

内,问道:"是守忻兄弟来了?"

李守忻连忙起身迎了出去:"是我,嫂子。"

"这档子事,又让大兄弟你操心了。"老妇人扶着门框,无奈地拍了一下大腿,摇头道。

王桂月移到老妇人身边,依偎在她腿间,喊道:"奶奶。"

老妇人摩挲着王桂月的脑袋,叹道:"苦命的孩子。"

"老嫂子放心,有我们在,这事会处理好的。"李守忻安慰道。

"有你这个兄弟,国栋可以瞑目了。"老妇人擦了一把泪道。

"这是我们应该做的。"李守忻说,然后对着王清富,"无论如何,先让月月回校读书,剩下的事我们来处理。"

王清富低头看了一眼自己因小儿麻痹而残疾的双腿,捂着脑袋一言不发。其实,他也并非真的想让女儿辍学,只是想通过这种方式逼孩子的妈妈回家而已,没想到孩子的妈妈没回家,却把父亲生前的战友急得从千里之外赶了过来。

"王桂月,听到了吗?你今天下午就回学校读书。"张校长说。

王桂月畏惧地望了父亲一眼,再抬头迷茫地看着奶奶。

"去吧,家里有奶奶。奶奶这把老骨头还扛得了。"老妇人拍了拍孙女的肩膀说。

"侄媳妇为什么突然要走呢?"李守忻来回看着老妇人和王清富,问。

"唉,这不是第一次了。以前嘛,闹脾气走了,但几天后就回来了,但这次走了将近一个月了,却一点儿消息也没有,看来她是铁了心要走了。"老妇人摇头道,"这个家,也实在难为她了。"

"知道她去哪了吗?"李守忻问。

老妇人摇了摇头。

"去娘家找过了吗?"李守忻再问。

"怎么去?好几十里路呢!清富腿脚不方便,我年纪也大了,都不方便出门。"老妇人说。

"有地址吗?"

老妇人看了儿子一眼,王清富挠着脑勺应道:"有。"

"下午我陪你去一趟她娘家。"李守忻说,"张校长,方便让阿牛送我们过去吗?"

"阿牛倒是方便,只是山路颠簸,怕您受不了。"张校长说。

"没事,再颠簸的路都走过。"李守忻说,"清富,你可以吗?"

王清富抹了一把脸,道:"可以。"

李守忻看了一下腕表,说:"那么,我们现在就出发,争取今天傍晚前赶回来。"

"辛苦大兄弟了。"老妇人抓着李守忻的手臂,说。

"家里的事就交给您了。"李守忻轻轻拍拍老妇人的手,又摸了摸王桂月的后脑勺,"听话,下午就回学校上课。"

王桂月使劲地点了点头。

"路上备些干粮和水。"张校长说。

"我刚煮了红薯。"王桂月腼腆地说。

"那就给我们准备几块红薯。"李守忻赞许道。

"嗯!"王桂月应了一声,兴奋地跑向刚才烧火的耳房。

"阿牛!"张校长对着门外坐在拖拉机上的阿牛喊道,"你送李总到清富岳母家,待会儿路过小卖部时,记得买几瓶水。"

阿牛回头看了看拖卡上的一个矿泉水纸箱,说:"不用买了,我这里还有几瓶。"

王桂月端着一碗红薯从耳房跑出来,后面跟着满嘴红薯和流着鼻涕的弟弟。

"碗路上不好拿,找个袋子吧。"老妇人边说边进屋翻出一个黑色胶袋,将红薯倒进袋子里交给阿牛,"大侄子,辛苦你了。"

"不辛苦。"阿牛把红薯放进装矿泉水的纸箱里。

王清富换了一件稍微干净点的衣服,撑着副拐杖,被大家搬上了拖拉机，李守忻在他旁边坐稳，与大家挥了挥手就出发了。

山路崎岖，烈日当空，经过两个多小时的颠簸，终于来到了王清富岳母家。

对于残疾女婿的到来，岳母家表现得非常冷淡。

"春花在家吗？"见了岳母，王清富劈头就问。王清富的妻子叫龚春花。

"春花到城里打工去了。"岳母不冷不热地说。

"出去打工了？家和小孩都不要了？"王清富惊愕地说。

"她已经为你那个家和小孩付出了大半辈子了，你就放手吧。"岳母叹道。

"孩子怎么办？"王清富差点儿哭出声来了。

"她替你把小孩生出来就已经很对得住你了，剩下的事就靠你自己啰。"岳母说。

"大嫂，话不是这么说的，"李守忻插话道，"都说孩子是妈妈身上掉下的肉，怎么可以生下来就不管了呢？"

王清富的岳母似乎现在才留意到李守忻，她眯起眼睛打量着眼前这个看似普通，却又不普通的人，一副无可奈何的样子说："哎呀，老板，话虽这么说，但人心都是肉做的，谁想让自己的女儿一辈子耗在他那个狗窝一样的家里呀？"

"既然不愿意，当初为什么要嫁给我，还生下两个娃？这不是害人害己吗？"王清富使劲拍了一下大腿，一副欲哭无泪的样子说。

"当初？唉，就别提当初了！"岳母叹道。

"当初你是收了一大笔彩礼才把女儿嫁给清富的，我们全村人都知道。"一旁一直没作声的阿牛忍不住插嘴道。

"当初也是没办法，等着钱给她死鬼爹治病！没想到钱花了，人还是没治好，反倒把闺女给害了。"岳母捂着脸哽咽道。

"不论什么原因，人总不能忘恩负义呀。"阿牛说。

"我家春花给他生了两个娃,让他王家有后,也算是报答了他王家了。"清富的岳母擦了一把鼻涕,说。

听到这,李守忻不禁想起多年前王清富向他借钱娶媳妇的事。当时,他一听王清富要结婚,高兴得昏了头,没作多想就把钱汇给他了,也没多问一句为什么结婚需要那么多钱。没想到原来是这么回事。

"木已成舟,当年的事就不要再提了。"李守忻说,"无论如何,小孩是无辜的,希望大人承担起责任来,多为小孩着想。我们都希望春花能回家,有什么想法可以谈,一走了之、撒手不管,绝不是办法。"

大家辛辛苦苦而来,没想到连春花的人影都没见着。没办法,最后,李守忻留下了自己的名片,说:"这是我的名片,上面有我的地址。有什么想法,随时打电话给我。"

清富的岳母接过名片,端详了一会儿,自言自语道:"我又不认识字,给我做什么?"

"等春花回来就交给春花吧。"李守忻说。

三人在王清富岳母家水都没喝上一口,就原路返回了。一路上,他们把带的红薯吃完了,阿牛备的水也喝完了。傍晚时分,他们赶回了王清富家。见儿子空手而回,王清富的母亲不免再度伤感落泪。

看着王清富家目前的状况,李守忻非常自责,他抓着王母的手说:"嫂子,是我没考虑周全,让您受苦了,我对不住国栋兄弟。"

"大兄弟,你千万不要这么说。你已经帮了我们太多了,国栋泉下也该知足了。"王母擦着眼泪说。

李守忻转而安慰王清富:"清富,振作起来,会好起来的。"他抬头打量了一下王清富的两间泥房,"孩子大了,确实需要一个更好的住处。"

当晚,李守忻回到张校长家,刚端起碗准备吃饭,他在当地的另一位战友王乾就找上门来了。

"来了怎么也不说一声?"一进门,王乾就埋怨道。

"这不是太匆忙了,没来得及嘛。"李守忻解释道。

"吃过了吗?没吃的话一块儿吃。"张校长说。

"吃过了。"王乾看了一下餐桌:炒鸡蛋、熏肉炒鲜笋、凉拌茄子。

"既然来了,就坐下来聊聊天儿吧。"李守忻说。

张校长的爱人给王乾摆了碗筷,倒了一盅酒。

"国栋牺牲时最放心不下的就是清富,把他托付给我们俩。我和他虽是同村,但什么都帮不上,真是惭愧。"王乾一脸愧疚地叹道。

"你的情况我知道。你能把自己家里的事处理好就已经很不错了。"李守忻安慰道。

"你们都已经做得很好了,政府也给了他们不少关心和帮助,但生活中的一些事情还得靠自己。我觉得当务之急,就是如何让清富加强自理能力,尽可能地自立起来。"张校长说。

"嗯。"李守忻若有所思地点了点头。

"其实,清富也一直想自立,他的竹器编织手艺是这里数一数二的,平时也能通过这个手艺挣点钱补贴家用,只是腿脚不方便,自己没有办法把竹器拿到镇上去卖。"王乾说。

"这里编织竹器的人太多了,产品多,销路不畅通,到镇上也不见得能卖出多少!"阿牛说。

"也是,销路不好,好多竹器产品都卖不出去。"王乾说。

李守忻没有说话,仿佛受到了什么启示。他默默地喝着酒,时而微微点点头。

"你没这么快走吧?"王乾问李守忻。

"我已经让人订了明天下午回去的机票了。"李守忻道。

"那明天上午开个师生大会,让孩子们见见您。"张校长说。

"不用了,不要影响孩子们读书,"李守忻摆摆手说,"你把我这次带来的文具分发给有需要的孩子就可以了。"

"您一直都不愿意露脸,但总得让孩子们知道究竟是谁在资助他们读书吧?"张校长说。

"我更愿意让他们感觉到是社会在关心和资助他们,而不是某一个人。"李守忻长长地舒了一口气说。

张校长沉默了一会儿,深有感触地举起酒盅:"干一个吧!"

"明早就走吗?"王乾显得有点不舍。

"先回去,近期我还会回来的,到时再找你。"李守忻说。

可能是白天太劳顿,加上饮食失调的原因,当晚,李守忻胃痛的旧毛病又复发了,痛得他一夜没睡。

第二天傍晚,李守忻回到深圳,还是二儿子李革命到机场接他。

"你脸色怎么这么差?哪里不舒服吗?"一见面,李革命劈头就问。

"没啥事,没休息好而已,"李守忻轻描淡写地说,坐上车后,又说,"你替我找找看,什么样的残疾人专用车适合小儿麻痹症的病人使用。"

"给谁用?"李革命皱了一下眉,问。

"给清富。"李守忻下意识地摸了一下胃部,说。

十三

这天下午,临近下班时间,建武和建芳领着一名年轻女子来到工厂找李国荣。

"爸爸,小姨来了。"一进李国荣的办公室,建芳就喊道。

兄妹俩领来的这名女子是李国荣的妻妹田椿。李国荣的妻子数年前在一次交通事故中不幸离世。妻子走后,李国荣一直独自拉扯着建武和建芳兄妹。田椿去年高中毕业,在老家农村帮了父母一年的农活,最后也是经受不住对城市的向往,决定出来深圳闯一闯。

李国荣正伏案全神贯注地核对着什么,听见喊声,猛一抬头,只见门口一个扎着辫子的大姑娘正用火辣辣的眼神看着自己。李国荣像是触电了似的,忙不迭地站起来叫道:"田椿!你怎么来了?"

"小姨刚到我们家,我们就带她来这里找你了。"建芳得意地抢先道。李国荣家离工厂并不远,坐公交车几个站就到了。

"好,好,"忙乱中李国荣连叫两声,"你们先回家,我忙完手上的活就回来。"从裤兜掏出钱包,抽了两张百元钞票递给建武,"带小姨去市场买些菜,想吃什么就买什么。"

"我从老家带了腊肉和鸭蛋出来,还有黄豆。"田椿说。

"那些留着慢慢吃吧,今天吃些新鲜的。"李国荣瞟了田椿一眼,心想,这孩子越长越像她姐了。

把小孩和小姨子打发走了之后,李国荣坐在椅子上,静静地发了一会儿呆,眼前总是晃动着田椿的影子。他和她姐结婚时,她还只是个孩子,那时,她对李国荣就像是亲哥哥一样依赖,在他面前总是无拘无束、百无禁忌。没想到时间过得那么快!一转眼工夫,她已长成大姑娘了,而且简直就像是她姐姐的翻版。她高中一毕业,就说要出来深圳打工,顺便帮忙照顾两个小外甥,但李国荣一直以各种借口拖延着,不让她出来。他怕见到她,怕勾起对亡妻的回忆。

李国荣回到家时,田椿已将晚饭做好。田椿和她姐不仅长得像,就连厨艺也都如出一辙。吃着她做的饭菜,李国荣恍恍惚惚地感觉又回到了过去。

"你来深圳有什么打算?"晚饭后,李国荣在电视前的沙发坐下,剔着牙,问。

"工作,顺便替你照顾他们。"田椿麻利地收拾着碗筷,把目光抛向建武和建芳,说。

"想来我们服装厂做工吗?"李国荣想当然地以为田椿此行的

目的就是想通过他在他们厂找份工作做，但出乎意料的是，田椿居然想都不想就脱口而出："我想看一看再说。"

听了田椿的回答，李国荣像是失落，又像是解脱了似的，说："你自己看吧，我们厂的大门随时为你敞开。"

田椿在李国荣家住了下来，每天早上给外甥和姐夫做好早餐，待他们吃完早餐，上学的上学，上班的上班后，她就把家收拾干净，然后背起斜挂布包到外面满城转悠；下午，田椿准时回到家，做好晚饭等李国荣和两个外甥回来吃饭。每天如此，却从来不见她说找工作的事。一个多月过去了，李国荣终于忍不住了。

"你找工作的事有着落了吗？"这天晚饭时，李国荣问。

"我觉得外面的工作都不适合我。"田椿放下碗筷，一本正经地答道。

"嗯，那就来我们厂上班吧。"李国荣会意地笑了笑，心想：还是要来我们厂吧！

谁知，田椿再次给了他一个意外的回答："你们厂也不适合我。"

"呵呵！"李国荣忍不住笑道，"那么，你觉得什么样的工作才适合你呢？"

"我有个想法，不知道行不行。"田椿凑近李国荣的身边，神秘兮兮地说。

李国荣下意识地往后挪了挪身子，与田椿保持一定距离，戒备地瞪着她问："什么想法？"

"我想做送餐服务。"田椿说。

原来，这段时间田椿在外面"考察"，发现了一个重大商机。李国荣的家就在口岸附近，口岸每天从早到晚都有很多货柜车排队过关出境，在排队等候过关期间，货柜车司机都不敢离开自己的车，这样一来，经常会错过饭点。有人因此盯上了这个商机，推着自行车给这些排队等候过关的司机送吃送喝，生意还蛮不错。田椿也想加入这个行当，分一杯羹。

"据我所知,好像已经有好多人在做这个生意了,你再加进去,有生意吗?"知道田椿的想法后,李国荣轻轻地摇头道。

"我觉得行!"田椿自信地说,"我了解过了,目前,在那里卖盒饭的人,他们的饭菜都很难吃,根本满足不了香港司机的需要,很多司机买了这些盒饭,扒拉几口就丢掉了。我不学他们,我要把饭菜做精致些,我有信心,那些司机肯定都愿意买我的盒饭。"

"饭菜好了,材料成本也会随之增加。"李国荣提醒道。

"成本增加可以卖贵些呀。据我观察,那些香港司机佬不缺钱,不怕贵,就怕饭菜不够好!"田椿振振有词道。

听了田椿这番话,李国荣对她不禁刮目相看,心想,这小鬼挺有想法!

"怎么样?姐夫,你支持我吗?"田椿得意地看着李国荣问。

"你需要什么支持?说吧。"

"我要你借给我500块钱,还要借用你家的厨房。"

"这完全没问题!"李国荣爽快地答应道。

田椿用从李国荣那里借来的钱买了一辆28寸旧自行车,购置了一批一次性饭盒、汤盒,又在菜市场捡了一个大泡沫箱,置办齐了行当,就开业了。第一天,她早早到菜市场将所需食材采购齐全,然后就开始忙活。

田椿购买的饭盒和汤盒跟别人的不一样,一看就感觉质量好、上档次。李国荣路过厨房时,翻看了一下田椿买的这些饭盒,摇头道:"你买这么贵的饭盒,成本这么高,哪还有利润哟!"

"亏你还是企业家呢!这叫羊毛出在羊身上,懂吗?"田椿一边哗啦啦地炒着菜,一边撩起围裙擦了擦被油烟熏出了眼泪的眼睛,说。

李国荣被她撑得无话可说,摇摇头,笑着退出了厨房。

中午十一点钟左右,田椿换了一身靓丽的衣裳,戴上白色太阳帽,骑着自行车出门了。自行车后座绑着一个存放了三十份盒饭和汤的泡沫箱。

由于之前已经踩好了点,田椿直奔目的地而去。此时并不是过关高峰,田椿来到时,排队的车辆并不太多。不过,由于她来得比较早,其他做同样买卖的人都还没出现,田椿一下子就占据了有利位置,摆放好自行车后,举着一个写着"美味盒饭"的纸牌子开始吆喝卖盒饭。

这些经常进出的香港司机,对周边环境,包括这些卖盒饭的人都很熟悉。他们一眼就发现了田椿这个新人,而且是个年轻漂亮的姑娘。有的司机本来并不饿,也并不打算吃饭,但看见居然有这么一个漂亮的姑娘在路边卖盒饭,很是好奇,纷纷摇下车窗,借询问盒饭之机撩一下美女。

"靓女,你的盒饭卖多少钱一份呀?"一辆蓝色货柜车在田椿面前戛然停住,随着车窗玻璃徐徐降下,一张肥胖的胡子拉碴的脸从车窗里探出来,瞪着一双猎艳的小眼睛。

"大哥,二十元一份呀。"田椿露出阳光般的笑容回答道。

"有没有搞错!人家卖十元一份,你比别人贵一倍,抢钱呀?"司机不满地叫道。

"大佬,您看看我的饭盒和菜品,还有一份滋补清润的靓汤,这是其他人的盒饭能比的吗?吃过之后你就会发现什么叫作一分钱一分货。"田椿对着司机微微打开了一个饭盒,并轻轻拍了拍饭盒,"你看看我用来盛饭菜的饭盒、汤盒,质量多好、多上档次。健康又卫生!像大佬您这样有钱有身份的人,为了健康,还在乎多花费这十块钱吗?"

司机被田椿说得心花怒放,往田椿的泡沫箱里扔了二十元钱,大声说道:"你的嘴巴比你卖的菜还多油,给我一份吧。不好吃的话下次找你算账。"

"放心,大佬,吃了我的饭,您就忘不了我了,准保您下次还会找我,哈哈!"田椿笑嘻嘻地给对方递上一份饭和汤。

司机接过盒饭和汤，装着很随意地问道："叫什么名字呀？"

"我叫田椿。"田椿把钱塞进挎包，继续笑嘻嘻地答道。

司机在关闭车窗前扔给田椿一张名片："有什么事打电话给我。"说完，一脚油门把车踩得轰鸣而去。田椿看了一下名片，司机名叫吴德胜。

出摊第一天，田椿的新面孔和靓丽的外表吸引了不少好奇的司机停车搭讪，而她抹了油一样的嘴巴又几乎让多位搭讪的司机心怀异念地掏钱买她的盒饭。就这样，三十份盒饭瞬间售罄。当其他同行推着自行车，载着盒饭来到马路边叫卖时，田椿已心满意足地打道回府了。

由于是第一天出摊，心里没有底，田椿是抱着试水的心态而来的，所以并没有准备太多盒饭，没想到这么轻易就卖完了。真可谓开张大吉、旗开得胜！这让田椿信心大增！当天下午她加码多做了二十份盒饭。

晚饭的需求果然比午餐大，五十份盒饭也很快售罄。

当晚，田椿核算了一下，一天两餐，她居然赚了将近四百块钱。这不仅把她给乐坏了，就连她的姐夫李国荣也都感觉非常惊讶。

"你岂不是比我开厂还要赚钱？"李国荣挠着后脑勺，一副难以置信的样子说。

"你要不要加入我们的行列呀？"田椿对着李国荣挤了挤眼睛，开玩笑似的说。

"这个生意我做不来，不跟你争。"李国荣摇头道。

"算你有自知之明。"田椿调皮地笑道。

田椿确实很有做生意的天分，她的名声很快就在跨境司机中广为传开，很多司机都冲着她和她的盒饭而来，她的生意在同行中无人能及。同行中，也有人想模仿她的做法，但无论是厨艺还是人的素质，都缺乏她那样的条件，所以，除了望洋兴叹外，他们毫无办法。

几个月下来后,田椿有了更大胆的想法。由于口岸并不是通宵开通,外面连接口岸的马路每天晚上都排满了当天出不了关的跨境货柜车,这些货柜车的司机大部分直接在驾驶室过夜。田椿琢磨着,如果晚上给这些货柜车司机准备些粥、糖水之类的夜宵,又或是在马路边有这么个摊位,做些小炒,配上啤酒,让司机就近下车来吃点、喝点,生意应该不错!她把这个想法跟李国荣说了,让他帮忙物色一个位置合适的小铺位。

"行呀,心越来越大了呀。"听了田椿的想法,李国荣对她刮目相看的同时,不忘提醒她道,"开店可是要本钱的哟。"

"放心,这回不用向你借钱啦。"田椿说。她借李国荣的五百元钱,做了两天生意就还给他了。

"我怎么会怕你向我借钱呢?我是怕你亏本。"李国荣说。

"钱暂时不用向你借,但有件事要你帮忙,"田椿说,"你是老深圳,认识人多,门路广,你替我找一个开大排档的地方。"

"这个我得找我们李董事长,他是本地人,他有路子。"李国荣说。

自从上次回来之后,李守忻又去了两三趟贵市,李国荣和陈熙怀都开玩笑地问他是不是瞒着他们在开发什么新项目,但李守忻只是不置可否地笑了笑,并不作答。

听了李国荣的请托后,李守忻沉思了一会儿说:"口岸位置可是个寸土寸金的地方,不好找!"

"这我知道,所以才要请您帮忙嘛。"李国荣傻笑道。

"你以为我是无所不能的孙悟空吗?"李守忻苦笑道。

"如果连您都说没办法,那就真的是没办法了。"李国荣看似失望地说。

"我会留意的,但至于什么时候有,那得看机缘。"李守忻说。

也许是田椿运气太好,不久,李守忻一个老友在口岸出租的一个铺位到期了,由于之前的租户跟水客走私有关,被海关查封了几次,所以这个老友不打算续租给原来的租户了。李守忻知道后,赶紧把这个老友和李国荣、田椿一起约到家里来,说是请吃饭,实际是谈店铺租赁的事。

老友弄清李守忻的意思后,不无惋惜地说:"哎哟!你说晚了,我答应租给别人了。"

李国荣和田椿一听,心顿时凉了半截。

"答应租给什么人?"李守忻不紧不慢地吸了一口烟,问。

"一个熟人,他在那里已经有几家店了,觉得生意好做,想多开一家分店。"老友说。

"签了合同没有?"李守忻问。

"还没。"

"那就不要跟他签。"

"这不太好吧?"

"有什么不好?你就说一个很亲的亲戚想租。"

"可是我已经答应人家了。"

"你以前还答应说送我一辆奔驰车呢,送了没有?"

"这个……这个我好像没说过吧?"

"说了。"

"我……什么时候说的?"

"你在我这喝醉酒的时候说的。"

老友挠着后脑勺,一脸茫然地看看李守忻,又看看李守忻的老伴,问:"弟妹,我说过吗?"

"你们的事我不管。"李守忻的老伴掩嘴笑道。

"哎呀,别婆婆妈妈的了,"李守忻用烟斗敲了敲茶几说,"你那个熟人都已经有几家店了,还开?赚那么多钱干吗?真是人心不足!人家这个小孩,农村出来的,一穷二白!你就当做件好事,支持一下她创业吧。雪中送炭比锦上添花更有意义。"

老友被李守忻说得无言以对,像恶霸犬似的吧嗒了一下嘴巴,一脸憋屈的样子说:"好吧,我把他拒了。不过,这责任你得负。我必须告诉他,是你逼我这么做的。"

"行行行,你想怎么说就怎么说。不过,记得租金要给我这个侄女打折呀。"李守忻指着田椿对老友说。

"能租给我,我就已经感激不尽了,不用打折。"田椿连连摆手说。

"你不用跟他客气,他有的是钱,不在乎这点租金。"李守忻坏坏地笑了笑说。

老友无奈地摇摇头,说:"我怎么会有你这样的损友。"

"有我这样的朋友是你的福分。你看,今晚又请你喝老酒了。"李守忻笑着说。

"别,我不喝你那些'老黄尿',我自己带了酒过来。"老友从包里摸出一瓶茅台酒,说。

李守忻一把夺过老友手中的酒,一边端详,一边啧啧地赞不绝口道:"这酒贵,我知道。你带了几瓶过来?"

"两瓶。"看见李守忻嘴馋的样子,老友笑了,伸出两个手指头神秘地晃了晃,说。

"都拿出来呀。"李守忻伸手道。

"你想干吗?"老友愣了愣,问道。

"叫你拿就拿嘛,这么啰唆。"李守忻伸手将老友袋里的另一瓶酒掏了出来,转身把酒塞进旁边的柜子里,然后拿起自家的老黄酒,给老友倒了一杯,说:"在我家吃饭,喝什么酒得听我的。"

"你……"老友再又无奈地摇摇头。李守忻的这位老友人称老顽。

一个月后,田椿如期拿到了老顽店铺的钥匙。田椿把店铺简单粉刷了一遍,在李守忻的疏通下,以最快的速度办理了营业执照,又从老家请来一个初中同学做搭档,添置了厨具和几张简单的折叠座椅,就开始营业了。

以前在李国荣家里备餐，田椿只做中、晚和消夜三餐的生意，有了这个店铺以后，田椿连早餐的生意也做了，而且，现在做的就不仅仅是司机的生意了，各路客人都有。口岸人流量大，生意非常好，但就是忙，由早到晚忙个不停。田椿做的是自己的生意，不怕忙，越忙代表生意越好，她就越开心，脸上始终绽放着笑容，仿佛永不知疲倦似的。但她的同学就不一样了，嫌工作太忙，太辛苦，好几次要回老家不干了。为了留住这个同学，田椿主动提出与她分享店铺的利润，每月按收入多少给她分成，同学这才答应了留下来。

田椿的这位同学叫田笑笑。人如其名，田笑笑永远都露着一排参差不齐的上齿，给人的感觉是始终都在笑——其实，有些时候她是在生气。人的潜力是巨大的，自从田椿承诺与她分享利润之后，田笑笑就像换了个人似的，工作不仅毫无怨言，还非常卖力。她独特的笑脸还成了小餐馆一个特殊的招牌。每天晚上，一些熟客司机停好车之后就相互招呼着说："走，去阿笑（或者是椿姑）那里喝啤酒去。"

来消费的司机对田椿很恭敬，却总拿田笑笑来开玩笑。有些时候玩笑开过分了，田笑笑就会生气，但司机们不仅不怕她，反而对着她似怒似笑的样子哈哈大笑。田笑笑被惹急了，会冲上前去，揪着胆敢嘲笑她的司机的头发或衣服使劲地摇晃着说："让你笑！我让你笑！"司机则一边说着舒服，一边继续哈哈大笑。

田椿的生意做得好，李守忻当然也非常欣慰。这天，儿子李革命无意间在家里翻出了他那天"打劫"老顽的两瓶茅台酒，甚是惊讶，问道："老爹，你什么时候也喝起茅台来了？"

"那是老顽的酒，"李守忻笑着说，"不过，现在是我的了。"

"你总占老顽的便宜，以后他跟你急。"儿子说。

"他怎么会在乎这些？他现在愁的是如何在蹬脚之前把钱花出去。"李守忻说，"这两瓶酒拿去你们酒店用吧。"

"这么大方？"

"当然不是白拿了，"李守忻边说边摸出一张纸条，"就当是你们酒店采购的酒水吧！把酒钱寄到这里。"

李革命接过纸条看了看，摇头道："又捐！"

"抓紧呀，孩子等着钱上学呢！"李守忻说。

"明天寄。"

"寄多少？"

"一千够不？"

"两千吧。"

"喂，这两瓶酒加起来不到七百块，你要两千，这也太狠了吧？"

"一千记在我头上。"

"上次给王清富买车的钱都还没跟你算呢。"

"算什么算？两父子有什么可算的？"

李革命再次无奈地摇摇头暗自道："强盗！"

十四

自从有了自己的店之后，田椿就搬出了姐夫家，在店铺附近租了一间小房间做宿舍，平日她和田笑笑就住在这里，以免影响姐夫和两个外甥，同时也方便做生意。

李国荣今天要在家里宴请李守忻、陈熙怀和卢桥一家，田椿要过去帮忙备餐，小店就交给田笑笑打理了。

虽然搬出去住了，但田椿还会定期过来看望两个外甥，帮忙收拾一下家里的卫生。李国荣工作忙，没什么时间照顾建武和建芳，更谈不上做什么好吃的给他们吃了，建武和建芳到田椿店里来蹭吃那是家常便饭了。田椿的店几乎成了兄妹俩的饭堂。兄妹俩吃饱了之后，有时还不忘给老爸打包一份回去。

宴请安排在中午，菜是田椿在来的路上买的。田椿还在厨房忙活的时候,晋豪和露丝就已经提前过来找建武和建芳玩了。这四个孩子虽然生长的家庭环境不同,性格各异,但都喜欢在一起玩。

晋豪和露丝进来的时候,建武和建芳正在客厅的茶几上做功课。他们必须抢在玩之前把作业做完。

"每次来都见你们在做作业,真是没眼看。"露丝看着建武兄妹埋头做作业的样子,摇摇头说。

"没办法,作业多得像山一样。"建武一边收拾桌子,一边无可奈何地说。

晋豪走上前,一声不吭地把一沓色彩斑斓的漫画书撂在桌子上。建武抬头望了他一眼,会意地挤了挤眼睛,然后抱起那摞漫画书,带着晋豪他们一溜烟跑进了自己的房间,把房门一关,自成天地。

上午十一点半左右,客人陆续到齐。陈熙怀和卢桥两家人是结伴而来的。刘琳一进门就问:"晋豪呢?"

"他们都在建武的房间里玩呢。"李国荣指了指儿子的房间说。

"我看看他们在玩什么?"刘琳说着,朝建武的房间走去。

"哎呀,小孩子在一起玩,你就别打扰他们啦。"蔡虹霞说,但刘琳已经来到了建武的房间门口,隔着房门可以清晰地听见里面玩闹的声音。

刘琳推了一下房门,没推开,于是敲门喊道:"晋豪,你在里面吗?"

听见喊声,里面立马安静了下来。刘琳接着又敲了敲门,说:"晋豪,开门让妈咪进来看看好不好?"沉静了一会儿,门轻轻打开了一条缝,从门外看晋豪,像一只受惊的小猫,警觉地看着刘琳。刘琳上前将晋豪揽在怀里,一起进了房间。看见刘琳进来,其他小朋友不约而同地站了起来,像是领地遭到入侵似的,用戒备的眼神看着来者。

刘琳尴尬地笑了笑,说:"你们继续玩呀。"但从小朋友们的表情可以看出,他们并不欢迎她。刘琳环视了一圈房间,大概是没感

105

觉到有什么不妥的,于是自讨没趣地说:"你们继续玩吧,我不打扰你们了。"说完,悻悻地退出了房间,随手带上了房门。

刘琳一走,小朋友们立马松了一口气。

"我好怕你妈咪哟。"建武拍着心口对晋豪说。

一旁的露丝却不以为意地说:"有什么可怕的?"

"不怕?你刚才为什么不敢说话?"建武反问道。

"我是不想和她搭讪,免得她待着不走。"露丝说。

"嗯。不过,晋豪的妈咪挺漂亮的,比漫画上的这些人都漂亮。"建武一边翻阅着漫画书,一边随口说道。

"你这么小就知道这些了呀?"露丝嘲讽道。

建武被露丝说得害羞地低下头。

妈咪进来过之后,晋豪就没再和大家一起玩了,他独自坐在窗台上,默默地看着窗外。

田椿手脚非常麻利能干,独自把厨房包了,好几次,李国荣想进去看看有什么需要帮忙的,都被她赶了出来。她一个人为大家烹饪了一桌丰盛的午餐。

马上就要开饭了,李国荣敲着建武的房门喊道:"建武、建芳,你们赶紧出来跟客人打声招呼,不要老躲在房间里,没礼貌。"

"好!"建武隔门大声应道。

不一会儿,露丝率先走出房间,蹦蹦跳跳地走到父亲跟前,一把扑在了卢桥身上;随后是建武和建芳,兄妹俩拘谨地走到大家面前,机械地把"爷爷好、叔叔好、阿姨好"叫了一遍,然后就挤在沙发一头坐下,默默地观察着大家。最后出来的是晋豪,他在屋中央茫然地迟疑片刻,然后紧挨着建武坐下。

"过来妈咪这里呀!"对面的刘琳向晋豪张开双臂召唤道,但晋豪只在原地摇了摇头。

刘琳还想继续唤晋豪过去,陈熙怀却开口道:"不要管他了,他喜欢跟小伙伴在一起。"刘琳抿了抿嘴,没再说什么,然而脸上却挂着焦虑与怨气。

李国荣大概感觉到了尴尬,对着建武说:"你去看看小姨有什么需要帮手的。"

"哦!"建武应了一声,滑下沙发,快步进了厨房。不一会儿,建武捂着轻轻咀嚼着的嘴巴回来说:"小姨不需要帮手,说大家可以上桌了。"

"那就上桌吧。"李国荣站起来招呼大家道。

落座后,大家看着满桌的菜对田椿赞不绝口,都夸她厨艺好、能干。由于事先陈熙怀说他带一瓶免税店购买的蓝带马爹利过来,所以李国荣没有另外备酒,然而酒倒上后才突然想起来,李守忻是不喝洋酒的。正当李国荣深感尴尬,准备遣建武到小区旁的小超市去买白酒时,田椿问李国荣:"我从老家出来的时候不是带了一桶桑葚酒吗?还有没有?"

李国荣说:"我没动过,应该还在,不过,那酒……"李国荣言下之意是那酒不够好,不适合在这个场合喝,没想到李守忻抢先道:"桑葚酒好呀!你家自己泡的?"

"是呀,我爸爸用60度的高度谷酒泡的,他说这酒有滋阴功效,让我带了十斤出来。"田椿说。

"好,我就喝桑葚酒。"李守忻兴奋地轻轻拍了一下台面说。

田椿小跑着进了杂物房,不一会儿,拎出来一个满是灰尘的塑料桶。塑料桶里装满了像是普洱茶水般酽酽的液体。田椿用抹布把塑料桶表面的灰尘擦拭干净,给李守忻倒了一大玻璃杯桑葚酒。李守忻迫不及待地端起杯,喝了一口,咂着嘴,连声赞好。

在场几个喝酒的,除了李守忻外,其他人都喝陈熙怀带来的洋酒。就在大家喝得高兴时,坐在李守忻旁边的晋豪趁大家不留意,轻声问李守忻:"爷爷,你是不是不喜欢我爹地?"声音虽小,但坐在他另一侧的陈熙怀还是听见了,尴尬地望着李守忻笑了笑,说:"小孩子乱说话,不要见怪。"

107

李守忻抚摸着晋豪的后脑勺，说："你爸爸是个好人，是个能人，我们大家都喜欢你爸爸！当然也喜欢你。"

"那你为什么不喝我爸爸的酒？"

"哦，爷爷不是不喜欢你爸爸，只是不喜欢喝洋酒。"李守忻算是弄明白了晋豪为什么会那样问了。

"为什么？"晋豪用筷子轻轻地戳着碗问。

"爷爷喝了洋酒会肚子痛，所以不敢喝。"李守忻捂着肚子，装出肚子痛的样子说。

听了李守忻的话，晋豪像是卸下了重负似的，感觉整个人都轻松了。他面带笑容，一边继续轻轻戳着碗里的米饭，一边腼腆却又近乎炫耀地快速扫视了一下众人的脸。

午饭后，孩子们又回到了建武房间继续玩耍。大人围坐在一起喝了一会儿茶，闲聊了一阵子，就相继告辞了。客人走后，李国荣也感觉轻松了许多。一放松，酒劲就上来了。他瘫坐在沙发上，呆呆地看着田椿的背影，恍惚间，那种似曾相识的感觉再次从他脑海掠过。田椿正使劲地拖着地板。今天，她从买菜、做饭，到收拾、洗刷，一直忙个不停，简直就像是女主人。

不知不觉，田椿已拖到了李国荣脚下的地板，李国荣却丢了魂似的浑然不觉。田椿使劲拍了一下李国荣的脚，命令道："抬起你的大象腿。"

李国荣猛地回过神来，触电般举起了双脚。

田椿一边拖着地，一边问李国荣："为什么选在今天请大家吃饭？"

李国荣迟疑了一会儿，挠挠后脑勺，不紧不慢地说："李伯给你找了地方开店，一直想请他吃个饭，感谢他，但却一直没落实，今天算是了却了这桩心事了。"

田椿默默地把李国荣脚下的地板拖干净，把茶几边上的椅子摆正，冷不丁抛出一句："今天是你和我姐的结婚纪念日吧？"

108

李国荣瞟了田椿一眼，继而叹了一口气，站起来，摇摇晃晃地朝自己的房间走去，临进门时，随口说了一句："今天辛苦你啦，忙完后你也休息一会儿吧。"田椿平时虽然不在这里住，但李国荣还是给她留了房间。

田椿瞟了他一眼，对着他摇晃的背影说："多喝些水吧。酒量差就别喝那么多。"

李国荣举起手摆了摆，含糊道："没事。"

晋豪是被妈咪刘琳硬牵着回家的。每次来建武家玩，晋豪都乐不思蜀，不愿意回家。

由于吃饭时喝了不少的酒，陈熙怀到家后就迷迷糊糊地直接回房休息了。晋豪也一声不吭地回房间关上了门。刘琳洗完了澡，一边用浴巾搓着头发，一边静静地推开晋豪的房门，想看看晋豪在干什么。晋豪正趴在床上入迷地玩着卡通人物，左手捏着哥斯拉，右手拿着蒙面超人，在空中来回翻腾碰撞，嘴里"嘿嘿哈哈"地发出低沉的打斗声。

"你怎么不睡午觉呢，宝贝？"刘琳在晋豪床沿坐下，说，手中的浴巾依然搓着头发。

大概是没觉察到有人进来，晋豪明显被刘琳吓了一跳。他条件反射般转身滚到了床里头，背靠着墙，惊恐地瞪着刘琳。

"傻孩子，有什么好怕的？是妈咪。"刘琳腾出手把晋豪拉了过来，拍了拍自己的大腿，"来，到妈咪这里来。"她试图让晋豪趴到自己的大腿上，这样，她就可以抚摸一下他的小背背了。但晋豪并没有顺从她的意愿，而是与她相向而坐，迷茫地望着她。刘琳揉了揉他的前额，说："不想睡就跟妈咪说说话好吗？"结果，刘琳话刚出口，晋豪就一头扎在床上，双目紧闭，做出要睡觉的样子。刘琳微笑着摇了摇头，随手帮他盖上被子，站起身，怅然若失地环视了一圈晋豪的房间，无意间看到了桌底下她前段时间给他买的那只玩具熊，便将玩具熊捡了起来，掸了掸上面的灰尘，发现玩具熊的右眼珠子不见了。"才刚买多久，就弄坏了！这孩子。"刘琳自言自语道。刘琳将小熊摆放在了书架上，心事重重地带上房门出去了。

刘琳刚走，晋豪立马又弹坐了起来，机警地环视了一遍房间，小心翼翼走到书架前，拿起小熊，瞪着它的独眼龇牙咧嘴地做了个鬼脸，狠狠地将它剩下的那只眼也揪了出来，丢进抽屉里，然后把小熊摆回书架上。不过，他刚转身，突然又回头将小熊扯下，把它塞进衣柜里。

晋豪回到床上，继续玩哥斯拉和蒙面超人，玩着玩着，似乎想起了什么，突然停了下来，轻轻下了床，打开门，探头观察了一下，蹑手蹑脚地走到陈熙怀房门口，耳贴着门板听了一会儿，轻轻打开一条门缝，侧身闪了进去。陈熙怀一个人在床上正呼呼大睡，刘琳没有和他睡在一起，他们夫妻早已分房睡了。

晋豪凑上前去，像猫咪似的嗅了嗅陈熙怀的脸，然后盘腿坐在地板上，静静地出神地看着他。

刘琳迷糊了一会儿，醒来后发现晋豪的房间门开着，探头进去看了看，没看到晋豪，心里不禁一惊，赶紧四下查看，先是洗手间，再是她母亲的房间——刘琳的母亲这次没有同他们一块儿来深圳。现在只剩下陈熙怀的房间了！自从分房睡之后，刘琳就很少进陈熙怀的房间，即便是眼下，她依然对陈熙怀的房间非常抗拒，但为了确认晋豪是否在里面，她还是硬着头皮推开了陈熙怀的房门。然而，看到晋豪时，她不仅没有半点欣慰，反而感到一阵辛酸，眼泪不禁如泉水般涌了出来：晋豪像一只可怜的小狗一样，趴在地上睡着了。刘琳快步上前，将熟睡的晋豪抱到自己的房间里。

刘琳刚把他放到床上，他就醒了，睁开眼睛呆呆地看着刘琳，突然冒出一句："妈咪，你是不是不喜欢爹地？"刘琳没想到儿子会突然问这样的问题，慌乱中结巴地应道："我们都喜欢晋豪呀！"

晋豪大概是因为没有得到想要的答案，沉默了一会儿，从床上爬了起来,撇下刘琳,摇摇晃晃地回自己的房间。他那孱弱的背影,再次像针一样扎在了刘琳的心上。

十五

受世界经济形势的影响,此时的服装加工行业利润本来就不高,辰锡服装厂为了招揽业务,降低加工价格后,利润就更是微乎其微,甚至可以说是无利可图。这样的局面,李少锡岂能接受。

"不行,不行!这样搞法,多少钱都不够你们亏。干脆把工厂关闭了算了。"看了当月报表,李少锡的情绪近乎崩溃,对着邱震摇和林亨里歇斯底里地吼道。

"坚持住,再忍一忍,很快就会好转的。"邱震摇安抚道。

"不能再听你们忽悠了。再给你们一个月时间,下个月业绩再没有明显好转就散伙!"李少锡说完,拂袖而去,留下邱震摇和林亨里在屋内面面相觑。

"怎么办?"林亨里用求救的眼神看着邱震摇,问。

"其实,我一直在琢磨,我们单凭替别人加工几件衣服,什么时候才能发达?"邱震摇点了一支香烟,若有所思地说。

"你的意思是?"林亨里如母鹅般侧着脑袋,问。

"我觉得我们可以利用这个服装厂做掩护,做布料的进口生意。"邱震摇凑近林亨里耳旁,压低嗓音说。

"怎么弄?"林亨里好奇地往前凑了凑,问。

邱震摇用右手的食指和中指在桌面上比画了一个"走"的动作。

"走私?"林亨里惊喜道。

"轻点声。"邱震摇在唇边竖起食指,示意道。

"真是英雄所见略同。"林亨里使劲地抓着邱震摇的手臂,说,"不过,李少锡会同意吗?"

"先别让他知道。"邱震摇狡黠地说。

"不让他知道行吗？"

"他这个人就是个纨绔子弟，贪玩，只顾打麻将，不懂也不管业务，只要让我们闻洁美女多陪他吃喝玩乐，我们给他挣来钱，他就高兴。只要咱们兄弟同心，我们想怎么弄就怎么弄啦！"邱震摇拍了拍林亨里的肩膀，一副得意的样子说。

"嗯，有道理！你打算怎么弄？"林亨里问。

"非常简单。"邱震摇往椅背一靠，深深地吸了一口烟，然后向林亨里招招手，示意他靠近点，凑近他耳边如此这般说了一通。林亨里一边听，一边咧着嘴，鸡啄米般不停地点头。

"这样做神不知鬼不觉，查不出来的。"邱震摇胸有成竹道。

"震摇兄你真是太厉害了，这样的门道你都想得出来。"听完了邱震摇的介绍，林亨里竖起大拇指赞道。

"这样一来，你以后就再也无须到处点头哈腰求人给订单了。"邱震摇看着林亨里，得意地笑道。

"好是好，只是好不容易拉过来的那些老客户恐怕又要回到陈熙怀那边去了！"林亨里心有不甘地说，"真是便宜他们了。"

"你吃肉，人家喝汤，就不要妒忌别人了。"邱震摇拍了拍林亨里的肩膀，笑道，他心想，这小子的心也太阴暗了。

说干就干！按照邱震摇的方案，林亨里在香港注册了一家贸易公司，由该公司向辰锡服装厂下虚假订单，采购高档布料，以来料加工的名义进口。但这些高档布料进口后，并没有用于生产，而是被林亨里和邱震摇在国内倒卖掉了。然后，他们再从国内市场采购低廉的布料加工成服装复出口，用以抵销进口布料数额，达到进出口平衡。就这样，辰锡服装厂以来料加工作为幌子，以偷换料件的形式，做起了走私进口布料的勾当，获取了丰厚的利润。走私所得部分计入服装厂的利润，其余部分统统落入了邱震摇和林亨里的私人腰包。有了这笔收入，辰锡服装厂当月的账面利润马上就有了大幅上涨。看到服装厂终于有了可观的利润，不知就里的李少锡当即就转忧为喜。

不过，纸终究包不住火，李少锡最终还是发现了其中的端倪。这天，也许是约不齐人打麻将，闲着没事的李少锡一时心血来潮，独自转悠到了生产车间，正好碰见邱震摇他们在国内采购的布料送货到厂。一看那送货的车辆，李少锡就好生纳闷儿，心想，刚报关进来的布料不是应该由深港两地牌照的货柜车直接运送过来的吗，怎么会用一辆小四轮车送来呢？他上前询问道："喂，送货的，你这些布是从哪里送过来的？"

"东门布料批发市场呀。"送货人明显不知道眼前这个胖子就是服装厂的董事长，爱理不理地答道。

"怎么会是东门批发市场送来的货呢？"李少锡纳闷儿道。

"这是他们在我们公司采购的布料。"对方瓮声瓮气地应道。

"哦？你这是第几次送货了？"听了对方的话，李少锡大为震惊。

"嘿！谁记得清楚？"送货人气喘吁吁地搬着布匹，不耐烦地应道。

送货人这个回答就像是一个闷雷，把李少锡打得浑身抽搐，他不知道究竟发生了什么事，不知道邱震摇和林亨里瞒着他究竟在干什么，立马让人去把邱震摇和林亨里叫来。林亨里还在香港，来的只有邱震摇和陈闻洁。

一见到邱震摇，李少锡指着送货的小四轮车劈头就问："这是什么鸟回事？"

邱震摇连忙把他拉到一边，轻声说："不要在这里吵，随我来。"邱震摇把李少锡请回办公室，将情况一五一十告诉了他。

听了邱震摇的解释，李少锡更加恼火，拍案道："这么大的事情你们居然敢瞒着我，事先也不和我商量一下？"

一直跟在后头的陈闻洁连忙上前，抱着李少锡的手臂，娇声娇气地说："你一个大董事长，就好比一个元帅，管那么细的事干吗？

你就应该像刘备一样,稳坐中军帐,静候捷报,坐着数钱。具体业务,让他们这些喽啰去做就是啦。"

李少锡看了陈闻洁一眼,下意识地压制了一下怒火,但还是用责怪的语气道:"他们得让我知道,是不是?"

"不让你知道是为了保护你,"邱震摇挠着脑门儿说,"这些东西也不是全无风险,万一被海关发现了,明知故犯,是要担责的呀。"

李少锡一听,觉得好像也有道理,于是装着无奈,摇摇头,说:"要是给我整出什么乱子来,看我怎么收拾你们!"说完,看似非常生气的样子,背着手朝门口走去。邱震摇给陈闻洁使了个眼神,陈闻洁会意地点了点头,快步跟了上去。

"李少,你这么气鼓鼓地要去哪呀?"陈闻洁勾着李少锡的手臂,发嗲道。

李少锡瞟了她一眼,气已消了一半,但依然露出很生气的样子说:"不知道,你离我远一点。"

"你这样会把身体气坏了的。"

"气坏就气坏,关你什么事?"

"气坏了,人家会心痛的。"

"谁会心痛?"

"这里呀。"陈闻洁抓着李少锡的手放在自己丰满的胸前,娇声道。

"喊!"李少锡假装不看她。

"走,我带你去消消气。"陈闻洁用身体撞了一下李少锡,说。

"你离我远点!"李少锡嘴上大声说着,两只脚却乖乖地跟着陈闻洁一路快走,来到了陈闻洁在厂区的临时休息间。

一进到房间,陈闻洁就一把将李少锡推倒在床上,后脚一勾,将房门关上……

约莫半个时辰后,李少锡整着衣装从陈闻洁的休息间出来,一抬头,猛地看见邱震摇斜靠在门外的墙上,默默地吸着烟。李少锡毫无防备,被他吓了一跳。

"你在这干什么?神经病!"李少锡对着邱震摇甩了一下手说,"厂里的事你给我盯紧喽!"边说边走向停车场,上了一辆宝马车,一溜烟开出了厂区。

看着李少锡的车驶远后,邱震摇推开房门,一副沮丧的样子走进了陈闻洁的休息间。陈闻洁正好从洗手间出来,见了邱震摇,第一句话就是:"你真不是男人。"

邱震摇没有说话,在床沿坐下,依然默默地吸着烟。陈闻洁从床头柜的纸巾盒里抽出一张纸巾,轻轻擦了擦鼻翼两边的油脂,瞟了邱震摇一眼,见他一副失落的样子,似乎动了恻隐之心,上前在邱震摇两腿间蹲下,抱着邱震摇的腰,笑着问:"怎么,后悔了?是不是舍不得我了?"

邱震摇一手拿着烟,一手将陈闻洁的头紧搂在腹部。陈闻洁闭着眼,在邱震摇柔软的腹部蹭了一会,然后解开了邱震摇的皮带,含糊地说:"我最爱的是你,你可不能辜负我呀。"邱震摇扔掉烟蒂,顺势躺下……

相比于辰锡服装厂见不得人的境况,国熙服装厂的春天却要来了。市服装协会要组织举办一个传统服饰展销会,目的就是要鼓励企业创建民族服装品牌。国熙服装厂在受邀参展的名单之中。李守忻非常看重这次活动,要求大家务必全力以赴做好此次参展。

"这么多年来,我们许多工厂都是替人家加工,产品做好了贴别人的牌,这就好比借肚子给别人生孩子。孩子生出来后跟别人姓,养的是别人家的孩子,到头来自己是两手空空,这种做法我早就觉得不爽了。我们一定要好好抓住这个机会,把我们'国熙'这个品牌打亮堂了!"李守忻之前从事加工业多年,充分体会到没有自己品牌的弊端。

不过，陈熙怀对此却很不以为意，他认为搞加工是挣钱最快、最直接，也是最省事的方法，对所谓的创品牌没什么兴趣。他说："创品牌绝没有您想象中那么容易，需要设计，需要推广，无论是时间、精力、本钱都要很大的投入，得不偿失的。一些所谓展销活动，纯粹是为了宣传的需要。我们没有必要去瞎掺和，那纯粹是浪费时间和精力。"

"磨刀不误砍柴工。"李守忻说，"加工是生意的最低端，挣的都是辛苦钱、小钱，大钱都被中间商和委托加工的人挣去了！我们的眼光要放长远些，不要满足于这点蝇头小利，要弄出些可以传承下去的东西。如果我们能搞个响亮的品牌出来，还愁挣不来这点小钱？"

"问题是，我们的市场都在外面，国际上这么多大品牌，你辛辛苦苦创出来的所谓品牌，在国外大牌面前有竞争力吗？没有的！"陈熙怀摊着双手说。

"我们的产品不一定要跟世界名牌比，我们可以搞大众品牌，走中低端路线。争夺不了国际市场，我们可以在国内找市场呀。我们的内需大着呢！"李守忻说。

"别忘了我们是来料加工厂，我们的产品只能外销。"陈熙怀提醒道。

"所以，是时候考虑转型了。"李守忻道。

"您的意思是……"陈熙怀似乎感觉到李守忻话中有话，疑惑地看着李守忻问。

"现在既然来料加工不好做，我们可以更改工厂的性质，成立全贸公司，国内外市场同时营销。"

"我同意李董事长的意见。"听了李守忻的话，一直没有说话的李国荣深受鼓舞，兴奋地拍了一下桌面，说。

与李国荣的兴奋相比，李守忻的话反而让陈熙怀冷静了下来，他想，果真像李守忻所说的不搞合资、不做来料加工的话，他这个外资就没有存在的价值了,届时李守忻会不会撇开他,不带他玩了呢?

李守忻瞟了陈熙怀一眼,大概是猜到他在担忧什么。他在烟灰缸上敲了敲烟斗,不紧不慢地说:"我们以'国熙'参展,'国熙'这个品牌是我们大家的;品牌如果打造成功,我们将共同享有。将来,无论是开办来料加工还是普通贸易服装生产企业,只要两位愿意,我都一如既往地与你们继续合作,所以,你们尽可放心。"

在李守忻的极力主张下,"国熙"全力以赴投入参展,以自身的拳头产品唐装、旗袍作为参展项目,挑选最好的裁缝师傅和上乘的布料裁制样服,并物色聘请高素质模特参与走秀展示。

这次参展活动对于"国熙"而言,不能说是一炮打响,但在业内赢得了一定的知名度,让大家知道了有"国熙"这么一个牌子。展销会期间,就有不少商家前来了解相关产品信息,也有大型商场愿意为"国熙"免费提供产品展示橱窗。展销会还没结束,"国熙"就收到了可观的产品订单。

展销会为国熙带来了预期的效果。紧接着,李守忻着手落实先前的计划,更改公司的贸易性质,把来料加工变为FOB贸易,既做海外订单,又做国内市场,两不误。相对于李国荣对李守忻的信任,陈熙怀却始终心存顾虑,担心转型后会影响他在公司的地位,甚至担心自己会被排挤出"国熙"。然而,事实证明他的这个担心是不必要的,甚至可以说是以小人之心度君子之腹。

转型后的"国熙",由于有了国内市场,订单量大增,效益又上了一个台阶。

十六

"听说你家陈太监那个厂近期效益很不错哟!"这天,林亨里又约了刘琳在香港老地方咖啡厅幽会,刚喝了一口咖啡,就酸溜溜地说。

"正常呀,他这方面确实有天赋。"刘琳故意回撑道。

"你真的这么长时间都没跟他那个了?"他比画了一下"啪啪"的手势,一脸猥琐地问。

"你烦不烦呀?老说这些无聊的话题。"

"这么久不做爱,他受得了吗?"

"别说这些下流的事情。"刘琳喝了一口咖啡,侧脸看向了远处。

他自讨没趣地皱了皱眉头,突然转换了语气,阴沉着脸说:"看来我们得做点事,不要让你那个陈太监的生意那么顺当才行。"

"你想干什么?不要乱来。"刘琳装出生气的表情说。

"哈哈哈!你居然担心他?你越是担心他,我越是吃醋,就越是要搞搞他。"

"他是晋豪的爹地,我能不顾及晋豪吗?"

"你们母子若是跟了我,肯定比跟着他过得好。"

"你也配?"

"有什么不配?我哪一点不如他了?"

"你哪一点都不如他。"

他们每次见面都是这么无聊地、毫无意义地斗嘴,没有一点实际的东西,但每次见面后,刘琳却仿佛有一种发泄后的快感,内心非常受用。而他对刘琳却像是猫惦记着腥,虽然每一次都吃不着,但每一次都满怀期待、意犹未尽。

过足了嘴瘾后,时间也差不多了,刘琳将杯里的咖啡喝完,看了看手表,起身道:"不跟你胡扯了,我要去接儿子了。"

"我顺路送你去。"他说。

刘琳犹豫了一下说道:"好吧,放下我后你就赶紧走,不要让晋豪看见你。"

"看见就看见,怕什么?说不定以后我们就是一家人了。"他无耻地笑道。

刘琳嫌弃地白了他一眼说道:"你想都别想!"

路上塞车,刘琳来到学校时,晋豪已经在校门口等着了。

"我顺道送你们回家吧。"他说。

"不用,我们自己走回家,不远。"刘琳下了车,冲着站在校门口的晋豪挥了挥手。

晋豪却呆呆地望着那辆刚刚驶离的黑色丰田商务车——刘琳刚从那辆车下来。

"对不起,塞车,所以来晚了。"刘琳来到晋豪跟前,弯下腰吻了一下晋豪的脸,伸手要去牵晋豪,但晋豪却拒绝与她牵手,默默地走在前头。

走着走着,晋豪突然像是自言自语地问道:"爸爸和林亨里叔叔在一起吗?"

刘琳一听,仿佛是被电击了一下似的,怔了怔,看着晋豪忙不迭地应道:"我不知道呀!你……"

晋豪却没再理睬刘琳,闷闷不乐地自顾往前走。

回到外婆家时,外婆正在做饭。进门,晋豪就冲到沙发上,把书包扔在一边,掏出游戏机闷声不响地玩起了游戏。刘琳坐到他身边,想摸摸他的头,他却倔强地把脑袋歪向一边,显得非常抗拒。刘琳无奈地叹了一口气,进厨房给母亲打下手去了。

母亲正在往瓦煲的佛手瓜排骨汤里加盐,她瞟了刘琳一眼,看到的依然是一张熟悉的冰冷的面孔。从小到大,女儿给人的感觉始终都是高傲、冷漠的样子,也因此获得了一个"冷美人"的称号。几十年的母女关系,她从来没有看见女儿因为某件事而表现出过度的兴奋或悲戚。都说母女连心,但她从来不知道女儿心里在想什么。她曾经为此焦虑,甚至有一种失败的挫折感,但随着年龄的增长,渐渐地也就看开了,释怀了。如果某一天女儿突然变得热情起来,对她这个母亲细腻关心起来,她可能反倒不习惯了。

把刘琳送到学校后,林亨里就马不停蹄地驱车赶往深圳。邱震摇说晚上约了很有背景的人吃饭,必须赶时间。而偏偏在过境的时候,他的深港两地牌照车被查了,耽搁了不少时间,被邱震摇催促了好几次。他和邱震摇的关系恰好应验了那句话:相见容易相处难!刚认识时,相见恨晚,称兄道弟,合作做生意后,斤斤计较,称功道劳,相互猜忌。有一次还因为林亨里酒后调戏陈闻洁,两人差点儿打了起来。因为陈闻洁的关系,李少锡毫无疑义地站在了邱震摇这一边,要不是工厂有些事情需要他深港两地跑,估计他们早就把林亨里踢出"辰锡"了。

"等不及了,叫他直接去酒楼吧。"李少锡说。

"还是让他先来这里吧。他的车大,我们一起坐他的车去酒楼,晚上就不用开别的车去了。"邱震摇说。

一个多小时后,林亨里才回到工厂。进门后,林亨里一连喝了三杯茶,抹了抹嘴,说:"不好意思,让你们久等了。今天差点儿被他们搞死。咱们走吧。"

"没关系没关系。"邱震摇不以为意,然后问道:"你要不要先去上厕所?"

"要要要!"林亨里连声说道,"憋了好久了,膀胱都快要憋爆了。"他边说边瞟了一眼桌子后面埋头看手机的陈闻洁。邱震摇厌恶地在他背后瞪了一眼。

他们今晚请客的地点依然是凤凰楼。请客对象是个叫严男的人,他带来了几位随行人员。这个严男据说是一位主任,至于是什么主任,林亨里不得而知,只听说他来头不小,能量很大。

"这就是严男主任。"席间,邱震摇向林亨里介绍道。

严男一米八几的个头,身材魁梧,满脸横肉,脸色乌黑,不言而威,乍一看,如同黑无常,甚是吓人。听完介绍,林亨里连忙端起酒杯上前敬酒。

"多谢严主任关照!"林亨里端着杯战战兢兢地说。

严主任端起酒杯,示意一下就放下了,看都没看林亨里一眼。林亨里一口将杯中酒干了,悻悻地回到自己座位上。

这一切,邱震摇都看在了眼里,他耸了耸肩,端着杯站起来,说:"我们公司业绩好坏,弟兄们吃饭还是吃粥,都还得仰仗严主任的关照呀!我建议大家一起敬严主任一杯!祝严主任身体健康、步步高升!"

大家不约而同地举杯附和。

严男主任是邱震摇通过朋友介绍认识的,今天这个饭局也是邱震摇召集的,不仅是要介绍严男主任给合伙人李少锡和林亨里认识,还要向他的合伙人宣布他和严男前期谋划的一个大局。所谓的大局就是合伙走私。

"事成后,我要提取利润的百分之三十。"严男说。

"百分之三十?"一旁的李少锡以为自己听错了,惊诧地重复道。

"这百分之三十看上去好像很多,但真正落到我自己口袋里并没有多少。别忘了我手下还有这帮兄弟。他们也是要吃饭的呀!"严男指了指他的几位随行人员,补充道:"你们如果嫌我要得多,可以不做呀。"

"不多,不多!"邱震摇连声道,转而对陈闻洁使了个眼神。

陈闻洁会意地点了点头,用餐巾轻轻擦了擦嘴角,端起酒杯走到严男面前,用手臂碰了碰对方,娇声道:"严主任,我敬您一杯,赏脸不?"

严男瞅了一眼陈闻洁的脸,再看看她手中的杯——陈闻洁喝的是红酒,说:"美女敬我酒,我岂有不喝的道理?不过,你刚刚说是要敬我一杯,但我看你杯中怎么只有那么一小撮的酒呢?"

"确实只有一小撮。"邱震摇奉承道。

"那就斟满了再敬我吧。"严男板着脸说。

"讨厌!严主任一点都不懂得怜香惜玉。"陈闻洁用臀部撞了撞严男,撒娇道。

"我们严主任不是随便什么人敬酒都喝的,对你真是很特别啦。"坐在严男对面的一位随行人员说。

"那就赶紧斟满。"邱震摇说,对着服务员大声道:"服务员,加酒!"

服务员应了一声,上前给陈闻洁倒了满满一杯红酒。

陈闻洁看着手中那杯足足有半斤的红酒,装出一脸为难的样子,说:"严主任,我喝了这杯酒要是醉了咋办呢?"

"就是要你醉!你不醉,咱们主任哪来的机会哟?"严男的另一位随行人员猥琐地笑道。

"那不行,不能我独自一人醉。我要严主任陪我一起醉,不然,我就没机会了。"陈闻洁说着,拎起酒壶,把严男杯中的洋酒也倒满了。她的这一举动,引得在座的人一阵叫好。

严男摇摇头,装出很有负担的样子站了起来,抚了抚怀胎十月般的肚子,与陈闻洁碰了碰杯子,说:"难得美女这么赏脸,我先干为敬。"说完,将满杯洋酒一饮而尽。

陈闻洁再又假装推托了一会儿,最后,在众人的催促声中像喝白开水似的一口气把那杯红酒全部喝了下去。

在场的人无不为陈闻洁的豪气和酒量所折服,随着陈闻洁喝干杯中的最后一滴红酒,包厢内爆发出热烈的喝彩声。

"豪爽!"严男也拍案叫道,然后指着他的几个随行人员说:"你们主动些,赶紧替我敬美女酒!"

在严男的指使下,那几位随行人员轮番上前给陈闻洁敬酒。陈闻洁酒量确实了得，来者不拒，而且有来有往，打了几回通关，把那几个人喝得头都不敢抬，而陈闻洁除了多上了几回厕所，啥事都没有。

饭后，邱震摇领着大家到金殿继续喝酒嗨歌，直到凌晨一点多钟才散去。邱震摇今晚这个局组得非常成功，正事谈妥了，大家喝得、玩得也都非常尽兴。李少锡喝多了，一边喊着陈闻洁的名字，一边被邱震摇和林亨里塞进车里，而他惦记的陈闻洁此时却正在酒店的总统套房里侍候严男。

"你的名字真奇怪。"陈闻洁捏着严男的嘴唇说。

"怎么个奇怪法？"严男用手指有节奏地轻轻地撩着陈闻洁粉嫩的乳头，问。

"炎（严）男，发炎的男人。"陈闻洁忍不住笑道。

"我的名字叫'炎'男，但我人可不发炎。"严男也笑道。

"是吗？"

"当然，不信，你试试！"说着，严男猛地翻身，再次将陈闻洁压在身体下。

十七

李守忻让儿子李革命帮他订三张后天到贵市的机票。

"又去贵市干什么？"儿子问。

"我托工艺品进出口公司的朋友约了一位境外客户，到清富那里考察竹艺产品，我要亲自陪他们去一趟。"李守忻说。

"就是你上次和他们磋商办竹器厂的那件事吗？"

"嗯。"

"清富那边准备好了？"

"都准备好了。组织村民，按照贸易公司提供的品种、规格要求,把样品都做好了。"

"不要光操心别人的事,自己的事也要放在心上,特别是身体。"李革命瞟了父亲一眼说。

"我挺好呀。"李守忻握紧两个拳头,比画了一下说。

"服装厂的生意怎么样?"

"也挺好。"李守忻满意地说。

在上次的市展销会之后,"国熙"后来又参加了几个国家级的展销会,拿了好几个奖项,品质得到了越来越多消费者的认可,国内市场的销路不断拓宽,销量节节攀升。随着知名度的增加,很多大商场都为"国熙"设立了专柜,但李守忻并不满足,他在谋划一盘更大的棋,要搞专卖连锁店,实行产销一条龙,最终将"国熙"推向上市,但向来胆小的陈熙怀对此又有不同的意见。

刚回到工厂,李守忻召集他们讨论实体连锁店的问题。

"这样做投资大、风险也大,我觉得还是要慎重。"陈熙怀说。

"你以前是做国际贸易的,按道理,你的视野应该比我们这些人广,胆子应该比我们更大才对呀,怎么反倒是前怕狼后怕虎?"李守忻挠着头发,一脸想不通的样子说。

陈熙怀被李守忻说得一时无言以对。他以前做贸易,是投机生意,是一种资本博弈,根本不需要搞实体投资。这也是为什么金融风暴一来,他的生意王国就土崩瓦解的原因。

"陈生以前是做贸易的,现在改做生产销售,需要慢慢适应。"一旁的李国荣笑着圆场道。在这件事上,他其实也像陈熙怀一样,心里七上八下,拿不定主意。

"我的目标是要把'国熙'做成上市公司!建立连锁销售店,做大做强,是走向上市的路径之一。"李守忻说。

"您想把'国熙'打造上市?"李国荣惊问道。

"这也并非不可能啊。"李守忻沉稳地吸着烟说。

李守忻抛出的这个想法实在是太有吸引力了,李国荣听了之后,当即就表示要跟他一起干。

陈熙怀患得患失地看看李国荣,又看看李守忻,犹犹豫豫地说:"既然如此,那就一起干吧。"毕竟这也是他梦寐以求的"复兴"之路。

李守忻的想法是,实体店采用自行投资或加盟的运营模式,前期由"国熙"自己投资开设实体店,然后以此为样板,吸纳加盟店。这样做不仅能够加大推广力度,最大限度地拓展销售地域,还能节省成本。大家一合计,按照这种做法,开设实体店并没有想象中那么耗费资金,甚至还能通过收取加盟费获得收益。

算清了这笔账之后,陈熙怀刚刚还有点不踏实的心就完全放回到肚子里了。

三人在公司一直讨论到下午将近六点钟,直到建武打电话来问李国荣晚饭吃什么,大家才意识到时间不早了。

"晚上?"李国荣为难地挠了挠后脑勺,迟疑了片刻,说:"家里没买菜,你和妹妹去你小姨店里吃吧。"

挂了电话后,李国荣看了看眼前的李守忻和陈熙怀,说:"要不,咱们一块去田椿那里弄点吃的吧?"

"好呀,反正我就一个人。"陈熙怀欣然道。

"你们去吧,我回家陪老太婆吃饭。"李守忻说,"对了,后天开始我要离开深圳几天,公司的事又要劳烦二位了。"

虽然李守忻没有说要去哪里,但李国荣和陈熙怀已经猜到几分,他们多多少少知道他们的董事长瞒着他们在干什么,心里由衷钦佩和支持。

"放心去做你的事吧,厂由我们看着。"李国荣说。

三人离开工厂分头各自去了。

李国荣和陈熙怀来到田椿的店坐下,建武和建芳随后也到了。田椿麻利地给他们弄了几个菜。

正吃着,又来了两位客人,是两位香港货柜车司机,其中一个胡子拉碴的肥佬,就是在田椿第一天卖盒饭时给了田椿名片的吴德胜。刚坐下,他就对着田笑笑喊道:"笑笑,赶紧给我们来四瓶金威啤酒!"看得出都是熟客。

"来了,来了,吴大哥。"田笑笑拎着啤酒冲了上去。他们是常客,所以都认识。

"笑笑,今天又变漂亮了哟。"吴德胜冲着田笑笑调侃道。

"我天天都这么漂亮的啦,肥哥!"田笑笑一边替客人打开啤酒,一边装模作样地回应道。

"晚上请你去卡拉OK去不去?"吴德胜端起杯子喝了一大口啤酒,开玩笑说。

"不去。"田笑笑很干脆。

"为什么不去呀?我们好想你去哟。"吴德胜继续道。

"哼!深更半夜跟你们这些狼出去,岂不是羊入虎口?"田笑笑装出不屑地说。

"去啦,我们不会把你吃了的。"另一司机说,随即两人捧腹哈哈大笑。

田笑笑生气地在他们每人肩膀上狠狠地捶了一拳,骂道:"你们去死吧!"

田椿将菜牌扔在他们桌上,假装生气地骂道:"你们两条'咸虫'又在这里调戏我们笑笑!"

"没办法啦。上次给了你名片,你又不理我!我们又不敢惹你,只好拿她来开玩笑啦!"吴德胜说。

"理什么理,多来这里吃饭就行了。吃什么?快说!"田椿哼了一下,问道。

陈熙怀对着田椿远远地努了努嘴说:"你这个小姨子真厉害。"

李国荣摇了摇头,苦笑道:"生意难做呀。"

"等我们的实体店开张后,叫她过来我们这边做店长吧,免得受这些肮脏家伙的气。"陈熙怀说。

"这个孩子要强,想自己闯一闯,不想依附别人。"李国荣说。

越到晚上,田椿大排档的生意就越好,许多后到的客人因找不到座位,都不得不惋惜地另觅别处就餐了。

"生意这么好,怪不得她不愿意放弃了。"陈熙怀说,"看来可以扩张或开个分店了。"

"上个星期她刚跟我提过想扩大营业的计划,而且已经找到新店铺了。"李国荣说。

"不错。"陈熙怀赞许地点了点头。

为了不影响田椿做生意,李国荣他们吃饱了之后就匆匆离去,各自回家了。

此时,李守忻在家里也刚吃过饭。李守忻近来胃病复发,一直没什么胃口,晚饭就喝了一碗小米地瓜粥,吃了点豆角炒肉末、素炒酸菜和清蒸黄立鱼。今天晚饭虽然吃得不多,但依然感觉胃胀。由于近来经常发生这样的情况,李守忻已习以为常了,没太在意。他泡了一壶山茶,陪老伴一边喝茶聊天儿,一边看晚间新闻。以往,饭后喝上一壶茶,约莫半个小时左右,胃胀就会自然消失。然而,今晚胃胀不仅没有舒缓,反而隐隐作痛。李守忻下意识地搓了搓胃部位置。动作虽轻,但还是被老伴觉察到了。

"怎么啦,胃不舒服?"老伴看着李守忻的脸问。

"没事,老问题,胃胀。"李守忻强装轻松地说。

"我看你脸色不对,去医院看看吧?"老伴移动轮椅凑近李守忻,在他额头摸了摸。

"嗨,都说没事啰!"李守忻隔挡开老伴的手说,"吃点三九胃泰就行了。"

吃过药后,胃痛有所缓解,所以大家也都没有在意,如常到点沐浴睡觉。谁知,到了半夜,李守忻的胃又抽筋般痛了起来,一直到天亮都没有消停。

"让革命陪你去医院检查一下。"早上起来,老伴用近乎命令的语气说。

"我自己去就可以了。"李守忻说,他也觉得该去看看医生了。

"有个人陪在身边,可以照应一下。"老伴说。

"不用陪,又不是什么大病。我自己先去检查一下,有需要的话再叫革命。他生意忙,不要老去打扰他。"李守忻坚持道。

老伴知道李守忻的脾性,也就没再和他争执了。

简单吃过早餐后,李守忻开着他那台国产捷达轿车独自来到医院。经初步检查,医生说,这种症状最乐观的情况是胃炎引起胃溃疡,导致胃部疼痛,但也不排除其他情况。所谓的其他情况,就是让人谈虎色变的"癌"。最终结果要做胃肠镜才能确定,要求李守忻第二天一早,空腹到医院做胃肠镜检查。

"明天我刚好要出差,等我出差回来再做检查行不行?"李守忻为难地说。

"你这个病都这么严重了,还敢四处奔波出差呀?不要再拖了,把其他事情先放下吧!有什么事情比自己身体更重要呢?"医生说。

"这个事确实非常重要,我不在办不成。"李守忻无奈地说。

"不能改期吗?"

"境外客户,好不容易才把人家约来,不能改。"

"你们这些做生意的,把钱看得比命还重要。"医生无奈地摇头道,"今天有家属陪你过来吗?"

"就我一个人来。"

"把你家属的电话号码给我,我把你的情况跟他们说清楚。"

"这次就算了吧,我就去两三天。我保证回来后第一时间来检查。"李守忻笑着恳求道。

医生拗不过他,只好说:"反正我把情况跟你说明白了,是你不听。"医生给他开了些药,"一定要注意定时饮食作息,不要太劳累了。"

"明白。"李守忻取了药就回家了。

"医生怎么说?"到家后,老伴问。

"医生说没事,先吃药调理一下,抽空再去做个胃肠镜。"李守忻微微笑道。

"没事就好。"老伴信以为真。

当天下午,李守忻回公司把工作交代好,第二天如期出发前往贵市。

十八

由于有外商同行,于贵市下飞机后,李守忻并没有像之前独自往来那样乘坐公交车,而是包了一辆的士,直接到了清富的村里。清富骑着一辆红色的残疾人三轮车,与村主任、王乾等村民在村头迎接他们,并把他们带到晒谷场——也就是学校的篮球场,那里摆满了各式各样新编织好的竹器。这些竹器都是清富组织村民,按照外商提供的品种、规格编织的。

外商对产品的工艺表示满意,但提出了新的要求,就是这些产品必须要有品牌和产地标识,而且产品表面还必须有保护漆。现在展示的这些竹器,是村民在各自家中编织的,都是原生态产品,要达到外商要求,必须要成立一个厂,注册商标。解决产品的质量问题,还要有一个焗漆车间,给产品上漆。

这些要求给清富他们泼了一盆冷水。他们原以为在家里把竹器编织好,外商就会一股脑儿收走,他们就有钱到手了。没想到这么复杂。

李守忻拍了拍垂头丧气的清富,说:"不要灰心,这并不是克服不了的问题。"

当天晚上,李守忻把两位客人送到县城,陪他们住了一个晚上,跟他们讲述了自己准备在当地办厂的想法,外商表示愿意静候佳音。李守忻帮他们订了返程机票,让他们第二天先回深圳,自己则返回村里,落实自己的计划。

村主任召集了一些骨干村民,与李守忻一起商量下一步的计划。村民们也都抱着像王清富一样的想法,以为外商一来,直接就会把产品收走,没想到这么复杂。有村民甚至怀疑李守忻和王清富整的是一个骗局,言语间多有抱怨,要求李守忻支付工酬。

李守忻答应支付村民编织样品的工酬,同时还安慰村民,只要大家齐心协力,这件事一定能做成。

"怎么做?"有村民问。

"办厂。"李守忻很干脆。

"办厂可行吗?"一旁的战友王乾扯了扯李守忻的衣服,担心地问。

"有什么不行?"李守忻信心十足,"你们把原材料和人手组织好,剩下的事情我去张罗。"

"这个没问题,原材料和人手都是现成的。"村主任说。

当晚,李守忻如常在张校长家留宿。晚饭后,他把村主任、王乾、王清富等叫了过来,一起讨论办厂的事宜。几个人把张校长窄小的家挤得满满的。

为了又快又省地把厂办下来,李守忻向大家介绍了自己的设想:竹器还是由村民各自在家中编织,工厂把村民编织好的竹器统一收购后,做焗漆、贴牌等二次加工,这样既可以缩小工厂的规模,又可以省去雇佣编织工人的费用,更重要的是可以让工厂以最快速度投入运营。

"我看可以。"村主任点头道。

"工厂可以使用铁皮大棚的建造方式,宽敞通风,适合我们生产作业,而且搭建起来非常快捷。"李守忻继续说,"村主任要帮我们物色一块地,一块方便我们搭建厂棚的空闲地。"

"没问题。我们农村要资金没有,空地还是有的。"村主任拍着胸口说。

"王乾和清富你们两个负责办理工商注册,由清富担任法定代表人,"李守忻说,"鉴于清富的特殊情况,由他担任法定代表人,在办理工商注册和税收方面会有一定的优惠政策。"

"办理工商注册要到县里吧?"王乾挠了挠脑袋说。

"镇上、县里我都认识人,需要协调的话我可以帮忙。"张校长说。

"对,到时你就协助他们。"李守忻对张校长点了点头说,"你们把这些准备好了,剩下的就是我的事情了。"说完,李守忻下意识地捂了捂腹部,胃又痛了。

张校长之前就知道李守忻有胃病,他看了李守忻一眼,问道:"胃又不舒服了?"

"没啥事。"李守忻摆摆手,说。

"今天就到此为止吧,大家早点休息,其他事项明天再讨论。"张校长说。

李守忻在王清富村里一待就是半个多月,忙上忙下,把办厂所需选址、确定施工单位等事宜统统落实妥当。

正当万事俱备之时,李守忻的胃病却更加严重了。这天,李守忻陪施工单位人员在现场测绘核算。为了赶时间,中午就在工地草草吃了几块饼干,忙到下午四点多钟才结束,回到张校长家,但此时的李守忻已被胃痛折磨得脸色蜡黄。

"你脸色不太好呀。"张校长看着李守忻说,"胃病又发作了?"

"老毛病,休息一下就没事啦。"李守忻强作笑颜道。

"测绘好了?"张校长问。

"好了,他们回去把预算打出来,我们这边交了预付款,他们就可以组织材料施工了。"李守忻一副大局已定的语气。

"速度也真够快的了,这全赖你跟得紧呀。"

"不快不行呀,早一天把厂弄好了,村民们就早一天有收入呀。"李守忻说。

"是呀,只是辛苦了你。出钱又出力,看把你累的。今晚吃了饭早点休息吧。"

"嗯,今晚是该好好睡个觉了。"李守忻如释重负。

然而,他这个觉睡得还真有些长。吃过晚饭,与张校长闲聊了片刻,正准备洗澡,李守忻突然感觉胃部一阵翻江倒海般难受。他连忙跑到洗手间,一张口竟吐血不止。闻声赶来的张校长见状,吓得手忙脚乱。在这偏僻的山村,连个医生都没有。他赶紧把侄子、王乾以及村主任等人叫来,大家一起用张校长侄子的拖拉机把李守忻送往镇卫生所抢救。

被送到镇卫生所时,李守忻已因失血过多而陷入昏迷。卫生所条件有限,只能一边对李守忻进行止血、止痛等处理,一边请求县医院派救护车将病人送到县城救治……

李守忻苏醒过来时,已经是四天之后了,病榻两边分别坐着儿子李革命和女儿李妮。见父亲终于醒了,兄妹俩既欣慰又心酸。李妮抓着父亲的手,眼泪直流。

李守忻看着女儿,嘴唇微微动了动,似乎想说什么。李妮把耳朵凑上前去仔细听了一会儿,然后低声说:"这是贵市人民医院。"

原来,当天贵县把李守忻接到县人民医院抢救,病情稍微稳定后,张校长又联系了贵市人民医院,把李守忻送到市医院治疗,同时电话通知李守忻的家人。家人收到消息后,心急如焚,李革命和李妮兄妹俩当即赶了过来。李革命想立即把父亲转回深圳治疗,但医院说病人仍未脱离生命危险,不适宜长途转院。就这样,李守忻在治疗中出现了身体严重失水问题,在贵市人民医院足足"睡"了四天。

李守忻醒来后的第三天,李革命就把他接回深圳医院治疗。经医院化验检测，李守忻得的是胃癌。对家里人来说，这简直就是晴天霹雳！李守忻的老伴得知情况后，哭了好几天。虽然家里人都对李守忻极力隐瞒病情，但李守忻还是感觉到了事情的严重性。

这天，他把儿子李革命叫来，问他："医生说了我这是什么情况吗？"

李革命目光躲闪了一下，回答道："没什么大事，你安心养病就得了，别顾虑那么多。"

"嗯，我自己并没有什么顾虑，只是有些未了之事要托付给你。"李守忻说。

"说得生离死别似的。都说没事了，不用担心了。"李革命安慰道。

"我知道。这些事比较急，我一时半会儿又动不了，只能让你替我去办一下了。"

"知道知道，知道啥？早知道的话就不会拖到现在这个样子了。"李革命不满地瞟了父亲一眼，说。

"生病这事不是自己能控制的，该来的还是会来的，担心不了，也后悔不了。"

"哼！"李革命又瞟了父亲一眼。

"别扯远了，说正事。"李守忻言归正传道。

"什么狗屁正事，不就王清富老家那个竹器厂的事，是吗？你不用说我也知道。身体都这样了，还操心别人的事！"李革命大声道。

"没办法呀，什么都准备好了，就等着资金到位开工建设了。"

"那个厂能赚几个钱？值得这么去操心吗？"

"我搞这个厂并不是为了自己赚钱，这你是知道的。"

"知道，为了王清富，为了王清富村里的人嘛。"李革命不满地说。

李守忻欣慰地笑了笑，说："你尽快去一下贵县……"

两天后，李革命来到了贵县，在王清富和村主任、张校长等人的陪同下，与建筑方再次勘察了竹器厂的租赁地。一个星期后，竹器厂正式施工建设。

李守忻突然病倒，村民们都以为竹器厂一事要泡汤了，没想到又获生机，个个欢欣鼓舞。

除了贵县竹器厂的建设工作，李革命还代替父亲兼顾着"国熙"服装的相关事务。经过前段时期的筹备，"国熙"服装第一家实体店在本市开张营业了。紧接着，第二家、第三家实体店也在不同城市相继开业。

值得一提的是，田椿的第二家餐馆此时也顺利地开张营业了。与第一家相比，田椿的第二家餐馆已不是大排档的形式了，而是一家以家乡风味为主调的特色餐馆。田椿将第一家餐馆承包给了田笑笑经营，自己专心经营第二家餐馆。

十九

暑期到了，晋豪的时间安排显得比较灵活，一周七天当中，并没有固定什么时候在香港、什么时候来深圳，只要有需要，他随时都可以两地跑。至于刘琳，儿子上学的时候，每逢周末，她一般都会陪晋豪过来深圳。放假后，晋豪自由了，她也自由了，更多时间她选择留在香港，甚至周末也不过来深圳了。

这晚，林亨里打电话给刘琳，说明天跟几个朋友去海边烧烤，邀请刘琳同去。一听说几个朋友，刘琳自然联想到上次在会所的经历，立马讥讽道："怎么，又像上次在会所那样？"

"这次不是，有朋友带小孩一起去。"他说。

"既然这样，我就带晋豪参加吧。"刘琳说。

"你不是不想让他知道我们的关系吗？"

"我们？我们有什么关系？"刘琳哼道，顿了顿，又说："不过，上次你送我去学校接他，好像被他看见了。"

"好呀，这样一来，我们的关系就可以公开了。"他装作兴奋地喊道。

"神经病！我警告你呀，明天你当着他面不要乱说话！要借这个机会在孩子面前澄清我们的关系，免得他胡思乱想。"

"啥意思？想和我撇清关系？"

"神经病！不跟你啰唆了。明天几点来接我们？"

"下午两点钟左右吧。带上泳衣和换洗衣服，我们在海边住一晚。"

刘琳母子两点十分来到楼下，却没看见那辆熟悉的丰田商务车。正当刘琳准备给林亨里打电话时，这时，一辆早已停在路边的黑色平治商务车轻轻降下了车窗，戴着墨镜的林亨里探出头来，对着她甩甩脑袋，一脸得意的样子喊道："上车吧！"

"赚到钱了？换了台这么好的车。"坐定后，刘琳打量着崭新的车子问。她坐在副驾驶座，晋豪坐在她身后的座位上。

"像我这么聪明的人，赚到钱不是太正常吗？"他毫不谦虚地自夸道，随即在后视镜瞟了一眼木讷的晋豪，脸上闪过一丝嫌弃的表情说："以前跟着他爹地干，一直被他压制着。这么多年除了辛苦，什么也没捞到，现在总算翻身了。"

"小小成绩就在那里自鸣得意，我们晋豪爹地的公司马上就要上市了。"刘琳不屑地说。

"是吗？恭喜恭喜！看来你们很快又可以搬回山顶豪宅去住，用不着这么辛苦深港两地跑了！"

"晋豪喜欢深圳。"刘琳道。

晋豪没有理会这些，只一直默默地看着车窗外快速闪过的街景。

林亨里对着后视镜里的晋豪龇牙咧嘴地做了个鬼脸,不怀好意地笑道:"长这么大了,晋豪的性格还是没有变化,跟同龄人比有些迟滞。"

"你胡说什么?专心开你的车啦。晋豪只是文静,不爱说废话而已。"刘琳恼怒地瞪了他一眼说。居然当着晋豪的面说他迟滞!她真想狠狠地抽他两巴掌。

他大概感觉到了刘琳的愤怒,连忙闭嘴。

他们在路上又接了一个三口之家和一对大概是情侣的人,然后就直驱大浪西湾。

据他介绍,后面上车的是他的合作伙伴,但从他们的交谈中可以听出,他们的合作尚在洽谈之中。刘琳猜他可能是想通过组织这次户外活动增进互信,促成合作。

由于刘琳对他之前讥讽晋豪的话依然耿耿于怀,心里很不舒服,所以并没有和他的朋友交谈,甚至他们姓甚名谁都没记住,倒是对方带来的一个小女孩非常主动地跟晋豪说话。

这个小女孩看上去比晋豪大两三岁,一上车就大方地往晋豪身边坐。晋豪则下意识地往里挪了挪。

"我叫玛丽,你叫什么名字?"小女孩问晋豪。

晋豪用戒备的眼神看了对方一眼,艰难地回答道:"陈刘晋豪。"

"你的名字怎么这么怪?你姓什么?"玛丽好奇且兴奋地问道,然而她的过度好奇却把晋豪给惹恼了。

"你好烦人!"晋豪缩到座位与车身之间的夹角里,对着玛丽厌恶地大声喊道,把车上的人都吓了一跳。

刘琳触电般扭过头来,说:"晋豪,不要没礼貌。"然后对着玛丽尴尬地笑了笑,道歉道:"不好意思,吓着你了。"

但晋豪依然气鼓鼓地说:"又不是我的错,是她先笑话我,说我的名字奇怪。"

玛丽刚才确实是被吓着了,但当她知道晋豪为什么会生气后,立即主动地道歉道:"Sorry! 我不知道你不喜欢别人说你的名字,我不是故意的。"

"陈刘是我和他爹地的姓,他的名字叫晋豪,"刘琳回过头来解释道,"现在很多人都是这样给小孩取名字的。"

"我爹地和妈咪就没有这样给我取名字。"玛丽自豪地说。

刘琳看了晋豪一眼,欲言又止地笑了笑,就没再说什么了。晋豪则气恼地盯着她的后背直喘粗气。

玛丽似乎还在为刚才的事懊悔,将手搭在晋豪的手背上,难过地再又说了两个"sorry"。

晋豪先是浑身抖了一下,随即平静了下来,任由玛丽的手搭在自己的手背上。

到了目的地后,大家在酒店拿了房卡分头安顿,约定了晚餐时间,然后就各自活动。玛丽抓着晋豪的手说:"换好衣服后我们到沙滩上玩好不好?"晋豪望了远处的海一眼,不置可否地低头看看自己的脚尖。

刘琳换上泳衣,牵起晋豪的手,说:"走,我们到海边去!"她并不指望晋豪会下海游泳,只要他能站在海边,哪怕伸手去触摸一下海水,她就已心满意足了。自从上次在郊野公园落水受惊之后,晋豪就不可思议地对水产生了恐惧,别说下水游泳了,远远看见河海湖泊就直打哆嗦。刘琳此次之所以带他来海边,就是想让他多接触海水,减轻或消除他对水的恐惧。

刘琳牵着晋豪来到沙滩时,林亨里和他的朋友都已经在海边要么游泳、要么堆起了沙雕。

一跨上沙滩,晋豪就立在原地,再也不愿意往前走了。

"我们去玩一会儿水吧。"刘琳弯着腰,轻轻地晃了晃晋豪的手说。

然而,晋豪却挣脱了刘琳,把手背在身后,焦虑地绞着手指,不管刘琳怎么哄,他都始终像双脚生了根似的,立在原地只管摇头。

137

刘琳叹了一口气,无奈且悲凉地仰头望着大海。海里有不少泳客,他们或平静地游着泳,或相互追逐嬉闹,每个人都沐浴在阳光下,个个都玩得那么开心。再看看自己的儿子,"唉!我究竟做错了什么?上帝要这样惩罚我?"刘琳心中哀伤地默念道。

玛丽大概看见了晋豪,上了岸,一边挥手,一边朝晋豪跑来。"你为什么不下去游泳呢?"她用雪白的手抹着脸上的水珠问。

"是啰,你看,玛丽一个女孩子都敢游泳,我们晋豪肯定也可以!"刘琳趁机鼓励道。

晋豪皱着眉头望了刘琳一眼,转而低下了头,双脚神经质地搓着沙子。

"你是不会游泳吗?"玛丽把湿漉漉的手搭在晋豪的肩膀上,继续问道。

晋豪失神地望了大海一眼,还是没有说话。

"不会游泳也没关系,我们有浮床和救生圈,你来吧,我带你玩。"玛丽抓起晋豪的手,把他往海里拉。

"对,跟玛丽姐姐一起去玩吧!"一旁的刘琳鼓励道。

晋豪摇摇头,使劲甩开玛丽的手,转身跑向酒店。刘琳摇摇头,跟了过去,剩下不知所措的玛丽呆立在原地。

这时林亨里走上前来,摸了摸玛丽的脑袋,说:"那个小孩脑子有问题,不要理他。"

"亨里叔叔,你是说陈刘晋豪这里有毛病吗?"玛丽抬头望着他,指着自己的脑袋问。

"嗯。"林亨里点了点头。

"这样子呀?好可怜哟!"玛丽望着晋豪的背影,同情地说。

"他是被他爹地害成这样子的。"林亨里说,"你赶紧回去你爸妈身边吧,他们在等着你呢。"他手搭在玛丽白皙的肩膀上,朝海边方向轻轻推了推,说。

"哦。"玛丽应了一声,蹦蹦跳跳地往海边父母的方向跑去。

他呆呆地看着玛丽的背影，心头忍不住颤动了一下，心想，这孩子怎么这么早熟？

他走进酒店大堂时，见到晋豪如同一只受到了惊吓的小狗，佝偻着坐在大堂的椅子上；刘琳则站在一旁，无奈却又心酸地看着自己的儿子。

"他不想下海游泳就不要勉强他了，让他回房间看电视或玩游戏吧。"他走上前来，嫌弃地瞟了晋豪一眼，碰了碰刘琳的手臂，"你下去游一会儿吧，水非常干净清凉。"

刘琳触电似的缩回了手臂，俯身问晋豪："你回房间歇一会儿好不好？"

晋豪一听，弹射般蹦了起来，噔噔噔朝客房电梯跑去。刘琳一直护送他回到自己的房间，嘱咐道："你好好在房间玩，不要出来乱跑，我下去游一会儿泳就回来带你去吃饭，好不好？"晋豪木然地没有任何反应。按惯例，这就是默许了。

刘琳关上房门，下到酒店一楼。一直在大堂等着她的林亨里一见到她，立马快步迎上去，一边要去挽她的手，一边笑嘻嘻地问："把那个傻子安顿好了？"

话刚出口，就只听见啪的一声脆响，一记响亮的耳光打在他的脸上。"林亨里，我警告你，你对谁有意见我不管，但你不要侮辱我儿子！"刘琳咬着牙根低声怒斥道。

林亨里被打得眼冒金星，却又不敢发作，他捂着热辣辣的脸，委屈地说："开个玩笑而已，犯得着出手这么狠吗？打坏了我你就不心痛？"

"打死你，我眼睛也不会眨一下，还心痛？"刘琳哼了一下说。

林亨里搓着被打得依然通红的脸，自讨没趣地说："赶紧去游泳吧，天黑了就游不成了。"

来到岸边，那对情侣还在水里相拥着亲热，那一家三口则在沙滩上堆城堡。林亨里向他们打了个招呼，就尾随刘琳扑到海里

· 139 ·

去了。

"晋豪的爸爸怎么没有陪他们一起来玩？"玛丽望着林亨里和刘琳的方向，问她父母。她父母尴尬地对望了一眼，不知该如何回答。

"看来这个林亨里不是很靠谱。"玛丽的爸爸一副深思熟虑的样子，说。

"这样的人你还敢跟他合作？"妈妈反问道。

"看来得缓一缓。"爸爸撇着嘴点头道。

晋豪趴在窗台上，一直看着妈咪和那个讨厌的男人紧挨着走向海边，打情骂俏地跳进海里。他坐在窗台上，茫然地抠着指甲，仿佛在思考什么。突然，他站了起来，朝门口走去，出了房间，从楼梯下到酒店一楼，站在门廊下朝沙滩观望了一会儿，看见玛丽正在和她父母玩沙子，却看不到他妈咪的身影。

这时，一名身背挎包的中年男子左顾右盼地走近他身边，笑嘻嘻地问："小朋友，谁陪你来的？你家大人呢？"

晋豪警惕地看了对方一眼，没有回答。

"酒店后面有一个很好玩的地方，我带你去玩好不好？"男子上前一步，把手搭在晋豪肩上。

晋豪下意识地后退一步，准备转身离去，男子突然掀开挎包，露出半个小猫咪的脑袋，诱惑道："小猫咪，想玩吗？"

一看见那猫咪，晋豪顿时像着了迷似的，两眼发光，立在原地一动不动。

"喜欢吗？"男子奸笑道。

晋豪点了点头。

"来，摸摸它。"男子上前一步道。

晋豪小心翼翼地伸出手，轻轻摸了摸小猫毛茸茸的小脑壳，忍不住咯咯咯地笑了出来。

"走，我们到酒店外面，把它放出来玩。"男子扶着晋豪的肩膀说。晋豪被男子推着机械地往前走。他们穿过大堂,经过侧翼的小商店,来到酒店后面的花坛。男子四周张望了一圈,见四下无人,将手移至晋豪的小臀,指着前面的山坡说:"我们去那边玩!"……

刘琳大学时是学校游泳队的队员,水性非常了得,一下水就把林亨里远远地抛在了后面。林亨里在岸上就对身穿比基尼的刘琳想入非非了,就盘算着如何在水中占她的便宜,没想下到水里后怎么也追不上她,根本就靠不到她身边,更别说占便宜了。他只好待在浅水的地方,远远地看着刘琳,如同一只饥饿的鬣狗瞪着无法触及的猎物。

将近半个小时后,刘琳大概是游累了,才慢慢地游回岸边。

"你怎么不游?"到了林亨里身边,刘琳摘下护目镜,抹了一把脸上的水,问。

"游不动了。"林亨里像猫似的苦着脸说。

"为什么?"

"这里来火了。"林亨里隔着水指了指自己的下体,淫邪地笑道。

"神经病!"刘琳厌恶地白了他一眼,骂道。

"真的,一见到你它就有反应,不信你摸摸看。"

"一脚踹死你!"刘琳在水下抬脚向他踢过去。林亨里眼明手快,一把搂住了她的脚,并顺势一拉,刘琳失去了重心,扑在了林亨里身上。

林亨里将滑溜溜肉弹般的刘琳紧紧揽在怀里,嘴巴猴急地拱向她蜜柚般的奶子,一只手快速地伸进她的泳裤。

刘琳一边挣扎,一边呵斥道:"住手!放开我,你这浑蛋!"

林亨里此时已失去了理智,哪里肯住手!

刘琳感觉不对劲,情急之下,对着林亨里的脖子一口咬了下去。林亨里痛得惨叫一声,仓皇松手。

此时，那对情侣已经上岸，在一家三口旁边停住，简单交谈后，径直回了酒店。不久，一家三口也站了起来，拍打着身上的沙子，来到海边浅水处简单洗了洗。那位父亲朝林亨里挥了挥手，喊道："亨里，我们先回酒店了。"

"好！我们马上来。六点半在酒店大堂集合，一起去吃晚饭！"林亨里挥手回应道。

"我们也上去吧，晋豪一个人在房间待着呢！"刘琳说。

进了酒店，路过林亨里房间时，林亨里趁四下无人，突然一把抓住刘琳，将她拉进房间，并试图将她按倒在床上。刘琳不从，拼命挣扎，但没能挣脱，慌乱中对着林亨里裆部一脚踢了过去。林亨里惨叫一声，捂着下体扑倒在床上，呻吟不断，刘琳乘机逃出了林亨里的房间。

刘琳一口气跑回自己的房间门口，站在门外喘了好一阵子的气，待气息稍稍平缓了之后，才按门铃。然而，她几乎把门铃按坏了，都不见晋豪来开门，房内始终静悄悄的。"这孩子真能睡！"她自言自语，以为晋豪睡着了。房卡没带在身上，刘琳叫来服务员打开房门。然而，当她蹑手蹑脚进入房间时，却发现房内空无一人，房卡却原封不动地放在床头柜上。

晋豪不在房间，刘琳大惊失色，顾不上换衣服就冲出去向林亨里求助。林亨里裹着浴巾从门缝探出头来，嬉皮笑脸地说："宝贝，你还是回来了？"

"没时间跟你开玩笑。晋豪不见了，快，帮忙去找！"刘琳上气不接下气地说。

"不用慌，肯定是到酒店外面玩去了，丢不了。"林亨里不以为意地说。

见林亨里若无其事的样子，刘琳又急又气，二话不说，转身跑出酒店。林亨里见状，无可奈何地披上衣服，追了出去……

二十

陈熙怀在深圳刚办完一批货物的报关手续，与李国荣在田椿店里吃饭。李守忻近来在医院治病，工厂的事就靠他们两个人了。刚喝了几杯啤酒，陈熙怀的电话突然响起，是刘琳打来的。

一看是刘琳的来电，陈熙怀不禁一惊。平时如果没事刘琳是不会打电话给他的。陈熙怀慌忙按下接听键，自己还没开口说话，就像触电似的从椅子上弹了起来，惊慌失措地对着电话问道："怎么会这样子？"

李国荣被陈熙怀的反应吓了一跳，放下手中的筷子，担心地望着他，待他打完电话后，才小心翼翼地问道："发生什么事了？"

此时的陈熙怀显得不知所措，连连擦了几把额头上的汗，断断续续地说："我……儿子出了点事，我要马上赶……回香港。"

"去吧，找个人开公司的车送你去。"李国荣站起来说。由于业务的需要，国熙申请了两台深港两地牌照的商务车。

"我问问卢桥有没有空，让他陪我去。"陈熙怀拨通了卢桥的电话。

卢桥正好在家吃着饭，接到陈熙怀的电话，听说晋豪出事了，二话没说，含着一口饭出门，迅速冲到小区外，打了一辆的士急匆匆过来和陈熙怀会合，一起开车直奔香港。

"在哪家医院？"过了口岸，卢桥问陈熙怀。

"玛嘉烈。"陈熙怀说。此时的他犹如热锅上的蚂蚁，心急如焚，巴不得长出一双翅膀飞到晋豪身边。

刘琳在电话里头哭哭啼啼地只说晋豪摔伤了，正在玛嘉烈医院抢救，要他赶紧过去，之后她就一直在哭。至于晋豪因什么摔伤，在哪里摔伤的，陈熙怀一无所知，只能一路胡思乱想。

当陈熙怀和卢桥匆匆赶到玛嘉烈医院时，刘琳身披白色浴巾，蜷缩在急救室外的椅子上,掩面啼哭。旁边坐的是晋豪的外婆,老人家轻轻地抚摸着刘琳的背,不停地安慰她。急救室门外还站着一个人——林亨里。

一见到陈熙怀,林亨里慌忙迎上来,一副猫哭老鼠的样子说:"两条腿都断了,医生正在全力救治。"

陈熙怀没有理睬林亨里,疾步走到刘琳跟前,扶着她的肩膀晃了晃,一再追问道:"出什么事了,怎么会这样子?"

刘琳一直哭,没有说话。林亨里上前来,代刘琳讲述了事情发生的经过:"今天上午,我们组织了几家人到大浪西湾游玩,行山的时候,晋豪不小心踩到了滚石,滑下了山崖,就摔成这样子了。"

"行山这么危险,为什么不牵牢他?"陈熙怀责问道。

"你太太一直牵着晋豪的手,当时她也滑倒了。你看,她的膝盖都摔伤了。"林亨里指着刘琳的腿说。

陈熙怀瞟了刘琳一眼。刘琳身上仍穿着比基尼,右膝盖部位确实有一个沾了泥土和血迹的新鲜伤口。陈熙怀无奈地摇摇头,擦了擦眼角,一副欲哭无泪的样子。

卢桥把林亨里推到一个角落里,厌恶地瞪着他,压着嗓子问:"当时还有谁在场?"

"还……有我的几……个朋友。"林亨里吞吞吐吐地说。

"他们现在人呢?"

"他……们回……家了。"林亨里闪烁其词。

"他们都亲眼看见晋豪摔倒了吗?"卢桥拧紧眉头追问道。

"晋豪摔倒时他们在海里游泳。"

"就是说事发现场只有你和刘琳在场?"

"嗯。"

"你条'粉肠'!你带着人家的老婆小孩到处走,你想干什么?"卢桥揪着林亨里的领口,咬牙切齿地说。

"能……干什么?朋友间一起玩玩而已嘛。"林亨里心虚地结结巴巴道。

"你事先告诉陈总了吗？"

"我不知道陈太有没有告诉他哟。"

卢桥又使劲抓住林亨里的衣领，低声骂道："你个'扑街'，我警告你，你别打陈太太的主意，破坏人家的家庭，否则我不放过你。"

林亨里被卢桥逼得有些狗急跳墙了，他拨开卢桥的手，恼羞地说："你以为自己是谁呀！"

刘琳和林亨里是在酒店后面临海的山崖上发现晋豪的。当时晋豪衣着不整、浑身是伤，昏迷在山崖中间的乱石堆里，看似摔下去的。至于真相，直到康复后，晋豪都一直没有说，所以不得而知！

经过医生的全力救治，晋豪的双腿总算保住了，但仍需住院治疗一段时间。其间，警察曾经来调查家长是否存在疏忽照顾儿童的过失。有林亨里佐证，证明这纯粹是一起意外，并不涉及人为疏忽。警察录完口供后，就没再来调查了。

按照医生的说法，晋豪早就应该可以走路并办理出院了，然而晋豪却迟迟站立不起来，在医院多住了一个多月。

最后，医生对刘琳说："从肌体特征看，你儿子已经完全康复了，我们这里已经对他做不了什么了。至于他至今仍不能站立，多半是心理因素，也就是说存在心理障碍，建议你们带他去心理康复中心参加一些训练课程，也许那样会让他较快得到康复。"

既然医生已下了逐客令，夫妻俩只好为晋豪办理了出院手续，用轮椅将他推出医院，接到刘琳的母亲家里。为了方便治疗和日后上学，晋豪现在只能住在外婆家了。刘琳在晋豪住院期间已辞去工作，以便全力照顾儿子。如此一来，陈熙怀的收入又成了家里唯一的经济来源了。值得庆幸的是，国熙现在的生意非常好，实体店开遍了全国各大城市。也正因如此，公司近来的事情特别多，加上李守忻因健康原因不能理事，公司事务全靠陈熙怀和李国荣，陈熙怀忙得不可开交,照顾晋豪的事也就全落在刘琳一个人身上了。

出院后,刘琳一边联系晋豪就读的学校,办理晋豪回校读书的事宜,一边四处打听,给晋豪寻找合适的康复中心。

学校非常关心晋豪的伤情,也希望他能早日回校。然而,晋豪虽然出院了,但很抗拒出门,甚至不愿意见人,更别说上学了。学校于是指派了老师和社工上门给晋豪补课,做心理辅导。

社工是一名心理辅导员,接触了晋豪的案例后,告诉刘琳,晋豪这种情况属于创伤后遗症。这种症状能否痊愈,痊愈的进度如何?除了亲人必要的陪伴外,个人自身的因素,也就是个人意愿是关键。

"我不太明白你的话。"刘琳困惑地看着社工,说。

"有些时候,这种病人的症状不是因为这个病的本身,而是病人对造成这个病的原因放不下。"社工说。

"你说这个是什么意思嘛?"刘琳对社工的话似懂非懂,用戒备的目光瞟了社工一眼,问道。

"我需要了解致使晋豪受伤的事件全过程,越具体、越详细越好。"社工干练地比画了一下。

"事情经过我不是已经对你们说得很清楚了,你还想知道什么?"刘琳不耐烦地说。

社工的话让刘琳既愧疚又心虚。她和林亨里已经达成统一口径,林亨里所说的那个版本就是事件的"真相"——他们自以为的真相。如果让外界知道,当时晋豪是被单独留在酒店房间里,致使他独自外出才导致意外发生的,刘琳会因疏忽照顾儿童罪而被起诉。所以,她是绝对不可能把当时的真实情况原原本本地告诉社工的。但按社工所说,如果不把真相说出来,她就无法有针对性地对晋豪进行治疗和开导。刘琳现在是左右为难。

虽然社工定时上门给晋豪做心理辅导,但并没有实质效果。晋豪不愿意开口,也不愿意从轮椅上站起来,更不愿意回学校上课。

既然如此,学校建议刘琳让晋豪休学,让他慢慢适应目前的这种状态。

反正晋豪在香港也不上学了,陈熙怀就想把他接到深圳来休养,毕竟深圳这边的居住环境宽敞些,或许对晋豪的康复有利。但刘琳不同意,她以深圳的康疗条件不如香港为由,坚持要让晋豪留在香港休养。不过,她的坚持对晋豪的康复并没有任何效果,到最后,就连她自己也都感到有些气馁了。

这天,送走了上门服务的社工后,刘琳蹲在晋豪轮椅前,看着他瘦弱的小腿上清晰可见的疤痕,忍不住一阵心酸。她轻轻抚摸着晋豪的伤口,柔声问道:"宝贝,还痛吗?"

晋豪麻木地摇了摇头。

刘琳脑海里突然闪过一个念头,心想,既然这边也没办法了,不如按他爹地说的,把他送到深圳那边去看看吧,于是问:"你爹地想接你去深圳休养,你愿意去吗?"

晋豪一听,眼睛顿时闪亮了起来,使劲地点了点头。

"看来,儿子还是和他爸爸亲,喜欢和他爸爸在一起。"刘琳心里感到酸溜溜的,涌起一阵失落和嫉妒,立马改口道:"不过,我觉得暂时还是先不去了,深圳的康疗比不上香港,不利于你的康复。而且,在深圳,你爸爸可能经常会有生意上的朋友到家里来,这也会影响你的休息。"

听了刘琳的话,刚刚还满脸期待的晋豪又阴沉了下来,痴呆地望着窗外。

刘琳叹了一口气,缓了缓神,说:"宝贝,医生说你已经痊愈了,你是可以站起来的。来,妈咪扶你起来走走!"说着,刘琳就要去拉扶晋豪,但晋豪就像是一只软脚蟹,浑身软绵绵的,任凭刘琳怎么折腾,他就是站立不了。数番尝试失败后,刘琳彻底泄气了,把晋豪塞回轮椅,一头瘫坐在沙发上,掩面长叹。

这时,手袋里的电话响了,刘琳翻出手机,瞥了一眼屏幕,来电显示"亨里"。刘琳心虚地看了晋豪一眼,快步走到屋外,按下了通话键。

"我在你楼下,来接你出去吃饭。"对方在电话里说。

"没心情,不想出去。"刘琳烦躁地应道。

"你这样子会闷出病来的。下来吧,见了我,你的心情自然就会好起来的。"林亨里语气中充满了挑逗的味道。

"我真不想出去。"刘琳拨弄着自己的头发说,明显有些心动。林亨里说得没错,他的俏皮话确实能让她心情愉悦。

"出来吧,你儿子坠崖的事,警察又来找我了解情况了。"

"啊?真是烦死人了。你怎么说的?"

"电话里不好说,你赶紧下来吧。"

"你等会儿。"刘琳心烦意乱地挂断了电话,回到屋里,对着厨房里的母亲喊道:"妈咪,我出去一下,你替我照顾一下晋豪。"

"马上就要吃饭了,你去哪呢?"母亲在围裙上搓着手,从厨房探出半截身子问。

"你们吃吧,我可能不在家吃了。"刘琳说完,拎起手袋,上前吻了一下晋豪的额头,就匆匆出去了。

刘琳噔噔噔跑到楼下,快步走向停在路边的那辆奔驰车。就在她打开车门刚要上车时,忽然听见砰的一声,一只白色球鞋从天而降,砸在了林亨里的车头,吓得刘琳惊叫一声,倒退了几步。

林亨里从车上冲了出来,捡起那只球鞋,冲着楼上大声骂道:"哪个'扑街'扔的鞋?"

惊魂未定的刘琳一眼就认出那是儿子晋豪的球鞋。她朝楼上看了看,没看见人,于是一边把林亨里往车里推,一边压着嗓子说:"别吵了,快走吧,免得被邻居看见。"

林亨里用手轻轻抚了抚车头盖,说:"还好没事,要不然就报警告他'扑街'坐监。"

刘琳捡起那只鞋,扔到车后排。

148

"你捡那鞋干什么?"林亨里问。

"别问那么多,开车。"刘琳道。

林亨里载着刘琳,在一个公寓前停了下来。下车后,刘琳环视了一下周围的环境,问:"不是说去吃饭吗,怎么到这里来了?"

"早着呢,这是我刚租住的一个地方,带你上去踩踩门槛。"林亨里说。

"不上去了吧?"刘琳犹豫道。

"不上去怎么商量应对警察调查的事呢?"林亨里不由分说,抓着刘琳的手臂就走。

一听说警察调查的事,刘琳顿时乱了方寸,不由自主地被林亨里拉着上了楼,进了他的公寓。

一进屋里,没等刘琳缓过神来,林亨里就将她推倒在沙发上,一只手迫不及待地伸进了她的裙底。

刘琳不肯就范,使劲挣扎,混乱中举手试图掌掴对方,却被林亨里死死按住。刘琳发现眼前的这个林亨里突然变了个样,不仅变得力大无穷,而且再也不像以前那样温顺如猫了。

林亨里抓住刘琳的手,下体压在她两腿之间,一脸阴险地瞪着她说:"现在我们是一条绳上的蚂蚱了,不想坐监的话,就好好和我一起享受吧!"

"人渣!"刘琳又气又怕,对着林亨里的脸啐道。

林亨里根本就无暇顾及刘琳的辱骂,趁着刘琳惊魂未定,来了个霸王硬上弓。

刘琳痛苦地呻吟了几声,很快就浑身酥软,任由对方折腾了。

心满意足后,林亨里一边用卫生纸抹着下身,一边微喘着。

刘琳则像是刚生完一场大病,虚脱地瘫倒在沙发上。她瞥了林亨里一眼,心想,这家伙个子不大,力气怎么那么大?嘴角情不自禁地掠过一丝讪笑,但她立马就意识到了自己的失态,赶紧再又板起了面孔。不过,脸虽然冰冷地板着,心却已经融化了。有些人就好比一匹烈马,你只要降服她一次,那么,她就彻底被驯服了。

"他爹地想让他过去深圳休养一段时间,你怎么看?"为了掩饰自己的失态,刘琳冷冷地说。

"千万不要。"林亨里夸张地摆摆手说。

"为什么?"

"万一那个白痴向陈熙怀说出了实情怎么办?"

刘琳叹了一口气,艰难地从沙发上爬了起来,抱着衣服进了洗手间。

刘琳很晚才被林亨里送回来。下车的时候,她顺手拎走了那只鞋。

回到家时,晋豪和外婆都已就寝。刘琳悄无声息地把捡回来的那只鞋摆在了另外那一只鞋旁边。第二天,刘琳悄悄问母亲知不知道昨天晋豪的鞋掉落到楼下的事,看见老人家一脸懵的样子,刘琳知道此事与她无关。既然母亲不知道这件事,那么,鞋子肯定就是晋豪自己扔下去的了。但刘琳始终弄不明白,坐在轮椅上的晋豪是如何做到的?那个位置和高度,除非他能站起来。

刘琳的这次开禁就像是打开了潘多拉之盒。她的魔鬼之门一旦失守,就再也关不上了,从开始时的被胁迫,到后来就是她自己也念念不忘了。林亨里的公寓好长一段时间成了他们俩纵情淫乐的地方。

二十一

这天,严男在邱震摇等人的陪同下吃完午饭,如常在陈闻洁的休息间睡了个午觉。严男已把陈闻洁的这个休息间当成临时行宫了,无论白天还是黑夜,喝了邱震摇的酒,再"吃"陈闻洁的肉。大概是中午喝多了,加之陈闻洁侍候得舒服,严男这个午觉睡得有点长,一直到下午将近四点钟,才一晃一晃地依依不舍离开了。如果不是单位有个紧急会议等着他回去主持,估计他会一直睡到晚上。

仿佛是瞅准了似的,严男刚走,邱震摇就推门闪了进来。一看见邱震摇,陈闻洁恼怒地操起枕头朝他扔去。

邱震摇接住枕头,笑嘻嘻地说:"怎么生这么大的气呀?"

"我现在究竟成什么了,妓女吗?"陈闻洁生气地说。

"看你说的!"邱震摇走上前,紧挨着陈闻洁坐下,伸手替陈闻洁理了理刘海,"你是在为我们的事业献身,是一件无比光荣的事情,干吗要把话说得那么难听呢?"

陈闻洁把邱震摇的手拨开,依然气鼓鼓地说:"这个事业真有那么伟大,以至于你要用自己的女人去陪别人睡觉?"其实,也怪不得她有意见,被严男那散发着怪味的油腻身躯挤压,确实令她生不如死。

"我这也是没办法呀,"邱震摇无奈地摊着手说,"我要跟别人合作,手上什么都没有,就靠了你。你就是我的王牌呀,你得帮我呀。"

"喊!既然我是王牌,我干吗还要受你的摆布?"陈闻洁赌气道。

"你在我手里是王牌,离开我那就未必了。"邱震摇半开玩笑地说。

"放屁!是金子在哪里都会发光!"陈闻洁不服气地说。

"别忘了,你是遇上了我之后才发光的。之前你在夜总会陪唱陪喝了这么多年也不见发光啊。"

大概是害怕被邱震摇挖老底,陈闻洁赶紧转换话题道:"昨天我爸打电话来,说建房子的钱不够,要我寄钱回去。"

"你爸是在建皇宫吗,花了那么多钱还不够?"邱震摇气恼地说。

"有什么办法?现在材料和人工费都贵,房子总不能建了一半就不管了吧?况且你也不是给了很多钱呀!"陈闻洁一脸不悦地说。

"好了好了,别再可怜巴巴的样子啦。还需要多少?"

"先给十万吧。"

"十万?又十万!"邱震摇气恼地摇摇头说,"真是金山银山都不够你花。"

陈闻洁探过身来,搂着邱震摇的脖子,深情地说:"虽然不知道你有没有真心爱过我,但我是真心爱你的。我不是不愿意听你的话,只是不能单独侍候你有些伤感而已。从今往后,你让我做什么我都会去做,只要你不介意,只要你开心。"

"我不爱你会把你带在身边吗?只是有求于人,确实没办法罢了。"邱震摇抚摸着陈闻洁的额头说,"放心,我不会辜负你的。"

"每次跟他们做,我心里都好难受,只能闭上眼睛,幻想着压在我身上的那个人是你。"说着说着,陈闻洁竟情不自禁地掉下了眼泪。

"你的心我是知道的。"邱震摇俯下身子,在陈闻洁额头上吻了一下。陈闻洁把邱震摇往身前一拉,吻着他的嘴,娇声道:"我想要。"

"不是刚和那个严做了吗?"邱震摇伸手解开自己的裤子,一边吻对方一边含糊道。

"跟他怎能算是做爱呢?只能算是搬了一趟砖,干了一趟体力活而已。"

就在他们亲热的时候,邱震摇放在床头柜上的电话响了。邱震摇刚要伸手去接,陈闻洁抢先将他的电话按掉了。接下来,电话又接连响了好几回,把邱震摇吵得心烦意乱,只好草草完事。

邱震摇翻查了一下电话,发现刚才来电的是一个陌生号码。"还以为是谁呢!"邱震摇哼道,把电话往床上一扔,准备穿衣服,然而那个电话又打了进来。"是哪条'粉肠'呀?这么烦人。"邱震摇说着拿起电话,使劲地按下接听键,满脸不悦地大声问道:"哪位?"但话音刚落,表情立马僵住了。

"谁呀?"一旁的陈闻洁发现邱震摇神色不对,好奇地轻声问道。

邱震摇对着她摆了摆手,示意她不要说话。

来电的是魏向贱——就是三年前因诈骗了陈熙怀和李国荣被抓去坐牢的那个胖子,他刚刑满出狱。没想到出狱后,他第一个要找的人居然是他邱震摇。

"怎么,把我给忘了?"对方冷冷地说。

"怎么可能?我只是不知道你的具体出狱时间而已,要是知道,我肯定会去接你!"邱震摇嘴上小心翼翼地讨好,心里却思忖着如何对付这个瘟神。

"现在我出来了,你打算怎么办呀?"对方说。

"肯定要给你洗尘压惊嘛。"

"什么时候?"

"肯定今晚了。"

对方嘿嘿冷笑了两声,不以为意地说:"这是我的新手机号码,把地址发给我。"说完,就挂断了电话。

知道是魏向贱后,陈闻洁也显得很紧张,"他究竟想干嘛?"陈闻洁快速穿上衣服问。

"来者不善。"邱震摇面如土色,说。

"怎么办?"

"只能骑驴看唱本——走着瞧了。到时见招拆招吧。"

当晚,邱震摇和陈闻洁在潮江春饭店请魏向贱吃饭,为他洗尘。

三年了,魏向贱明显瘦了许多,脸色铁青铁青的,一看就知道是缺少阳光所致。和他一同前来的还有两个与他差不多年龄的男子。

"这两位是我的狱友。"魏向贱指着随同的那两名男子介绍道。

几杯酒下肚后,魏向贱拍着胸口对邱震摇说:"我,魏某,虽然名字上有个'贱'字,那只是父母为了让我好养一些,取了个贱名。其实我人并不贱,我是个金不换的重情重义的男子汉大丈夫。震摇,不,现在应该叫你邱总了,你说是吗?"

"那当然。"邱震摇对着魏向贱竖起大拇指道。

"嗯,你这么说就好,说明你没有忘本。"魏向贱装着迷糊道,"当初要不是我讲义气,一个人把责任全担了,你,还有你,"魏向贱分别指着邱震摇和陈闻洁说,"都得进去。"

邱震摇与陈闻洁对望了一眼,做了个手势,示意魏向贱不要再提这事了。

"放心,这里没有外人!"魏向贱并不理会,继续道,"其实,相对于我们做的其他事情,李国荣和陈熙怀那三万块钱算个屁。邱总你说是吗?"

听了魏向贱这话,陈闻洁不由自主地又看了邱震摇一眼。邱震摇连忙端起酒杯,走到魏向贱跟前,把他拉到一边,瞟了陈闻洁一眼,压低声音说:"不要再提以前的事了,这对你我都没有好处。"

魏向贱听毕,哈哈大笑道:"好好好,不提,不提。"

两人干了杯,回到座位上。

魏向贱意味深长地看了看身边两位狱友,对邱震摇说:"邱总,我们三兄弟打算做点小生意,做生意需要本钱,但我们刚出来,真真正正是一穷二白,这你是知道的,所以想向你讨点启动资金。"

"需要多少?"邱震摇瞟了陈闻洁一眼,问道。

"先给二十万吧!"魏向贱晃着腿说。

"这么多?"邱震摇很吃惊,又瞟了陈闻洁一眼。

"不多了,无论从哪个角度讲都不多。如果可能,我宁愿让你进去蹲三年,我给你二十万。"魏向贱呵呵道。

"你们打算做什么生意?"邱震摇吧嗒了一下嘴,问。

"我们计划开个足浴店。"魏向贱看着身边的两位狱友,一副志在必得的样子。

"我一下子拿不出这么多钱,分期凑给你吧。"邱震摇知道不答应是不行的了,只好一脸为难的样子说。

"得尽快。"魏向贱冷冷地说。

饭后,魏向贱还要去夜总会卡拉OK。邱震摇虽然心里很不乐意,但表面上却装着很愉悦的样子,直接在楼上的阳光俱乐部开了个豪华卡拉OK包房。

魏向贱和两名狱友每人要了一名陪唱小姐,开了一瓶三斤装的轩尼诗X.O,玩得不亦乐乎。将近结束,打发走陪唱小姐后,魏向贱趁邱震摇出去买单的时候,借着酒意企图占有陈闻洁。他不顾陈闻洁的反抗,将她拖进洗手间,按倒在地,撩起裙子。陈闻洁当晚也喝了不少酒,浑身酸软,无力反抗,眼看就要被魏向贱得手。就在这个时候,邱震摇冲了进来,一把将魏向贱掀翻在地,掐住他的脖子怒斥道:"要钱给你,但你若想打我女人的主意,我对你不客气!"说完,拉起陈闻洁匆匆离开了夜总会。

两名狱友将魏向贱扶起来,其中一人问魏向贱:"大哥,要不要我们教训教训他?"

魏向贱虽然有些迷糊,但人还是清醒的,他摸了摸摔痛了的后脑勺,摆了摆手说:"算了,我们为的是钱。那个闻什么洁也不是什么干净货色。"

"就是,我在她身上闻到的是臭味,还'洁'呢?"其中一个狱友说。

"被邱震摇整天震呀摇呀的,能不臭吗?"魏向贱摇动着身体说,把两名狱友逗得哈哈大笑。"走,找小姐去。"魏向贱手一挥,说。

二十二

　　李守忻成功地做了胃部手术，在家休养了半年之久。在他患病期间，儿子李革命一直替他张罗贵县竹器厂的事。竹器厂两个月前正式生产，且成效不错，更为可喜的是，"国熙"终于获批上市了。

　　虽然改制转型后，"国熙"已不再挂靠村集体的总公司，但村委会还是专门为"国熙"举办了一场经验交流推广会，李守忻参加了这次活动。

　　当日，村两委干部、总公司及下属子公司的负责人到会。李守忻在村里的人缘甚好，与会者除了对他的公司上市表示祝贺外，更多是对他的健康表示关心。然而，"辰锡"的法定代表人李少锡自始至终没有和李守忻打一声招呼。他斜叼着烟，脸上一直挂着轻蔑的冷笑。当然，他的这副表情与近期有关于他公司从事非法走私活动的传言甚器尘上不无关系。虽然"辰锡"现在也转为独立的实体，具有独立法人资格，独自承担经营的法律责任，但村支部书记还是多次约谈了李少锡，向他表达了社会上有关他公司的负面传闻以及总公司的担心，提醒他一定要合法经营。然而，李少锡仗着与严男的特殊关系，虽不能说有恃无恐，却也没把这些提醒当一回事，他甚至怀疑是"国熙"在背后搞他们公司。

　　会上，村支部书记在表扬李守忻的同时，不点名地又批评了某些人，警告某些人不要做违法乱纪的事情，玷污村委及其他合法经营者的声誉。书记虽然没有明确指出是谁，但大家心里都有数，知道他剑指何人。

　　李少锡当然知道书记的话是冲着他来的，最后终于憋不住了，拍着桌子说："我知道有些人背地里散布谣言，说我的公司存在走私行为。我希望那些造谣的人拿出证据来，否则就是诽谤，我保留对这些人采取法律行动的权利！"说完气鼓鼓地拂袖而去。经过李守忻身边时,他故意撞了李守忻一下,李守忻手中的烟斗被撞落,人也被他撞得向后倒退了几步,差点儿跌倒,幸亏旁边的人及时将他架住。在场的许多人都觉得李少锡太过分了,扯住他,要他向李守忻道歉。李少锡不仅不肯道歉,还讥讽道:"道什么歉?他癌症上身站不稳,关我什么事?"此话一出,即时引发了众怒,有人甚至要打他,李守忻却平静地摆了摆手,说:"算了。"

李革命得知此事后,大为光火,拍案道:"什么玩意儿!看我把他给拆了!"他要教训李少锡,但被李守忻制止了。

后来李少锡不但不收敛,反而愈发把不满发泄在"国熙"上,扬言"走着瞧"。

邱震摇得知李少锡在会上受了委屈,安慰道:"李少别生气,我给严主任打个电话,让他想个法子整整他们。"说完,真的就给严男打了电话。

严男本来就喜欢来"辰锡",有邱震摇的电话,更是立马大摇大摆地驾临了,一进门就大声嚷道:"听说李少爷被欺负了,谁这么大胆?"

虽然李少锡并不喜欢严男,但见他居然为他的事专程跑来,心里还是有些受宠若惊的。他热情地迎了上去,一边端茶递烟,一边点头哈腰道:"这么小的事情哪用劳驾您亲自跑过来呀!"

"你是不欢迎我来?"严男打着哈哈说,瞟了一眼一旁默不作声的陈闻洁,"怎么样,闻洁也不欢迎我?"

李少锡和陈闻洁听罢,赶紧异口同声道:"欢迎欢迎!"陈闻洁补充道:"严主任是我们的保护神兼财神,哪能不欢迎?"

"你可真会说话!"严男瞅着陈闻洁会心地笑道,然后对李少锡说:"说吧,谁欺负你了?"

"其实也没什么大事,就是对面那家'国熙',我是怎么看都觉得他们不对劲,觉得他们肯定有问题,建议您整治整治他们。"李少锡低头哈腰道。

"就这事？我还以为是什么大事呢！"严男在烟灰缸上弹了弹烟头，松了一口气说，"你们一直举报说'国熙'有问题，正因为如此，我把它列入了黑名单，它的进出境货物，我们是每票必查，但没发现他们有什么问题，所以拿他们没办法呀。"

"经营了这么长时间，我就不相信他们的进出口数据一点问题都没有。"李少锡不服地说。

"这个嘛，相关部门也经常派人进厂稽查，如果有问题是跑不了的。"严主任又弹了弹烟灰，说，"算了，低调些。你做你的，人家做人家的，就不要贼喊捉贼了。"

李少锡嘴上没说什么，但从表情看，心里依然不服。

"怎么这几次都没见着你们的香港拍档？"严男转换了语气问。这个香港拍档指的是林亨里。

"他？他在香港忙着泡妞呢！"邱震摇一副嫌弃的样子说。

"还跟那个陈熙怀的老婆吗？"严男不怀好意地笑了笑，问。林亨里和陈熙怀老婆之间的事，他早有所闻。

"他就是迷上人家了。"邱震摇装作无奈地摇了摇头说。

"弄到手了没有？"严男笑着问。

"据说被他搞到了。"邱震摇答道。

"听说那女人长得不错？"严男看了看陈闻洁，猥琐地笑道。

"我们都没见过。"邱震摇也猥琐一笑。

一旁的陈闻洁则噘起嘴巴对着天花板翻了翻白眼。

刘琳现在与陈熙怀更是渐行渐远了。这天，陈熙怀买了些礼物到岳母家去看望他们。

晋豪依然离不开轮椅。看见爹地来了，他脸上闪过一道难得的亮光。陈熙怀上前亲了亲儿子的脸，又掀起他的裤脚，轻轻抚摸他腿上的伤疤，强装欢颜道："嗯，不错，恢复得挺好的。"

晋豪低下头，看着那两道微微隆起的、焊口似的粉红色疤痕，脸上的亮光顿时消失得无影无踪。

陈熙怀叹了一口气，双手撑着膝盖，艰难地站起来，对坐在一旁的刘琳说："我们出去吃饭吧。"

刘琳苦笑了一下，看了一眼晋豪："你如果能说服他出门肯定好呀。"

陈熙怀又俯下身子，抚摸着晋豪的小额头，说："我们出去吃饭好不好？你想吃什么都行。"

晋豪看看自己的双腿，又看看刘琳，木然地摇了摇头。

"不想出去吃，那就在家里吃，家里买了菜。"刘琳的母亲从厨房走出来，一手叉腰，一手撑着厨房的门说。

"康复中心的社工每天都过来吗？"陈熙怀问刘琳。

"基本上是。"刘琳低头看着自己刚刚染过的脚指甲，答道。

"我们公司上市了，等股票套现了，我们再回来香港买一套比以前那套更好的房子，到时一家人就可以住在一起了。"陈熙怀说。

刘琳叹了一口气，一脸哀伤地望着晋豪说："我在哪里住都行，甚至在我妈这里住一辈子都没问题。现在要操心的不是房子，而是晋豪。"

刘琳此时的心情非常复杂。陈熙怀事业重回轨道，生意成功，按理，她应该感到高兴才对，然而她却无论如何也高兴不起来，甚至害怕陈熙怀真的在香港买房，届时她将没有理由不和他住在一起了。所以，她对陈熙怀要回来香港买房的事并没有表现出丝毫的喜悦。

陈熙怀在丈母娘家吃了饭，一直陪伴在晋豪左右，直到有客户打电话来约谈业务，他才依依不舍地与晋豪说再见。

"总算又好起来了！"陈熙怀走后，刘琳的母亲长长地舒了一口气，欣慰地感叹道，然后对刘琳说："你呀，果真为晋豪好的话，就收收心吧！"看样子，她对女儿的心思似乎有所了解。

母亲的话对刘琳还是有触动的，就在她犹豫之际，一位故人突然从英国回到香港,来到了她的身边,从而彻底断掉了她对陈熙怀所剩的那一点点犹豫。这个人就是刘琳的初恋男友查理。查理本名黎英达,出生在香港。上大学时,黎英达与刘琳热恋,两人几乎到了谈婚论嫁的地步,但后来黎英达随父母移民去了英国,断绝了与刘琳的所有联系,什么山盟海誓统统成了鬼话。

这天,就在社工上门来给晋豪做辅导的时候,刘琳的电话突然响了。刘琳看了一下来电显示,是个陌生号码,随手就按下了拒听键——她从来不接陌生来电。没想到她刚挂断,对方又打了进来。连打两次进来,估计打错电话的可能性不大,刘琳很不情愿地按下接听键。

"琳琳吗?"对方柔声问道。是个男士的声音。

一听这声音,刘琳顿时呆住了。"琳琳"这个称呼只有他才会叫。虽然时隔多年,但刘琳还是听出来是他。刘琳的泪水霎时像断线的珠子滚落了下来。她快步走向屋外。晋豪和外婆都感觉到了刘琳的情绪变化,困惑地一直目视着她走出门外。晋豪的脸上更是蒙着一层怨恨。

一到门外,刘琳就蹲在墙角处,任凭泪水哗啦啦地往下流,久久没有说话……

二十三

刘琳来到了约定的酒店房门口,但并没有去按门铃。她靠在对门的墙上,凝望着那扇门,想象着门后面那个人现在的模样。已经十余年没见了,他会有什么样的变化呢?会跟她记忆中的一模一样吗?在她脑海里,他的形象依然定格在十多年前那个魁梧、健硕,长发帅气,却又略带几分忧郁的大学生身上。当初,正是他那双忧郁深沉的眼睛迷得她神魂颠倒、欲罢不能。

正当刘琳心潮起伏、忐忑不安之际，她的电话响了。刘琳掏出手机，显示是他的号码。她刚把手机放到耳边，还没来得及说话，他的房门悄然拉开，一张轮廓清晰的脸从屋里探了出来。门后面的他应该是听见了她的电话铃声，直接打开了房门。

刘琳慢慢垂下举着手机的手，静静地凝视着那张脸，心怦怦直跳。那张脸上，一双深邃忧郁的眼睛，看上去多了几分冷厉，也可以说是戾气。还是典型的明星脸，但消瘦了许多，最明显的变化是，原本干净的脸庞现在居然长满了络腮胡子。

对方也在静静地看着她。他们就这样相互对视了十余秒，最后，他莞尔一笑，打破了僵局。

他把门完全打开，一手撑着门框，朝她招了招手。她心虚地回头朝廊道张望了一下，娇羞地噘了噘嘴，低着头朝他走去。来到跟前，他并没有撤回撑在门框上的手，于是她顺势一头扎进他的怀里。

尽管过去了这么多年，他们默契依然，一切都是那样水到渠成，根本就无须多余的语言。

一个多小时后，两人都已筋疲力尽。她趴在他的怀里，拨弄着他胸口上猪鬃一样的胸毛——这也是以前没有的。

"看来英国的水土适合长毛啊。"她腾出一只手，抚摸了一下他满是胡须的腮帮子，说。

"这些都是'年轮'呀！"他感叹道。相比起以前，她现在更有韵味了，更为难得的是，生养小孩并没有在她身上留下明显的痕迹，皮肤依然像乳胶，小蛮腰、马甲线一切如故，两个乳房依然如少女般圆润而有弹性。当然，这跟她产后的保养得当是密不可分的。那个时候恰逢陈熙怀生意顺利不差钱，什么东西都给她用最好的：比如燕窝当粥吃，而且是专程托人从印尼买回来的，上面还沾着燕子羽毛的原块燕窝；化妆品哪个品牌好用哪个，康复修体哪里专业去哪里。这些都得花钱呀。

"你这次回香港打算逗留多久?"刘琳轻轻揉着他的耳垂问。

"这次是公司派我回来香港工作,具体多长时间,得看公司的需要。短的话,一两年;长的话八年十年。"他露出迷人的笑容。

"你太太跟你一起回来吗?"刘琳看着他的眼睛问。

"我没有太太。"

听说查理没有太太,她不知道究竟是惊讶还是兴奋,情不自禁地"啊"了一声。她用肘子支起上半身,看着他的眼睛,问:"为什么,你不是已经结婚了吗?"

"离了。"他淡然一笑。

"因为什么离了?"刘琳问,脸上的表情与其说是好奇不如说是兴奋。

"我心里忘不了你。"

"真的吗?"

"就是因为你,我才主动申请回香港工作的。"

虽然不知道查理的话有多少成数可信,但已让刘琳激动不已。她使劲搂住查理的脖子,用火辣的身体再度把他压在下面。

此刻,刘琳忘了陈熙怀、忘了林亨里,甚至忘了一直让她背负着愧疚包袱的儿子晋豪。她心情舒畅,感觉生活的阳光又回来了。

当夜,查理想让刘琳留在酒店陪他过夜,用拇指揉着刘琳的太阳穴。

"不行呀,我儿子没人照顾。"刘琳说。

"你儿子应该也不小了吧,还离不开你?"

"唉,他比较特殊。"刘琳把晋豪的情况简单地跟查理说了,"他成这个样子,完全是我和他爸的错,从小就没有照顾好他。"

"我们都是上帝的儿女,成为什么样的人,都是上帝的旨意,不必自责。"查理一副虔诚、豁达的样子说。

"既然把他生出来了,就得尽力照顾好他呀。"

"每一个人都应有自己的生活,而且每个人的生活都一样重

162

要。谁也没有权利要求你为了他的生活而牺牲你自己的生活。糟蹋自己和糟蹋别人都是犯罪。"

"你怎么变得像神父似的？"刘琳苦笑道。

"我是虔诚的基督徒。"

刘琳笑了笑，道："过一阵子吧，等我儿子的脚好了，不需要我照顾了，你想我怎么陪你就怎么陪你。但今晚我是无论如何都得回家的。"刘琳拧了拧查理的脸说。

刘琳不知道，查理此次回香港是带着不可告人目的来的，也正是此次重逢，几乎使刘琳坠入了万劫不复的境地。

刘琳回到母亲家时，晋豪和外婆都已经睡了。

看来中国人大多都改变不了有钱就要置业的传统。陈熙怀盘算着回香港购置豪宅，而李国荣也有自己的计划，那就是回老家建宅子。

李国荣和妻子是同乡，虽不在同一个村，但两村只隔一条小河，相距并不远，来往很方便。虽然妻子离世多年，李国荣并没有因为妻子不在了而薄待岳父家，相反，他一直都像亲生儿子一样照顾和孝敬岳父岳母，像兄长一样对待妻子的弟弟妹妹。李国荣在老家镇街上省道边购置了一块住宅用地，并排建造了两栋豪华的楼房，一栋给自己家，一栋给老丈人家。这两栋洋房，在家乡引起了很多人关注，其中一个就是他的老乡邱震摇。

在老家，邱震摇与李国荣同属一个乡。他们当年结伴到深圳谋生，并且都进了同一家制衣厂打工。不过，没过多久，邱震摇就辞了不干，自己跑到外面混世界了。他在外面做什么行当，无人知晓，但外表光鲜，看似混得相当不错。更让人惊讶的是，不到两年时间，邱震摇就回老家建了一栋崭新的青砖瓦房，还配置了高档的家电，甚至还买了一辆250CC排量的铃木皇大摩托，羡煞了乡亲们，被认为是当时在外面混得最成功的人！相比之下，那时的李国荣就显得相当寒酸了。结了婚，生了两个小孩，老婆死了，家里一穷二白，后来在制衣厂也没能混下去，只好自己开裁缝店，艰难度日，家乡人每逢提起他，都直摇头。

在家乡父老面前独领了多年的风骚，没想到现在居然被李国荣超越了，邱震摇的羡慕嫉妒恨不由得一股脑儿涌上心头！

"输什么也不能输掉面子呀。"邱震摇心想，"不就一栋楼房吗，谁建不起呢？"

就在李国荣的新楼封顶没多久，邱震摇家的楼房也动工了。李国荣的楼有三层，邱震摇要建四层，要比李国荣的高。无论如何，他都要压着李国荣！

田椿的饭店生意不错，也挣了些钱，这次回家建楼，田椿原本也要出钱。但李国荣说她姐姐生前最大的心愿是回家给父母建新房，他们夫妻曾约定，如果挣了钱，第一件事就是回家给父母建一栋房子。虽然妻子"壮志未酬身先卒"，但李国荣没有忘记他们的约定。他要履行诺言，实现他们夫妻的愿望。他对田椿说："这是我和你姐的约定，你就不要管了！"

"那行，等房子建好了之后，家具电器由我自己购置吧。"田椿说。

"再说吧。"李国荣不以为意地说。

这天，田椿如常来到李国荣家，替他收拾房间。饭后，她一边打扫卫生，一边漫不经心似的瞟了李国荣一眼，说："听说邱震摇也回家建楼了，而且比咱们的还要高一层。"

李国荣半躺在沙发上，一边剔着牙，一边看着电视新闻，对田椿的话，仅报以微微一笑。

见李国荣对这个话题不感兴趣，田椿转换话题道："田笑笑拍拖了。"

"哦？男朋友是哪里人？"

"香港司机呀!"

"挺好。"

"你知道是哪一个吗?"

"我怎么会知道?"

"就是那个胡子拉碴的肥佬司机呀,叫什么吴德胜。"

"哈哈,上次你不是说他想追你吗?"

"追我的人多着呢,你以为我那么容易追的呀?"

"你老大不小了,也该找对象了。"

"我不找。"

"不找?难道你想一个人过一辈子?"

"怎么会一个人呢?我不是有建武和建芳吗?我要替姐姐照顾他们。"田椿麻利地收拾着餐桌说,一双眼睛倔强却又略带幽怨地瞅了李国荣一眼。

李国荣隐隐感觉到了田椿火辣的目光,他不敢正视田椿,浑身紧绷地盯着电视屏幕,却什么也没看进眼里。他明白田椿的意思,她一直都在给他暗示,心甘情愿地想替她死去的姐姐照顾他和两个外甥。平心而论,他也很喜欢这个小姑娘,但喜欢归喜欢,毕竟她是孩子们的小姨子。李国荣觉得,田椿是因为少不更事,才会有这种糊涂的想法,但他可不能和她一般见识。

新宅竣工后,李国荣的父母择了日子,准备入住。在农村,乔迁新居叫是一件大喜事,大摆筵席宴请亲朋好友是必不可少的。李国荣想借机邀请李守忻和陈熙怀到他家乡走走。

李守忻现在身体已无大碍,也想和老伴一起到乡下呼吸一下新鲜空气,欣然答应了。

陈熙怀则希望带刘琳和晋豪一起去。他给在香港的刘琳打了电话,在细问了晋豪的近况后,小心翼翼地说要她也去一下。

"让晋豪跟你去吧,他外婆近期身体不太好,我要留下来照顾她,就不去了。"刘琳说。

"那好吧,"陈熙怀失落地应道,"麻烦你把晋豪的衣物收拾一下,我现在就过来接他。"即便只有晋豪,陈熙怀也已很满足了,他原先还担心刘琳不会同意让他带晋豪走呢。

晋豪从妈咪那里得知,爹地要来香港接他去深圳时,原本苍白的脸骤然泛起了红晕。

"我现在就去给你准备衣物,你爹地一到,你就可以跟他一起走了,"刘琳蹲在晋豪面前,抚摸着他的双腿说,"不过,有一件事你要记住,我告诉过你爹地,上次你摔跤的时候,妈咪是一直在你身边的。如果你爹地或别人问起这件事,我希望你的回答跟妈咪说的一样,免得你爹地生妈咪的气!你能做到吗?"

晋豪默默地点了点头。

"这就对啦。"刘琳宽慰地摸了摸晋豪的头顶,双手撑着膝盖站起来,"我去给你收拾衣物。"

陈熙怀来得快,刘琳刚收拾完,他的车就到楼下了。刘琳跟陈熙怀一起把晋豪以及他的轮椅抱上了车,扶着晋豪的肩膀嘱咐道:"记住妈咪说的话啊。"

晋豪应付地点了点头,兴奋地抚摸着汽车仪表盘。

"和我们一起去吧。"陈熙怀看着刘琳,再次请求道。

"我真的走不开。"刘琳回头看了看身后楼上母亲的家,一脸无奈的样子说,"去吧,路上小心,照顾好儿子。"

陈熙怀叹了一口气,发动了汽车。

陈熙怀的车已经驶远,刘琳依然立在原地。她呆望着空空的街巷,心也是空的。她突然有一种身不由己的自怨自艾的感觉。

就在刘琳正要转身回去时,一辆奔驰车突然驶到她身边戛然停住。车窗缓缓降下,一张玩世不恭的脸探了出来——林亨里。

"怎么样,上车吧。儿子送走了,现在自由了,想怎么玩就怎么玩了。"林亨里不怀好意地笑道。

"你？刚才你都看见了？"刘琳浑身不自在地说。

"我一直在那边远远地看着你们。"林亨里狡黠地笑道。

"我妈咪近来身体不好，我要照顾她，所以暂时让他爹地把晋豪接去深圳住一段时间。"刘琳说，"你近来就不用来找我了，我妈咪的身体估计一时半会儿好不了。"

"总不至于忙得过性生活的时间都没有吧？你如果实在走不开，我上你家也行。"林亨里厚着脸皮说。

"你怎么越来越无耻了？"刘琳哼了一声，甩手而去。

"喂！喂喂！"林亨里在刘琳身后一连喊了几声，不见刘琳反应，于是抛下一句："别忘了你儿子的事，"并低声骂道："死八婆！"然后悻悻而去。

听着远去的汽车声，刘琳像是卸掉了包袱，一下子轻松了许多，但依然难掩重重心事。

"晋豪爹地把他接走了？"母亲开了门，问道。

"走了。"刘琳散架似的瘫坐在沙发上，双眼盯着天花板，喘着气。

"你也放心得下？他一个人怎么照顾得了晋豪？"母亲担忧地说。

"我已经尽力，实在没办法了。再说，我已经付出得够多，再这样下去，我这辈子就完了。"刘琳叹了一口气，无可奈何地说，"我也该为我自己着想一下了。"

刘琳的话让母亲感到非常吃惊，她皱着眉头，凝视着刘琳，心想，这孩子变了。

"晚上在家吃饭吗？如果在家吃饭我就去买点菜。"母亲向厨房走去，问。

"不。"刘琳突然轻快地应道，掏出手机，一边拨打电话一边走进房间轻轻关上了房门。

将近三十分钟后,刘琳焕然一新,浓妆艳抹地出现在母亲面前,愉快地说:"妈咪,我出去了。"

夜幕降临,华灯已上,刘琳现身在一家算不上高档的西餐厅,在她对面坐着一位风度翩翩、帅气俊朗的中年男子——查理。远远看去,虽听不见他们在说什么,但能感觉到气氛非常温馨融洽。

"现在可以过来和我一起住了吧?"查理握着刘琳的手说。

"嗯。"刘琳轻轻点了点头,脸上洋溢着幸福的笑容。

虽然这餐饭无论是环境还是菜式都很普通,但两人的内心都很满足,真真应验了那一句:吃什么并不重要,重要的是跟谁吃饭。

结账时,刘琳想埋单,却被查理狠狠批评了一下。"在文明社会里,外出用餐让女士埋单是对男士的一种侮辱。"查理轻轻捏了一下刘琳的鼻尖说。

刘琳幸福而腼腆地笑道:"又不是外人,谁埋单不一样呢?"

查理露出迷人的微笑,对着她晃了晃食指。

从服务生送他们离开餐厅时的态度及弯腰答谢可以看出,查理给的小费应该是很可观的。不过,抛开小费不说,查理那魁梧身材、西装革履、绅士气场足以威慑许多人。

"虽然错过了这么多年,但总算回来了。"刘琳偷偷瞟了查理一眼,心中窃喜道。

离开餐厅,查理叫了一辆的士,直奔查理的住处——他们的伊甸园。

二十四

晋豪乘坐爸爸的车刚进入小区,就看见李国荣和卢桥两家人在入口处等他们了。建武、建芳,还有露丝更是朝他们奔跑而来。

车刚停稳,建武一把拉开车门,迫不及待地就要将晋豪从座位上抱下来——之前大家都已听说了晋豪的情况,知道他现在不能走路了。

"等会儿等会儿!先让我把轮椅拿下来。"陈熙怀也是兴奋,他快步走到车尾,打开后门,将晋豪的轮椅搬了下来。

几个小朋友把晋豪抬上轮椅,众星捧月般推着他。

"注意安全,不要走远!"卢桥对着露丝喊道。

"知道,我们就带他在小区走走。"露丝应道。

终于见到了久违的伙伴,晋豪显得特别开心。他昂着头,一会儿看看建武、建芳,一会儿看看露丝,脸上始终挂着喜悦却又腼腆的笑容。

建武他们推着晋豪来到小区中心的一个花坛前,那里有个铺着大理石的小广场,大理石的缝线形成了一幅幅看似"跳飞机"游戏的图案,建芳迫不及待地踩着那些大理石图案独自跳起了飞机。

"你还会跳吗?"建武向着妹妹努了努嘴,问晋豪。

晋豪先是愉快地点了点头,但随即就低下了头,哀伤地看着自己的双腿。

露丝在晋豪的轮椅前蹲下,揉了揉他的膝盖,仰头看着晋豪问:"还会痛吗?"

晋豪默默地看着露丝,摇了摇头。

"既然不痛,为什么不站起来自己走路呢?"露丝像是疑问,又像是鼓励。

晋豪没有回答露丝的话,一味低头抠着自己的指甲。

"过两天我爸爸就要带我们回乡下了,乡下有好多好玩的东西。你要是能走路该多好!"建武惋惜地说。

"也许过两天晋豪的腿就好了呢。"露丝天真地说。

"你也去吗?"晋豪抬头看着露丝问。

"当然,我爸妈也去。"露丝撇着嘴说。

"听我爸爸说,到时有好多人一起去。"建武补充道。

"去几天呀?"晋豪皱着眉头问。

"管它几天呢,反正现在放假,去越久越好。"露丝调皮地说。

当晚,卢桥安排三家人在一起吃饭,以表对晋豪归来的欢迎。席间,陈熙怀对晋豪呵护备至,简直可以说是捏紧了怕碎,放开了怕飞掉。晋豪完全沉浸在幸福之中,他一会儿调皮地看看对面的建武兄妹,一会儿温顺地看看自己的父亲,脸上笑开了花。

三天后的早晨五点钟,两台挂着深港两地牌照的丰田商务车驶出深圳,沿高速公路直驱李国荣的家乡。车上坐着李国荣和卢桥一家、陈熙怀父子、李守忻夫妇及女儿李妮,还有田椿、田笑笑和她的未婚夫吴德胜。开车的分别是李国荣和卢桥。李国荣在前头带路,卢桥是职业司机。陈熙怀则乐得清闲,在后座陪着晋豪。由于起得早,孩子们都没睡够,上车没多久就都靠在座位上睡着了。

八点多钟,他们来到了一个小镇吃早餐。李守忻胃不好,只吃了半碗白粥,其他人每人吃了一碗辛辣的猪脚粉。中午,他们在途经的另外一个小镇简单地用午餐,客家酿豆腐、咸菜炒猪大肠、白切鸡、姜葱煎焖水库鲢鱼,道道都是正宗的客家菜。虽说简单,每个人都吃得肚皮滚圆、意犹未尽,就连一贯挑食的晋豪也罕见地吃了整整一钵杂粮蒸米饭。下午,他们在一个高速服务站停下来给两辆车加油,大家则涌进了卫生间——中午那餐都吃多了、喝多了。

傍晚将近七点钟,两辆车缓缓驶进了李国荣老家新宅的后院停车场。李国荣和田椿两家人早已准备好了一切,迎接大家的到来。主人先把客人引到客房安顿下来,让大家搞完个人卫生,随后移步到大厅用餐。

李国荣之所以选在省道旁边建房,并不是单纯为了居住的需要,而是打算借助便利位置开设农家乐,既可以居住,又可以做生意,一举两得。所以,两栋楼房都是按照酒店的格局设计的,楼上设有多间客房,配备齐全的厨房设施,一楼大厅能同时容纳多人就餐。

路上颠簸了一整天,大家都非常疲惫。晚饭后,没有多聊就都回房梳洗准备休息了,而田笑笑则把吴德胜带回了自己家。

房子虽说是建在省道旁,但离省道还有一段距离,而且到了晚上来往车辆不多,并不显嘈杂。屋后有一条宽敞的沙溪,溪两岸长满了竹子,溪下游是一片广阔的水田,远处与水田相接的是绵延的青山。

对于陈熙怀他们这些都市人来说,这里简直就是世外桃源。他们睡在房间里,开窗听见的都是哗啦啦的流水声和沙沙的风吹竹叶声,感觉非常幽静、催人入眠。

第二天清晨,陈熙怀一觉醒来,看见窗外弥漫的雾气,竟以为自己置身于深山楼阁。他来到窗前,推开窗户,看着远处雾气中若隐若现的青山与水田,即便心中被家事所困,也不禁哼了两句小调。

这时晋豪也醒了。陈熙怀把他抱到窗前,指着窗外的景色说:"你睇,靓不靓?"

晋豪揉着眼睛,迷迷糊糊地点了点头。

"可惜你的脚还不能走路,不然的话你就可以到水田里抓田螺和小青蛙了。"陈熙怀抚摸着晋豪的两只脚,黯然道。不过,大概是意识到说这样的话除了会加深晋豪的自卑感之外,并无裨益,所以,话刚出口,他立马又装出轻松愉快的样子说:"赶紧刷牙洗脸,爹地推你下去走走。"

晋豪温顺地点了点头。

当陈熙怀用轮椅推着晋豪来到溪边时,李守忻正在溪里打捞着什么,他老伴则坐在轮椅上看着他。

"李总早呀!"陈熙怀朝李守忻夫妇招手喊道。

"你们也起来了?"李守忻停下手中的活,若有所思地看着陈熙怀父子,尽情地呼吸了一口新鲜空气,说。

"在捞什么呢?"陈熙怀问。

"捞些金鱼藻水草回去养金鱼。"李守忻朝陈熙怀晃了晃手中一把草一样的东西说。

"你们继续吧,我和晋豪四处走走。"陈熙怀说。

李守忻微笑着向晋豪招了招手,说:"小伙子,下来自己走。"

晋豪没有说话,害羞地低下了头。

陈熙怀推着晋豪沿溪边溯流而上。在溪边的一个沙堆旁,他们碰见了李守忻的女儿李妮,她正在全神贯注地写生——这地方她算是来对了。

陈熙怀跟李妮只打了一声招呼,推着晋豪继续往前走,但轮椅上的晋豪似乎对李妮画画很感兴趣,频频回头张望。

"你想看姐姐画画吗?"陈熙怀问儿子。

晋豪点了点头。

"那我们就在这里看一会儿吧!"陈熙怀说道,推着晋豪回到李妮身后。

李妮回头对着他们父子礼貌地笑了笑。

"孩子想看你画画,不会打扰你吧?"陈熙怀小心翼翼地问道。

"不会。"李妮笑道,继续埋头画画。

不远处的水田里,一个农民正赶着水牛耙田,背景是烟雾缭绕的黛山,田里的人和牛消失在水雾中,仿佛一幅浑然天成的水墨画卷。陈熙怀看看李妮的画,再看看眼前的景色。李妮正是要把眼前这大自然的鬼斧神工搬到她的画纸上。

晋豪目不转睛地盯着李妮飞动的画笔,突然情不自禁地轻声说道:"姐姐画得好美。"

向来在陌生人面前腼腆话少的晋豪居然表达出了自己的想法,这让陈熙怀非常开心。他弯下腰问晋豪:"想不想跟姐姐学画画呀?"

晋豪点了点头。李妮也回过头来对着晋豪笑了笑,问:"想学吗?"晋豪的情况她之前已有所耳闻,知道这孩子比较特殊。

晋豪腼腆地笑着,点了点头。

李妮挠了挠晋豪的颈脖,夸道:"一看就知道是个很有天赋的孩子。如果学画画的话,肯定会画得很好!"

晋豪咯咯笑了,让陈熙怀心花怒放。他感激地看了李妮一眼,不想李妮也正好朝他看来,两人不约而同地一阵紧张,李妮脸也红了。

"想学画画的话,你的腿得赶紧好起来,不然就没法跟老师出来写生了。"李妮转向晋豪说。

将近九点钟,大家回到李国荣的新屋用早餐。明天就是新宅庆贺的日子,将有很多亲戚朋友前来道贺赴宴,很多事情都必须在今天张罗,李国荣为此忙得不可开交。

"今天我实在没时间陪你们了,你们自己到周边走走吧。"李国荣歉疚地说。

"不用你陪,今天我们自由活动。"李守忻微微笑道,他和老伴今天已有计划了。

吃完早餐后,他让李国荣给他弄来了一个铁桶和一个小网兜,然后推着老伴来到田头。他们要去抓一种叫"贫鱼婆"的小金鱼。

陈熙怀父子和卢桥一家让建武、建芳兄妹带他们到镇上去走

·173·

走,看看有什么土特产可以买,李妮则背着画夹继续独自外出写生。出门时,她往背包里塞了一个水煮鸡蛋和一块蒸红薯,给水壶加满了水,嘱咐大家中午不用等她吃饭了。

中午,除了李妮写生未归外,大家几乎都准时回到李国荣家,各自亮出了上午的收获。卢桥买了一些五指毛桃、腌萝卜等土特产;陈熙怀买了两坛客家黄酒,其中一坛是替李守忻买的。

李守忻两夫妻不仅捞了很多"贫鱼婆",还捡了不少田螺,抓了一些小螃蟹,孩子们见了都好奇地争相上前围观。露丝伸手到桶里去抓那些小金鱼,不料被一只小螃蟹夹住了手指头,痛得她满屋子又跳又喊,其他人见了都哈哈大笑,唯独晋豪吓得直打哆嗦。

一旁的李守忻端详着受惊的晋豪,突然心血来潮,说:"来,爷爷扶你下来练习走路!"

晋豪望着李守忻,摇了摇头,然后哀伤地低头看着自己腿上的疤痕。

"那点伤没关系的,"李守忻说,"受过伤的地方,骨头会变得更加结实和坚硬。"

晋豪用怀疑的目光望着李守忻,明显不相信他的话。

"不相信?我让你看看。"李守忻边说边捋起右手袖子,露出手臂上的一处疤痕,"你看,爷爷这里也受过伤,但现在整条手臂这里最坚硬。"

其他小朋友一听,纷纷好奇地围拢了过来。露丝抚摸着李守忻手臂上的疤痕,问道:"爷爷,这是怎么受伤的?"

"嗬嗬!这是爷爷跟你们差不多年纪的时候,爬树端鸟窝,不小心从树上掉下来摔的。"李守忻对着露丝做了个鬼脸,笑道。其实,这是他在战场受的伤。

一听说李守忻孩提时爬树端鸟窝的事,孩子们一下子雀跃了起来。

"鸟窝里的鸟多吗?"建芳问。

· 174 ·

"不知道,我还没爬到鸟窝就摔下来了。"李守忻噘着嘴,一副惋惜的样子说。

"摔得很严重吗?"露丝依然抓着李守忻的手臂,心痛地问。

"摔断了。"李守忻一副可怜的样子。

"你这里真的比其他地方都要硬吗?"建武用力捏了捏李守忻的手臂问。

"那当然!"李守忻弯起手臂展示了一下肱二头肌,"不信你看看。"说完,他走到墙边,靠在墙上,用右手做了一个单臂倒立。

老伴见了赶紧制止:"老李……"卢桥和陈熙怀也都连忙上前把他扶了下来。

李守忻回落到地上,拍了拍双手,学着孙悟空的样子对着晋豪摆了个瞭望的姿势,逗得大家哈哈大笑。

建武扯了扯李守忻的衣服,问道:"爷爷,用你的左手能像刚才那样立起来吗?"

李守忻看了看晋豪,说:"不能。"

"为什么?"

"因为我的左手没有受过伤呀。"李守忻一副调皮的样子,真真假假地说。

他的话再次把大家逗乐了。晋豪一边笑,一边低头看着自己的双腿,并尝试动了动。

中午太阳很猛,吃过午饭后,大人们都要回房休息,但孩子们精力旺盛,不想午休。

"你们去睡觉吧,我们在这里玩。"露丝说。

"晋豪你呢?你还是跟爸爸回房休息吧。"陈熙怀有点不放心晋豪。

"我想跟他们一起玩。"晋豪胆怯地表示道。

陈熙怀为难地看了看露丝和建武,又看看晋豪,正犹豫间,一旁的卢桥道:"就让孩子们一起玩吧,没事的。"然后对露丝说:"你们不要到外面乱跑,照顾好晋豪。"

"要不我陪你们一起吧。"陈熙怀对晋豪说,但晋豪仿佛不太愿意。

"没事的,交给我好了,你们赶紧睡觉去吧。"建武说,好像巴不得眼前这些大人赶紧离开。

陈熙怀抚了抚晋豪的额头,对建武说:"那就麻烦你替我照顾晋豪啦。"

"放心吧,熙怀叔叔!"建武迫不及待地说。

大人们刚一离开,建武他们就推着晋豪蹑手蹑脚出了屋,来到溪边。

溪里,两名放牛娃正在给一大一小的两头水牛刷背。水牛懒洋洋地泡在水里,时而憋着鼻子长长地喷着水,时而轻轻地甩着尾巴,驱赶蚊蝇,样子憨厚温驯。晋豪和露丝都是第一次这么近距离看到水牛,既激动又好奇。

"我们下去和他们一起玩吧?"露丝对建武和建芳说。

"你会游水吗?"建武问露丝。

"会,"露丝自豪地点了点头,然后指着晋豪,"他以前也会!"但很快又摇摇头,"现在应该游不了了。"露丝有点可惜地吧嗒了一下嘴巴,反问建武:"你们会游吗?"

建武和建芳对视着笑了笑,二话不说,脱了外套,双双跳入溪中。露丝见状,对晋豪说:"我们下去玩一会儿水,你在岸上等我们一下下。"

晋豪失落地点了点头。

露丝脱去外套,跟着跳入溪中。露丝和建武兄妹很快就跟那两个放牛娃混熟了。放牛娃告诉露丝,如果喜欢,她可以骑到牛背上。露丝一听,开心坏了,立马跃跃欲试!不过她还是有些惧怕,不敢靠近水牛。在那两个友善的放牛娃一再鼓励和示范下,露丝渐渐放开了胆子,先是试探地触摸了一下水牛圆鼓鼓的肚子,见牛没有反应,就越靠越近，最后终于壮着胆子爬上了牛背。

岸上的晋豪见露丝居然骑到了牛背上，羡慕而且激动得不停拍手叫好。

其中一个放牛娃指着晋豪问建武："他为什么不下来游水？"

"他腿走不了路。"建武惋惜地说。

"走不了路也可以游泳呀。"放牛娃说。

"你说得对！要么我们把他抱到水里来？"建武说，然后对着岸上的晋豪喊道："晋豪，我们抱你下来游水好不好？"晋豪一听，惶恐地连连摆手。

"哦，我突然记起来，晋豪怕水。"露丝说。

"啊，他居然怕水？"放牛娃感觉不可思议地惊叫道，问："他想骑牛吗？"

"他胆子小，不一定敢骑。即使敢，你也得把牛牵到岸上去。"建武抹了一把脸上的水珠说。

"那我们就把牛牵到岸上去给他骑吧。"放牛娃说。

于是建武对着岸上问："晋豪，你想骑牛吗？我们把牛牵到岸上去给你骑。"

出乎大家所料，晋豪听说可以骑牛，居然兴奋得连连点头。

建武和放牛娃将那头小水牛连推带拉赶到晋豪面前。

看着近在咫尺、乌黑发亮的小水牛，晋豪激动得浑身颤抖。他小心翼翼地轻轻抚摸着牛的额头。小水牛温驯地舔了舔晋豪的手臂，随即啪啪地使劲甩了甩两只湿漉漉的大耳朵，溅得晋豪满脸是水。晋豪紧闭着双眼，忍着脸上的水珠，咯咯地笑个不停。

"骑上去吧。"建武拍了拍牛背，对晋豪说。

晋豪迫不及待地点了点头，向建武张开了双臂。建武抱着晋豪的双腋，放牛娃托住晋豪的屁股，一起把晋豪搬到了牛背上。

小水牛对晋豪并不抗拒，静静地立在原地，一边甩着尾巴，一边悠然自在地反刍。

"能让它走起来吗?"建武扶着晋豪,问牵着牛绳的放牛娃。

"没问题!"放牛娃扯了扯牛绳,牵着小牛慢悠悠地在溪边踱了起来。晋豪伏在牛背上,双手紧紧抱住牛肩,想叫又想笑,一副既紧张又享受的样子。

晋豪骑在牛背上来回走了两圈之后,渐渐地习惯了,精神放松了,胆子也肥了,在牛背上坐直身体,建武也趁机松开了扶着的手。然而,就在这个时候,新房子的方向突然传来了猛烈的爆竹声。小牛受到了惊吓,疯了似的扑向小溪,先是撞倒了建武,接着又撞翻了晋豪停在岸边的轮椅,驮着晋豪一头扎进了溪里,就连原本安详地躺在溪中的那头母牛也受到了惊吓,一跃而起,撂下背上的露丝,蹿到了溪对岸。

建武被小牛撞得重重摔了一跤,好一会儿才从地上爬了起来,他摸了摸隐隐作痛的后脑勺、手肘和膝盖。还好,除了膝盖擦破了一点皮之外,其余并无大碍。露丝和建芳则吓得弓着身体站在岸边,心有余悸地看着溪对岸。那里,两个放牛娃正使劲地拉着两头受惊的牛,以免它们跳入田中,糟蹋了禾苗。所有人都在,唯独不见了晋豪。

"晋豪呢?"建武对着露丝喊道。

露丝摊着双手,耸了耸肩膀,不知所措。

"晋豪!"建武惊慌地大声喊道。他感觉要出大事了,顾不得膝盖上的伤,跳进溪里半游半涉地往下游寻找晋豪。露丝和建芳也沿岸一路小跑,失魂落魄地呼唤晋豪。

几个小孩当中,建武年龄最大,如果晋豪出了意外,他首当其冲要担责。挨骂、挨揍是小事,晋豪的平安才是大事。万一晋豪身体受到了什么伤害,他不仅对不起晋豪,更没办法向熙怀叔叔和爸爸交代呀。建武越想越紧张,越想越害怕,情不自禁地大声哭了起来。岸上的露丝和建芳也担心得掩面而哭……

二十五

刚才是李国荣的一个表兄弟前来道贺燃放的爆竹。爆竹声不仅惊吓了晋豪骑的牛,也把午睡的客人惊醒了。大家纷纷下楼到客厅来喝茶聊天儿。

陈熙怀见孩子们不在屋里,正想出去寻找,就在这个时候,浑身湿透的建武、建芳和露丝突然出现在门口,却不见晋豪。

"晋豪呢?"陈熙怀问建武他们。

几个小孩你看看我,我看看你,似乎有什么隐情似的,都低头不语。

一看这架势,陈熙怀立马意识到情况不妙,霍的一下站起来。李国荣、卢桥和李守忻等也感觉到了不对劲,紧张地瞪着孩子们,气氛骤然紧张了起来。

"晋豪呢?"李国荣冲到建武身边,抓着他的肩膀厉声问道。

建武依然低头不语,但陈熙怀已经冲向门外,身后跟着卢桥和李守忻。他们刚跨出门口,躲在门侧的一个小孩就猛地扑来!这个小孩不是别人,正是晋豪。

陈熙怀把晋豪搂在怀中,恍如梦境,惊愕地连声道:"晋豪,你……"半天说不出一句话。

李国荣快步上前,瞧瞧陈熙怀搂着的晋豪,再瞧瞧建武,问道:"怎么回事?"

原来,晋豪刚才被水牛驮着掉进溪里,随着溪水冲到了下游。建武他们找到他时,他正揪着裸露在溪边的一根龙爪般的老树根,趴在水面上,双脚快速地拍打着溪水,像是在求救,但更像是在戏水。

建武不管三七二十一,大喊一声:"晋豪!"奋不顾身向他扑去。

在岸上的露丝和建芳速度比在水里的建武快。她们率先跑近晋豪，迫不及待地伸手就想拉他上岸，但晋豪并没有要上岸的意思。他看上去不但没有因为落水而受惊，反而非常开心的样子。

建武很快游了过来，将晋豪抱上岸，放在草地上，抹着脸上的水和汗，气喘吁吁地说："你可吓死我们了！"

"没摔伤吧？"露丝弯腰查看着晋豪的身体，心有余悸。

晋豪一边开心地傻笑着，一边得意地摇晃着脑袋。建武他们见状，才放下心来！

"轮椅呢？"露丝猛然醒悟道。

"晋豪的轮椅刚才被牛撞到溪里去了，"建武说，"我去把轮椅找回来！"说完，他跳起来就要去找轮椅，但被晋豪一把拉住了。建武回头看了晋豪一眼，问："你知道轮椅在哪吗？"

晋豪神秘地笑了笑，然后猛地站了起来，在建武他们面前走了一圈花式舞步，把建武他们惊得目瞪口呆。

"天哪！你能走路了？"露丝双手捂着胸口惊叫道。

建武呆呆地看着晋豪，久久没有反应过来。建芳则像是受到了惊吓，躲在露丝身后，紧紧地扯着露丝的衣服。

"用不着轮椅了？"稍微缓过神来后，建武痴痴地自言自语道。

"熙怀叔叔发现晋豪腿好了，别提会有多高兴了。"露丝说。

"我们等会儿给熙怀叔叔一个惊喜好不好？"建武看了看露丝，再看看晋豪，狡黠地笑道。

晋豪咬着下嘴唇，眼珠子来回转了两圈，也调皮地点了点头——然后，就出现了刚才那一幕。

陈熙怀把晋豪搂在怀里，看了又看，亲了又亲，眼泪滚滚而下。在场的人见此情景也都感动得暗暗拭泪。

"给你妈咪打电话，告诉她你的腿好了！"陈熙怀抹了一把眼泪，掏出手机，拨打刘琳的电话。电话响断了三次，对方才接。

"喂！"接通后，传出的是刘琳懒洋洋的声音，感觉像是刚睡醒。

"告诉你一个好消息。晋豪的腿好了,他能自己走路了!"陈熙怀对着电话激动地喊道。

"哦,那就好。"刘琳看似随口应道,仿佛是无动于衷,又仿佛还没反应过来。

刘琳的反应如同给了陈熙怀当头一盆冷水。他没想到刘琳对这个惊天大喜讯的反应竟然如此平淡,这跟她平时对晋豪的态度可谓天壤之别。陈熙怀当时心里就隐隐觉得有什么不对劲。他失落地把电话递给晋豪,说:"来,跟妈妈讲。"

晋豪小心翼翼地接过电话,对着电话拘谨地喊了一声:"妈咪。"

"乖,恭喜你康复了。你好好玩,注意安全。妈咪这里有些事要处理,回头妈咪再给你打电话。"说完,刘琳就把电话挂断了。

晋豪盯着嘟嘟响的电话看了一会儿,黯然地将电话递回陈熙怀。

在场的人见证了陈熙怀父子这难堪的一幕。卢桥仿佛知道了什么似的,狠狠地咬了咬牙。李国荣则率先打破尴尬,说:"看来,我们是双喜临门啊!"

建芳扯了扯父亲的衣服,问:"哪双喜呀?"

"我们新居乔迁是一喜,晋豪的腿好了又是一喜呀。"李国荣使劲地揉了揉建芳湿漉漉的头发,"你们赶紧换衣服去,记得把头发吹干啰。"

这时大家仿佛才突然发现孩子们都浑身湿透了。卢桥对着蔡虹霞说:"带女儿回去换洗一下吧。"

不等他们说,陈熙怀已抱着晋豪朝房间走去了。

换上了干衣服,没来得及与大家分享晋豪落水的惊险经历,建武就抱着一个足球,迫不及待地要带晋豪和露丝到镇上小学去踢足球。陈熙怀不放心晋豪,要陪着一块儿去,卢桥夫妇也要去看着露丝。李守忻推着老伴的轮椅说:"我们也去走走吧。"

建武他们来到学校时,已经有几个不认识的小男孩在场上玩球了。由于相互不认识,开始时,他们各自玩半场。但很快,对方就被建武他们崭新漂亮的足球吸引了过来,要和建武他们一块儿玩。小伙伴们于是分成了两队,打起了对垒。毕竟很长时间没有走路了,刚下场的时候,晋豪有些不适应,总是小心翼翼的,不敢使劲跑。但经过一轮尝试后,他渐渐就奔跑自如了。看到儿子康复如初,陈熙怀不禁喜从中来,热泪盈眶。一旁的卢桥把手搭在他肩膀上,安慰道:"晋豪的腿康复了,不用担心了。我觉得你当务之急就是要处理好与刘琳的关系,给晋豪一个像样的家。"

陈熙怀拍了拍卢桥的后背,默默地点了点头。

"有件事我不知道该讲不该讲?"卢桥侧过脸看着远处,神情凝重地说。

"我们之间还有什么不能讲的呢?"陈熙怀反问道。

"就是刘琳与林亨里那个'扑街'的事,我觉得他们两个的关系不太正常。"

陈熙怀没有说话,他使劲地眨了眨眼睛,抬头望着天空。其实,他何尝没感觉到刘琳和林亨里之间的不正常呢?就拿刚才通电话来说,刘琳的反应太让人意外了。他怀疑她当时就是与林亨里在一起。他这样包容,甘心做鸵鸟,目的就是希望有一天刘琳能够回心转意,与自己重归于好,和睦相处。他这么做,不仅仅是因为依然爱着刘琳,更因为对晋豪的责任,对晋豪的愧疚和爱。

"不会的,他们之前就认识了,林亨里又是我的旧属,他不会做对不住我的事的。他们之间只是普通朋友而已。"陈熙怀喘了一口气,替刘琳辩护道。

"既然你这么认为,我也就没什么可说的了。"卢桥拍了拍陈熙怀的手臂,随后又补充道:"如果那个'扑街'敢乱来,尽管告诉我,老子把他给刹了。"他能体会到陈熙怀此时此刻的心情和处境。

晋豪仿佛要把落下的路补偿回来似的,在场上越跑越快,球越踢越来劲,简直不知疲倦,夜幕降临了也不愿回去。最后,由于天实在是太黑了,几乎都看不清龙门了,在建武等众人的一再劝导下,他才依依不舍地跟着陈熙怀离开球场。

第二天是李国荣和田椿两家新居的入伙日,李国荣请来了专业的厨师团队,在新居大摆筵席,宴请亲朋好友。当日来了好多客人,鞭炮响了一整天,宴席从中午一直吃到晚上。

按照中国传统习惯,一般来说,晚餐才算是正餐。当晚,当地镇长、村主任、小学校长等都应邀前来参加晚宴。李国荣安排他们与李守忻、李妮、陈熙怀、卢桥等同一桌用餐。镇长是当地的头面人物,而李守忻和陈熙怀、卢桥则是深圳来的贵客,这两拨人在一起,可以说是相互陪席。

酒过三巡之后,镇长端起酒杯说:"国荣,来,我敬你一杯。你可是我们的乡贤呀!"

一旁的李守忻微微笑道:"哦?国荣居然成了乡贤呀!国荣,你为家乡做了什么贡献呀?居然有这样的头衔。"

李国荣笑道:"惭愧了,实在是没为家乡做什么。"

"谁说没有?你这不为大家做了致富的榜样吗?"镇长说。

"不能光自己致富,关键是要回报家乡呀。"李守忻半开玩笑地说。

"谨听老班长教诲!"李国荣一本正经地说,然后对镇长说,"镇长你有所不知,我们李总一直暗中帮困助学,资助了好多困难学生。"李守忻患病期间,李国荣从他的家人口中或多或少地了解到了一些有关李守忻的事。

李守忻摆摆手,示意李国荣不要讲。

"哦?那我得敬您一杯!"镇长举着杯站起来说,"向您致敬。"

李守忻摆摆手说:"这都是我应该做的,没什么了不起的。"

"行善本已难得,把行善当作本分就更加难能可贵。"校长也站起来说,"我也敬您一杯!"

李国荣见状,慌忙道:"李总身体不适宜喝酒,这杯酒我替他老人家喝了吧!"

李守忻一行在李国荣家乡游玩了整整一个星期,就在大家计划要回深圳的时候,田笑笑突然说要请大家去她家做客。陈熙怀一心急着回深圳,不太愿意去。李守忻却说:"难得笑笑这么盛情,怎好拒绝呢?"卢桥也表示赞同。于是,回深计划又延后了一天。

田笑笑这次是坐李国荣他们的顺风车带男朋友回来见家长的。李国荣新居入住当日,田笑笑一家也都过来帮忙,搬台摆桌子、端菜洗碗忙活了一整天。

田笑笑家在邻村,距离李国荣家有一段距离。田笑笑为大家准备的是午宴。饭前一个小时左右,两台乌黑亮丽的丰田商务车缓缓驶进了田笑笑村里,引来了不少人围观。路人纷纷猜测:这是哪家的客人呀,这么大排场。直到车子在田笑笑家门口戛然停住,邻居们才知道原来这是田笑笑家的客人,顿时对这一家人刮目相看。

田笑笑家的房子是旧式的泥砖瓦房,虽是旧房子,但非常通透,收拾得也干净。她是家里的老大,下面还有一个弟弟和一个妹妹,父母是朴实憨厚的农民。

吴德胜这几天一直住在田笑笑家,看来他和田笑笑的事已经敲定了。当李守忻一行来到时,吴德胜俨然一副主人的架势招呼大家。卢桥与吴德胜是同行,两人之前曾接触过,也算是老熟人了。见面后,两人默契地握了握手,卢桥轻声祝贺了一句:"恭喜!"

田笑笑端出一盘现炸的猫耳朵和油角给大家做茶点。喝过茶、吃过茶点,卢桥率先问道:"吴生,到时你们的喜宴是准备在香港摆呢,还是回来这里摆呀?"

"回来这里摆吧,我在香港没什么亲人,所以在那边就不打算大搞了,最多请几个老友喝杯酒就结了。"吴德胜说。

"什么时候办喜事呀?到时我们一起回来喝喜酒。"田椿抓着田笑笑的手臂晃了晃。

"你问我?先问问你和国荣哥吧!"田笑笑假装腼腆地推了推田椿。

"怎么又说到我身上来了?"田椿轻轻拍打了一下田笑笑,含情脉脉地瞟了李国荣一眼。

众人的目光不约而同地看向李国荣,李国荣假装没听见,低头拨弄着手机,气氛显得有些尴尬。

吴德胜虽然看上去大大咧咧,但心却不粗,他赶紧圆场道:"我们结婚摆酒的时候,肯定给你们派请柬,至于赏不赏脸那就看你们的啦。"说完哈哈地笑了起来。

田笑笑噘起嘴巴道:"我说过要跟你结婚吗?自作多情。"

吴德胜假装尴尬地摊开双手,无奈地耸了耸肩。

"人家国荣哥为了追求田椿,给她家盖了一栋楼。你呢,你拿什么来娶我呀?"田笑笑不依不饶地继续道。

"你们怎么老喜欢扯上我呢?这饭没法吃了,你们吃吧!我先回去,等你们吃饱了我再来接你们。"李国荣一脸憋屈地夺门而去,独自开车回家了,留下满屋子尴尬的人。

这回还是吴德胜出来圆场,他上前用身体撞了撞田笑笑的肩膀,嬉皮笑脸道:"哎呀!咱们不能跟你国荣哥比呀,他是上市公司老总,我一个司机而已。虽然都是'司',但此'司'不同彼'司'呀。"

田笑笑意识到刚才玩笑开过头了,气走了李国荣,心中非常懊悔,正不知如何是好,吴德胜却撞了上来,于是顺手扯住吴德胜的胡子,说:"谁稀罕你的房子!你不要欺负我就行了。"

二十六

一回到深圳,陈熙怀就带晋豪去了香港,迫不及待地想让刘琳见到康复后的儿子。然而,当他和儿子兴冲冲地来到岳母家时,刘琳却不在家。当时已经是晚上九点多钟了,陈熙怀问岳母,刘琳是什么时候出去的,什么时候回来,岳母都一问三不知。陈熙怀先用自己的手机给刘琳打电话,刘琳没有接,他于是尝试用丈母娘家的座机打,这次刘琳接了。

电话那头非常嘈杂,听得出是夜总会的声音。接通电话后,刘琳发现打电话的是陈熙怀时,先是怔了怔,随后简单地应答了几句:回来了?早点休息……我现在有事……今晚不回去了……回头再给你电话。居然只字未问晋豪,陈熙怀的心顿时凉了半截。

"刘琳经常不在家吗?"放下电话后,陈熙怀问岳母。

岳母支支吾吾避而不答。

陈熙怀从岳母的表情中已经猜到了答案,他一言不发,带着晋豪直接回了深圳。

虽然奔波了一整天,但陈熙怀整晚都没有睡意。他越来越意识到问题的严重性。以前,刘琳只是不在乎他,但现在她连自己的儿子都不在乎了。以前他们的关系尚有儿子作纽带,虽然貌合神离,也不至于全面瓦解,如今这条纽带已几乎不再起作用了。事已至此,陈熙怀也不再当鸵鸟自欺欺人了,他不得不承认在他们之间确实有第三者在插足。然而,陈熙怀并不甘心,他不愿意放手,自己当年辛辛苦苦追求得到的人,怎么能这么轻易就放手呢?他一定要,而且他相信一定能挽回刘琳的人和心——第二次创业的成功,不仅为他赢回了财富,更为他赢回了自信。

第二天,在电话联系刘琳未果之后,陈熙怀决定独自前往香港找刘琳当面把问题说清楚。他把晋豪带到卢桥家,交给蔡虹霞帮忙看着。卢桥知道陈熙怀此行的目的,担心他与人发生冲突,要陪他一同前往,但陈熙怀说没有这个必要。

陈熙怀来到岳母家时,刘琳仍没有回来。看得出岳母对自己女儿的所作所为并不认可,只是身为老人,她能做的并不多。已是日落西山的人了,她早已参透了生命的真谛,尘归尘、土归土的祈语无时无刻不在她耳边回荡。她这条生命的小溪,在经历了人生旅程的高潮后,已放下了所有,进入了平静的尾声,正心安理得地准备融入大海。一个人连自己都放下了,又会为谁执着呢?不过,她的传统价值观还是没有改变,她希望女儿能够秉承传统,安稳、幸福地生活,不希望她在外面瞎胡闹,而女儿现在的所作所为正是瞎胡闹。

看到陈熙怀心神不宁的样子,老人家心里也很不是滋味,尽可能地安慰了他几句。刘琳已好几天没回家了。她知道女儿跟谁在一起。好几次,女儿下楼之后,她偷偷往窗外瞧,看见了来接她的那个男人。虽然多年没见,但她还是认出了他。她不明白女儿为什么这么不争气,放着好好的家庭不要,丢开爱她的人,去追随一个曾经把她抛弃了的人。老人家不止一次提醒刘琳,希望她珍惜眼前人,珍惜现有的家庭,但刘琳并没有听进去——她心魔太重了。

陈熙怀没有在岳母家等来刘琳,又电话联系不上她,情急之下拨打了林亨里的电话。他认为,如果刘琳是跟别的男人在一起,这个人肯定就是林亨里。但打通林亨里的电话后,陈熙怀又不知从何说起。

接到陈熙怀的电话,林亨里也觉得很是意外,他们之间已经很久没有联系了。

"陈总怎么突然想起我呀?"电话那头林亨里打着哈哈道,听语气毫无胆怯之意。

看来刘琳没跟他在一起,最起码现在没跟他在一起,陈熙怀凭直觉这样认为,于是赶紧迎合道:"是呀,林总!现在生意做得怎么样呀?"

"您千万别叫我林总,我还是喜欢您叫我亨里。"林亨里一副谦卑的语气。

"今时不同往日了,你现在也是公司大老板了。"陈熙怀感慨道。

"我跟您比就是蚂蚁髀与骆驼髀呀!"林亨里依旧非常谦虚的样子,说,"对了,你家晋豪现在怎么样了?"

"他的腿已经完全康复,谢谢关心。"陈熙怀应付道,他心里牵挂着刘琳,无心跟对方闲扯。

"那就好,这样我就没那么愧疚了。"林亨里像是松了一口气。

"别这么说,跟你没关系。我现在有点事情,有空再联系!"陈熙怀匆匆挂断了电话。

结束与林亨里的通话后,陈熙怀陷入了沉思。他原以为刘琳是跟林亨里在一起,结果不是,这似乎让他松了一口气。既然他们没在一起,是否就意味着他所怀疑的所谓第三者纯属子虚乌有呢?也许刘琳真的是有什么事情在处理,而不是他所猜测的跟什么第三者在一起。这么一想,陈熙怀感觉宽慰了些许。不过,他没来得及松一口气,另一种担忧又袭上了他的心头——刘琳会不会是遇上了什么麻烦呢,要不怎么会不接电话呢?

"刘琳会不会是出什么事了,要不要报警?"陈熙怀担忧地看着岳母,问。

"没事的,你来之前她才打过电话回来,叫我不用担心。"岳母用巴掌抚了抚眼睛,一副疲累的样子说。虽然知道刘琳身在何处,但又不能对陈熙怀说,老人家感觉挺愧疚的。一个是女儿,一个是女婿,她夹在中间,真是做人两头难呀!

这边的陈熙怀因联系不上刘琳而焦急,而那边的刘琳此时却正在查理的安乐窝里享受着如蜜的二人世界。

自从晋豪跟他爸爸回内地后,刘琳感觉整个人都解脱了。如果说她对与陈熙怀分开,原来还因为晋豪而有所顾虑的话,晋豪的腿康复了之后,这种顾虑就完全消除了。一个身体健全的晋豪,无论跟谁在一起过，他们都有能力照顾好他。她觉得是时候为自己的下半生着想了，毕竟人生苦短。

"我要和陈熙怀把离婚手续办了。"躺在查理怀里的刘琳，拨弄着查理的胸毛说。

查理没有马上回应刘琳的话，他仿佛思考了一下，才装出担忧的样子说："如果他不肯离呢？"

"到法院起诉，他不能不同意。"刘琳停下手中的动作，凝望着窗外，一副坚定的表情。

"到法院起诉，万一牵扯到我怎么办？"查理顾虑道。

"反正我们都已经在一起了，你还害怕什么呢？"刘琳愕然地看着查理问，他的态度出乎她的意料。

"我个人肯定是不怕的，但我目前的事业不允许我曝光，这个你也是知道的。"查理轻轻撩了一下刘琳的发梢，解释道。

查理之前曾告诉过刘琳，他此次回香港是替国外某政府机构做事，所以行事要特别低调、谨慎。一开始，刘琳还半信半疑，但接触多了之后，她发现查理的行踪相当诡异，见的人也非常神秘，花钱大手大脚，平日不见他有什么收入，但从不缺钱。这一切都让刘琳渐渐相信，查理背后确实有很大的势力在支撑着他。

"那你想我怎么做嘛？"刘琳噘着嘴，显得很不开心的样子，"不离婚，我们总是这样偷偷摸摸也不是办法呀。"

"你姑且委屈忍耐一下，用不了多久，等我把任务完成了，我就带你去英国结婚。"查理说。

刘琳无可奈何地咂了一下嘴，正想说什么，她的电话又响了。不过，这次不是陈熙怀，而是林亨里打来的。

"又是这个无赖！"刘琳看了一眼来电显示，厌烦却又心虚地说。她不敢接听，但也不敢手动拒接，只能任由铃声自动挂断。

查理之前听刘琳说过林亨里的事，理解她为什么对林亨里的来电又怕又恨。

"你想个办法替我治治这个无赖吧。"刘琳晃着查理的身体撒娇道。

"我正是用人之际,所以,我倒觉得可以把他争取过来,为我所用。"查理说。他之前从刘琳这里多少知道些林亨里的情况。

"不会吧,这样的人你居然也要用?"刘琳张大嘴巴,惊诧地瞪着查理。

"反应不要这么大,"查理安抚刘琳道,"干大事者不拘小节嘛。"

"那你得告诉我,你要他帮你做什么,不然我不干。"刘琳噘着嘴巴道。

"他不是做进出口的吗?有些货可能要托他帮忙带进带出。"

"他怎么可能肯帮你带货?"

"你们中国人不是有句古话叫'有钱能使鬼推磨'吗?"

"喊!难道你不是中国人吗?"

"我现在是大英帝国的人。"

刘琳假装嫌弃地翻了一下白眼。

"不用这样,等我娶了你之后,你也是大英帝国的人了。"

"你什么时候娶我嘛?"

"我不是说了吗,等我把正事办完了,我们就一起去英国结婚呀。"

"会不会等到花儿也谢了?"

"顺利的话不会太久。"查理捏了一下刘琳的鼻子哄道,随后催促刘琳,"赶紧让我会会那个林亨里吧。"

"见面时,万一他对我有什么企图怎么办?你总不能眼睁睁看着他对我动手动脚或胡言乱语吧?再说了,如果他知道我和你的关系,他不仅不会帮你做事,而且可能还会坏你的事。"

"你只管安排我们见面,其他事你不用操心。"查理说。

虽然有些不情愿,刘琳还是安排了查理和林亨里见面。他们约在鲤鱼门一家海鲜餐厅吃饭。

已经很多天没见刘琳了,之前她连电话都不接,今天突然说要请他吃饭,林亨里既兴奋又好奇,心想,这个女人究竟要玩什么把戏呢?

林亨里来到约定的餐厅时,刘琳已经在那里喝着茶,等着他了。一见到刘琳,林亨里的欲火就上来了。不过,很快就被当头浇灭了,因为,他发现和刘琳一起的还有三个陌生男人:一个坐在她的左边,高大帅气、西装革履,这是查理;另外两个站在他们身后,粗壮结实,黑衣墨镜、头发粗短,像是打手,又像是保镖。

林亨里毕竟是做贼心虚,见到这架势,不由得倒吸了一口冷气,情不自禁地收住脚步,心想,她不会是找了黑社会来和我算账吧?

看到林亨里胆怯的样子,刘琳轻轻踢了踢查理的脚,忍着笑轻声说:"看,你带来的这两个兄弟把他给吓坏了。"

"赶紧招呼他过来呀,免得他跑了。"查理用手遮着嘴悄悄对刘琳说。

刘琳于是有气无力地向林亨里招了招手,示意他过去。

林亨里略做犹豫,硬着头皮,一边举手回应,一边左顾右盼地朝刘琳走去,并在刘琳右手边的位置坐下。

待林亨里坐定后,刘琳向他介绍道:"这是从国外回香港做生意的查理。"然后指着林亨里对查理道:"这就是林亨里。"

两人相互握过手、简单寒暄之后,林亨里一改以往的轻佻和油腔滑调,正襟危坐着,一言不发地注视着前方,像是被人用枪顶着后背似的。

查理看看刘琳,再看看林亨里,然后回头对身后的两名黑衣男挥了挥手。两名黑衣男向查理和刘琳鞠了个躬,离开了餐厅。林亨里这才松了一口气,主动问查理:"查理先生做的是哪行的生意呢?"

"什么都做,只要能挣钱。"查理优雅地微笑道。

"跟我一样,我也是只要有钱挣,什么都做。"林亨里附和道。

"看来我们的目标是一致的啰!"查理呵呵笑道。

"查理先生如果有挣钱的买卖一定要介绍给我做哟!"林亨里直截了当地说。

"今天让刘琳女士约你出来正是为了此事。"查理说。

"你们是怎么认识的,之前怎么没听刘琳提起过你?"林亨里忍不住问道。

"她现在是替我工作。"查理说。

"哦?"林亨里用怀疑的目光看了刘琳一眼。

刘琳翘起嘴角,点了点头。

晚饭后,林亨里看着那两个黑衣男护送刘琳和查理上了同一辆车,消失在电光般的车流中。很明显,在这轮较量中,他处于下风,眼睁睁看着刘琳跟别的男人走了。此情此景,不由得让他再度想起十多年前的那一幕。当时,他也是眼睁睁地看着刘琳跟着陈熙怀走了。唉,为什么受伤的总是他呢!林亨里先是无比失落,随即是懊恼与愤懑。不过,他今晚也并非没有收获,至少,查理和他达成了一个合作项目,而且,这个项目虽然有些风险,但好像还挺能来钱。

陈熙怀这次又白跑了一趟,没能见到刘琳。他失落地回到深圳,把晋豪接回了家——晋豪已经在卢桥家吃过晚饭。回到家后,陈熙怀让晋豪先去洗澡,自己煮了一袋方便面将就把晚餐解决了。他今天专程去香港,本来打算找刘琳好好谈谈,结果连刘琳的影子都没见着。刘琳近来电话不接,人也不肯露面,她心里究竟在想什么,无从得知,这让陈熙怀既纠结又不安。

陈熙怀半躺在沙发上,两眼呆呆地瞪着天花板,陷入苦闷的沉思之中。这时,晋豪已洗好澡,换上衣服,拿着一张画静静地来到陈熙怀身边,默不作声地把画展现在陈熙怀面前。陈熙怀眼前一亮,从沙发上坐了起来,将晋豪搂进怀里,握着他的小手,惊喜地问道:"这是你画的?"

"今天在露丝家玩的时候画的。"晋豪又腼腆又自豪。

"真漂亮!"陈熙怀轻轻抚摸着晋豪柔软的头发,夸道。

"爹地,我想学画画。"晋豪胆怯地提出了请求。

陈熙怀突然想起那天李妮说要教晋豪画画的事,忙不迭道:"太好啦,我跟李妮姐姐联系一下,请她教你画画好吗?"

晋豪点了点头。

"趁现在暑期学画画,暑期结束后,就回学校读书,好不好?"

晋豪又点了点头。

"我马上给李妮姐姐打电话。"陈熙怀兴奋地说。

李妮满口答应,表示晋豪随时可以去她画室学画画。

听说陈熙怀要送晋豪去跟李妮学画画,蔡虹霞也想让露丝一块儿去学,李国荣知道后,也说:"让我那两个'化骨龙'也一起去吧,免得他们在家里像猴子似的无所事事。"

陈熙怀起初还担心孩子多了李妮应付不来,没想到李妮非常爽快地答应道:"来吧,一起来,有同伴一起学,孩子们会更有兴趣。"

就这样,几个小伙伴每周两次,兴致勃勃地结伴到李妮位于深圳大芬村的工作室上课学习国画。

二十七

刘琳隐约感觉到,查理和林亨里合作的"项目"已经开始运作了。他们俩现在的联系不仅频密,而且神秘,即使像刘琳这么亲近的人,也都不知道他们究竟在做些什么事情。出于好奇,刘琳偶尔也会问查理,他和林亨里在做什么生意,但查理总是闪烁其词,顾左右而言他,反正就是不愿意透露他与林亨里之间的业务。不过,根据他们的诡秘行踪,刘琳能猜测出来,他们做的肯定不是合法正当之事。

林亨里现在是既和查理合作做生意，又和邱震摇他们合伙经营辰锡公司，业务繁忙得很，钱也挣得更多了。

由于接到太多投诉，村股份有限公司担心受到牵连，已和辰锡公司彻底脱钩，断绝了与辰锡公司任何名义上的关系。为了能继续开展进出口业务，在严主任的策划和疏通下，辰锡公司进行了改制。改制后的辰锡以独立的法人资格开展进出口业务，彻底摆脱了羁绊，加上有严主任这把保护伞，辰锡现在真成了一家职业走私公司了。

作为辰锡创始人和股东之一的邱震摇虽然也分得了不少走私所得，但所谓人心不足蛇吞象，这些钱对他来说，还是嫌少。他现在很多地方都需要用钱，他自己在老家建豪华庄园需要钱不说，陈闻洁虽然在公司也有利润分成，但还是整天吵着向他要钱，最要命的是魏向贱，那个无赖现在是彻底赖上他了，前段时间向他要了二十万元，说是要开足浴馆，结果足浴馆没开成，钱倒被他赌光了。现在，魏向贱是三天两头来向他伸手要生活费，简直是欲壑难填。

为了能挣更多的钱，邱震摇现在更是死死抱住严男这个"财神"，对他百般讨好。相对于邱震摇和林亨里，李少锡对严男虽然明面上不敢不恭，内心却越来越瞧不起他，甚至鄙视他——当然，这与严男夺走陈闻洁不无关系。

这天，严男又来到了公司，颐指气使，看见邱震摇和林亨里对他唯唯诺诺，李少锡突然觉得一阵反感，心里暗暗骂道："有什么了不起的？！不就是一个贪官、一个腐败分子嘛！"他当即就借口走开了。

李少锡下了楼，上了他的新车——他刚买了一台保时捷卡宴，打开汽车音响，放下座椅，闭着眼睛半躺着听起了音乐。保时捷的音响就是好，与其在上面听他们吵吵闹闹、吹牛皮，还不如下来独自听听音乐。他现在时常感到后悔，后悔当初不该跟着邱震摇他们干这些违法的勾当。像他这样什么都不缺的人，村里的分红，加上个人物业的出租，每年收入已不下百万元，何必还要这么冒险折腾呢？但后悔已经无济于事，他已上了贼船，身不由己了。他甚至已经意识到等待他的将会是什么了。李少锡不知不觉听了将近半张CD，直到邱震摇打电话催他上去商量业务，他才很不情愿地伸了个懒腰。然而，他推开车门的时候，一不留意撞上了一个从后面走过来的行人。被撞的这个人不是别人，而是李守忻的老伴李婶。

当时，李婶独自划着轮椅来公司给李守忻送汤药，正常行走着，没想到身边的车子会突然开门，她反应不及，咣当一声，膝盖正好也撞在了车门上，疼得她浑身发麻。

然而，李少锡下车后并没有理会痛苦呻吟的李婶，而是第一时间查看他的车子。当他发现车门被撞出了一道刮痕时，立即暴跳如雷，指着李婶骂道："老家伙，你走路不长眼睛呀！"

李婶本已痛得咬牙切齿，被李少锡这么一说，顿时来气。她指着对方怒斥道："我走到跟前，你突然打开车门撞伤了我，还要恶人先告状？少锡你什么时候变得这么无赖了？"

"活该，谁让你靠我的车这么近。"李少锡强词夺理道。

"这是公共人行道，你的车停在这里，挡住了路，怎么是我靠近你的车呢？"李婶一听，更加来气了。

辰锡和国熙就在路的两边，吵闹声惊动了双方的人。李守忻从窗户往外一看，见自己的老伴正与李少锡争吵，急忙跑了下来。

弄清了情况，知道老伴并没有受什么伤，而且责任不在老伴这边后，李守忻不满地看了李少锡一眼，推着老伴的轮椅正打算离开，李少锡却骂骂咧咧地说："下次记得长眼睛，老东西！"李守忻一听，顿时来了火，他猛地转身，闪电般冲到李少锡面前，以迅雷不及掩耳之势揪住李少锡的领口，对着他的脸横竖就是两巴掌，怒斥道："论辈分，她是你婶！姑且先不分对错，她受了伤，哪怕是路人也会扶一把，更何况是你造成她受伤的！道歉一句没有，还说这样的话,你有没有教养?今日我要替你死鬼老子教你怎么做人!"

李少锡被李守忻打得眼冒金星,整个人都蒙了。眼前这个老家伙,前阵子村里开股东大会时,任由他顶撞,都始终温顺得像头衰老的绵羊,今天怎么突然发这么大的火、这么冲动?李少锡被李守忻的怒火完全镇住了,他揉了揉通红的脸颊,气鼓鼓的,一句话都说不上来。

这时双方的人也都闻声赶到。

邱震摇堆着笑脸上前劝解道:"算了,算了,都是自己人,有什么好吵的。"他走到李守忻面前,又是点头又是哈腰:"李总,夫人伤得要紧吗?需要送医院吗?"

李守忻嫌弃地瞟了他一眼,推着老伴一言不发地拂袖而去。

正所谓"若想人不知,除非己莫为"。辰锡的违法走私行为早已引起海关缉私部门的注意。今天,情报科又收到一封关于辰锡公司走私的匿名举报信。

情报科郭科长拿着举报信来到王局长办公室,将举报信递给王局长,压着声音说:"牵扯到的人有些棘手。"

王局长夺过举报信,一脸不信邪地说道:"什么棘手的人和事咱们没有处理过呀?"

"矛头直指严主任。"郭科长凑近王局长的耳边细声说。

"有具体的证据和线索吗?"王局长使劲一甩,将信函舒展开,一边抽着烟,一边浏览起举报信里的内容。刚看了几行,他就下意识地挺直腰,拧紧眉头,而且越往下看,他的眉头就拧得越紧。

"如果情报属实,这就是一宗非常严重的案件。"他放下信函,深深地吸了一口烟,忧虑地说。

郭科长也神情凝重地点了点头,请示道:"下一步我们该如何处理?"

"之前你们不是已经根据相关举报对这个'辰锡'建立案宗了吗?"

"之前接获的只是举报这个厂有走私嫌疑，但没有提及这个'严'，当时已经按照您放长线钓大鱼的指示，对这个厂建立了追踪调查案宗。"

"证据收集得怎么样了？"

"基本掌握了相关证据，只要您一声令下我们就可以行动了。"

"暂缓行动。"王局长举起手掌说。

"您的意思？"

"既然举报信涉及这个'严'，不管是否属实，我们都要查个水落石出。如果举报内容属实，这回我们可要办个大案，逮个大老鼠了。"

"我们能给这个'严'上手段吗？"

"你们先从外围收集证据，只要形成证据链，我们就有理由申请给他上手段。"王局长在烟灰缸上弹了弹烟灰，补充道："一定要注意保密，以免走漏风声、打草惊蛇。"

"明白。"

就在海关缉私部门收到举报信的同时，纪委也收到了一封内容一模一样的举报信。不过，纪委的做法跟海关缉私局的做法就完全不一样了。他们收到举报信后，立马约谈了严男，向严男调查核实举报内容。

严男不仅断然否认举报信对他的相关指控，还在纪委的同志面前大发雷霆，破口大骂道："像我这样两袖清风的干部，你们居然也要怀疑，真是让人心寒！"

"我们不是怀疑你，只是核实一下情况而已。核实清楚之后，还你清白，这也是对你负责呀！"纪委的同志说。

"对我负责？传出去之后，说我被纪委调查了，我还有什么颜面见人？"

"拉拉袖子、提提醒，防微杜渐，有则改之，无则加勉，这也是我们纪委同志治病救人的方法嘛。"

"你们现在是什么意思嘛？觉得我存在举报信里所胡说的违法情况？"

"通常情况下，像这种匿名信，我们是可以不理会的，但本着对干部负责任的态度，我们来给您提个醒，核实一下情况，绝没有别的意思，请您放心。"

严男长长地松了一口气，随后拍着胸口说："本人两袖清风，此心可鉴，请党放心，请组织放心！"

不知怎的，纪委约谈严男的消息竟不胫而走，弄得谣言满天飞，越传越玄乎。本来，纪委只是例行约谈严男，但传出来的却是严男受到了纪委的调查，甚至有谣传说严男马上就要被撤职查办了。

虽说是谣传，但严男毕竟心中有鬼，听到这样的消息还是让他心里很不踏实。一天，开协调会的时候，他遇到了海关缉私局的王局长，于是主动上前跟王局长打招呼，试图从王局长那里探听点什么口风来。

"有些人，居心不良，捕风捉影，居然说我参与走私，这不是诬告陷害吗？王局长你说是不是？"严男摊着双手，一脸无辜的样子说。

王局长一看对方的表情，就知道他打的是什么鬼主意，本不想搭理他，但又怕引起他的怀疑，惊动他，于是就强装热情道："哈哈，没想到严主任也会躺枪？是不是哪里得罪人了，遭人诬陷报复呀？"

"鬼知道！"严男一副义愤填膺的样子，"我严某身正不怕影子斜，谁有胆量就站出来和我当面对质，不要耍这些下三滥手段，在背后放冷枪。"

"少安毋躁，少安毋躁！"王局长拍着严男的肩膀，看似安慰地说，"身正不怕影斜嘛！"

"就是。"严男使劲扯了扯身上的衣服，一副正气凛然的样子，然后，拍了拍王局长的肩，"有空聚聚，喝两杯。"

"你这就不够关心我了吧？我已戒酒多年了，这你都不知道？"王局长指着严男，假装责怪道。

"戒酒了，为什么？"严男一脸惊愕的样子。

"别提了，身体原因！"王局长无奈地摇了摇头，"不聊了，一大堆事等着我回去处理呢。"说完，转身匆匆离去。

"好，回头联系。"严男对着王局长的背影喊道。

王局长背朝严男，举起手摆了摆。

王局长那句"是不是哪里得罪人了"提示了严男，他也觉得肯定是有人在背后故意搞他。这人会是谁呢？严男思前想后，觉得很有可能是他的某个属下。因为，前段时间，他以整合资源为名，削减了多部门的人员，借机开掉、换掉了许多不听话、不好管理的员工，结果，无论是留下来的还是被他开掉的，都对他有很大意见。被他开掉的，没了饭碗，固然心生仇恨；留下来的，人手少了，工作量大大增加了，也怨声载道。这些人都有可能会在他背后下黑手。

"我倒要看看哪个胆敢在太岁头上动土！"严男心里狠狠骂道，决定回去让人事部的人去明察暗访一下，看看有没有出头鸟，揪几个出来，来个杀鸡儆猴。

人事部负责离退休的副部长进来了。副部长是位年轻漂亮、声音甜美的女同志，也姓严，叫严洁。她一进来，就熟练地把门反锁上了。

"严主任好！"严洁银铃般的声音喊道，把严男喊得毛孔洞开。

"哎哟，小洁，来来来，进来。"严男对着严洁招了招手，轻松愉快地喊道。

严洁快步走到严男身边，半个屁股坐在严男的桌子上。严男很自然地将手掌搭在了她露在短裙外的大腿上。

"找我什么事呀？"严男一边搓着严洁雪白的大腿，一边笑嘻嘻地问道。

"我这里收到两份员工的病退申请书,拿过来请您阅示。"严洁边说边打开文件夹。

"病退?这些人净想白领白吃,一点奉献精神都没有!"严男骂道,下意识地掐了一下严洁的大腿,严洁被掐得尖叫了一声。

"讨厌!"严洁使劲地拍打了一下严男的肩膀,娇嗔道。

严洁从文件夹里取出一张A4纸打印的文稿递给严男,说:"这是王胜的病退报告。"

"他为什么要病退,他有什么病?"严男瞟了一眼严洁手中的报告,一脸嫌弃的表情。

"他患有严重的抑郁症,这是医院给他出具的诊断证明。"

"这种证明只要花点钱,哪里弄不到?"严男不以为意道,"况且抑郁症又不是什么绝症,不能作为病退的理由。"

"那就不批准了?"严洁征询道。

"不批准。"严男断然道,把手伸进了严洁的裙内。

严洁假装生气地掐了一下严男的脸颊,然后取出另外一份申请书,说:"这是另外一个病退申请。"

"这个又是什么理由呀?"严男心不在焉地说。

"据说是严重肺炎,他把医院的诊断证明放在你桌子左下角的抽屉里了。"严洁像是痛苦又像是享受似的呻吟了一声,说。

严男腾出一只手打开抽屉,发现里面有一个塑料袋,袋子里有一块砖头状的硬邦邦的东西。他用手掂量了一下,感觉厚度还可以,于是说:"嗯,肺炎确实是很严重的病,关键是他会传染,绝不能让他留在我们的队伍里,以免把我们都传染上肺炎。要是那样的话,到时单位买纸巾都需要不少钱。赶紧让他滚蛋!"说完,拿起笔在申请书上批示道:"请人事部按规定办理。"然后将笔一扔,把严洁揽进了怀里,说:"老实交代,你跟这个'肺炎'是什么关系?"

严洁咯咯地笑着,用手指点了点严男的鼻尖,道:"我只跟这个'严'有关系,跟那个'炎'没关系。"

"哼,有没有跟他那个?"严男明显不相信,做了一个啪啪的动作,逼问道。

二十八

李妮也在教晋豪他们绘画的同时感受到了乐趣,受到了启发,她干脆一不做二不休,扩大对外招生,办起了国画学习培训班。

李妮的工作室在大芬油画村一栋三层半的小洋楼里,这是早期李守忻在自家宅基地上建造的一栋住宅,现在由李妮单独使用。洋楼的首层是李妮作品的展示厅,二层原本是创作室,现在改成了创作与教学一体的工作间。李妮一共招收了二十名九到十三岁的学生,教他们国画。她发现,晋豪具有非凡的绘画天赋,特别是在造型能力和色彩搭配方面都远超其他同学。无论是课堂练习还是家庭作业,晋豪的作品都是最优秀的,构思最出人意料,经常被李妮当作范例拿来讲解。

晋豪天生腼腆内向,读书成绩也不理想,从来就没有在班上被表扬过,现在突然成了绘画班上的优秀生,成了同学们关注和羡慕的对象,他很不习惯,每次受到表扬都害羞得脸红耳赤、低头不语。

一天,回到家后,晋豪默默地把一幅作品递给陈熙怀看。陈熙怀接过画,仔细地端详了许久。之前他已从李妮那里得知晋豪很有绘画天赋,虽然他不懂国画,看不出眼下晋豪这幅画的好坏,却装出很惊讶的表情,拍着晋豪的肩膀连声赞道:"这幅画画得真棒,太棒了!"

"今天李老师又在班上表扬我了。"晋豪腼腆地说。

"这是好事呀,说明你画得好呀!"陈熙怀抚摸着晋豪的脑勺说。

"我不喜欢老是被表扬。"晋豪挠着腮帮子，噘着嘴说。

"为什么呢？"陈熙怀奇怪地问道。

"因为同学们很烦人，他们会过来围着我的画看，还会问我是怎么画的。"晋豪满脸不悦的样子说。

陈熙怀摸了摸晋豪的脑勺，微微笑了笑，问："那么，你告诉他们你是怎么画的了吗？"

"人太多，我都告诉不过来，而且，这很简单呀，他们怎么就不懂呢？"晋豪很不理解的样子说。

"因为他们没有我们晋豪聪明呀！"陈熙怀对着晋豪晃了晃大拇指，表扬道。

"真是没眼看。"晋豪仰头翻了一下白眼，一脸无奈地说，然后张开双臂，学着老鹰飞翔的样子，走着S形回自己的房间去。

陈熙怀给李妮打了个电话，跟她交流了一下晋豪的情况，特别提到了晋豪今天回家后的表现。

"这是好事。"李妮说，"虽然他表面装作不在意，其实内心挺自豪、挺享受的，我们就这样慢慢地让他产生自信。自信心建立了，他就会变得更开放、更大胆，到时，他自然就会融入社会了。"

"您说得太对了，"陈熙怀激动地说，"非常感谢您帮了我们。"

李妮说："其实，在教他们的时候，我也从中领会到了很多东西，所以，只能说我们是相互促进、相互完善。"

"您太谦虚了。"

"不是谦虚，是心里话。"李妮诚恳地说，"这批学生中有几个好苗子，包括晋豪，如果他们能坚持下去，日后在国画艺术方面肯定会有所建树。所以，我打算等他们的技艺再成熟一些，在市美术馆给他们办一期作品展览，以此来增强他们对学习中国画的兴趣，鼓励他们学下去。"

"您真是个有心人。"陈熙怀由衷赞叹道。

"把这门国粹发扬光大,也是我们这些从艺者的职责呀。"李妮半开玩笑半认真地说。

由于刘琳现在"忙"得已无暇顾及晋豪,晋豪整个暑期都在深圳度过。除了正式授课外,晋豪和建武他们平时只要没有其他安排,都会到李妮的工作室来,要么自己画画,要么在一旁观看李妮画。画画之余,建武几乎每天下午都会带晋豪到他就读的学校球场踢球。这个暑假晋豪过得比以往任何一个假期都充实。一个暑假下来,晋豪的性格和体格都有了很大的改观,变得开朗了,在陌生人面前也不那么拘谨了,甚至敢大胆说话了——虽然说得不是很流畅,而且依然会脸红,但比起以前见人就低头不语强多了。在外表方面,现在的晋豪皮肤黝黑了些许,看上去强壮、结实了许多。

假期结束后,晋豪回到学校时,老师和同学们几乎都认不出他了。他们不相信眼前这个黝黑结实的少年就是以前那个病恹恹的陈刘晋豪同学。

开学后,晋豪还是像以前那样,周一至周五住在香港外婆家,周六、周日才回深圳。他心里对刘琳还是依恋的,还是希望能多与母亲相处。

外婆已将近两个月没见晋豪了,当晋豪再次出现在她面前时,老人家也被晋豪的变化吓了一跳。她扶着晋豪的肩膀,把他从上到下,再从下到上来回打量了数遍,一边打量,一边啧啧地赞不绝口:"我的晋豪长大、长结实了。"说着,把晋豪紧紧搂在怀里。

"外婆,妈咪什么时候回来?"晋豪把脸埋在外婆怀里,柔声问道。

"你妈咪?哦,我们马上就给她打电话,叫她赶紧回来看看我们晋豪现在有多靓仔!"外婆牵着晋豪的手来到电话机旁边,拨通了刘琳的电话。

"晋豪已经过来了,他想你,你什么时候回家呀?"外婆对着电话说,之前她已经电话告诉刘琳晋豪开学的事了。

"太好了!"那头刘琳兴奋地说,"你把电话给晋豪,我要和他说说话。"

晋豪接过外婆递来的话筒,瑟瑟地说:"妈咪,我想你。"

"乖儿子,妈咪也好想你。"刘琳说,感觉像是在哭泣。

"你赶紧回来嘛。"晋豪也几乎要哭了。

"妈咪今晚有些事没处理完,走不开。明天,明天放学我去学校接你。"刘琳使劲缩了缩鼻子说。

晋豪两眼通红,无奈地应了一声"哦",抬头望着外婆,可怜巴巴地说:"妈咪今晚忙,不回来。"

外婆吧嗒了一下嘴巴,说:"那我们就自己煮饭吃,不理她了。"说完就一边摇头一边进了厨房。其实,她知道刘琳根本就不是在忙什么正事,她是跟那个男人在一起鬼混。她很不理解,女儿居然可以为了那个抛弃过她的男人连自己的儿子都不顾。

外婆猜测得一点都没错。刘琳此时确实没忙什么正事,而是陪着查理在西贡享受海风、沙滩和法式西餐。

"家里人?"待刘琳放下电话后,查理优雅地问。

"我妈咪和我儿子。"刘琳耸了耸肩膀说。看得出,此时的她还是因为对家人撒了谎而心怀愧疚。

"别想那么多了,到时带他们一起移民英国。"查理安慰道。

"我觉得还是尽早跟陈熙怀把事情挑明了,跟他把离婚手续办了。现在这个状态,跟你名不正言不顺的,感觉很难面对我的儿子。"刘琳一脸痛苦的样子。

"你觉得陈熙怀会同意离婚吗?"

"不知道,试试吧。总不能这样无限期地拖下去呀。"

"我还是那个意思,先不要把事情闹大了。"

"嗯,我知道怎么做的啦。"刘琳嘴上这么说,心里还是有些嘀咕:你究竟是怕事情闹大,还是根本就不是真心想和我在一起?

204

"下次带你儿子一起出来吃饭,先让他认识一下我这个'继父'呗。"查理似乎看透了刘琳的心事,半开玩笑地给刘琳吃定心丸。

刘琳苦笑了一下,叹道:"这孩子内向,见了你怕他会想歪了。"

"见面是早晚的事,可以先试探一下,让他慢慢习惯。"查理清了清嗓子,一副认真的样子。

刘琳若有所思地点了点头。

第二天,刘琳比放学时间提前了一刻钟来到学校接晋豪。放学铃响过后,孩子们陆续走出教室,成群结队地涌向校门。刘琳和其他家长站在校门外,等着各自的孩子。也许是因为知道妈咪今天要来接他,晋豪一路小跑着出来。

母子俩相隔老远就已相互看见了。刘琳兴奋地向晋豪挥动着手臂,晋豪则忽然放慢脚步,拖着步子别扭地一步一步向刘琳走来。

来到刘琳跟前,晋豪歪着脑袋静静地看着妈咪。刘琳半蹲下来,一只手抓着晋豪的手臂,另一只手从晋豪的耳垂一直抚摸到他的腰背,两人的脸颊都微微地颤抖着。

"长高了,结实了。"刘琳激动地说,眼泪忍不住涌了出来。

晋豪伸出右手,默默地替妈妈擦拭了一下眼泪。刘琳趁机一把抓住他的手,把他的小手掌紧紧地贴在自己的脸颊上……

晚上,刘琳单独把晋豪带到海边的一家餐厅用餐——这是刘琳之前跟晋豪约定好的。在等候上菜期间,晋豪从书包拿出一个牛皮信封递给刘琳。

"什么来的?"刘琳接过信封,欣喜地问道。

晋豪神秘地笑了笑,没有回答。

刘琳也笑了笑,快速而期待地打开信封,掏出一张叠得整整齐齐的纸,展开一看,原来是一张水墨画。

"这画的是什么?"刘琳把画转了个方向,调整好角度,问。

"兰花。"晋豪柔声道。

205

"哇，真漂亮。"刘琳夸道，"这是你画的？"

晋豪腼腆地点了点头。

"太棒了，我的晋豪成画家啦！"刘琳挠了挠晋豪的额头，兴奋地说。

刘琳也明显感觉到了晋豪的变化，尤其是他的腿终于恢复了，让她深为欣慰。当初她还担心晋豪会落下终身残疾呢！要是那样的话，她就真的会悔恨终生了。

母子俩相处的气氛一直非常融洽，直到查理突然出现。就在晚餐开始不久，查理进来了，手里抱着一束玫瑰。

一见到查理，刘琳赶紧起来让座，并向晋豪介绍道："宝贝，这是妈咪的大学同学查理，查理叔叔刚从英国回来。"

查理把手中的玫瑰花递给刘琳，然后面带微笑地向晋豪伸出手，彬彬有礼地招呼道："晋豪你好！"

但晋豪并没有和查理握手，而是警惕且嫌弃地白了对方一眼，左手的餐叉机械地在餐碟上来回划动，发出刺耳的刮划声。

"晋豪……"刘琳轻轻地提醒晋豪道。

"没关系。"查理一边落座，一边微笑着伸手要去抚摸晋豪的脑勺，却被晋豪扭头躲开了。

查理出现之后，晋豪就再没说一句话了，气氛像是凝固了似的，非常尴尬。刘琳本来准备了好多话要跟晋豪讲，还想告诉晋豪她要跟陈熙怀离婚的打算，以便试探一下他的反应。但话还没有说出来，气氛就已经这么紧张了，刘琳担心万一说了之后，晋豪心里会承受不了，直到晚餐结束她都没有勇气提她与陈熙怀之间的事。这顿母子久别重逢的晚餐因为查理的出现最后不欢而散。

查理开车要送刘琳和晋豪回家，但晋豪无论如何都不肯上查理的车，无奈之下，刘琳只好跟他打的士回去。

上车后，晋豪的脸一直侧向车窗外，一路闷闷不乐、一声不吭。刘琳一连喊了他数声，他都没有理睬。

"我不喜欢今天晚上这个人。"路上,晋豪突然说,眼睛依然倔强地看着车窗外。

"为什么呢,他是妈咪的好朋友呀!"刘琳扶着晋豪的肩膀说。听见晋豪说话,刘琳既高兴又忧心。高兴的是,晋豪终于肯开口说话了,忧心的是,正如她之前所担心的,晋豪并不喜欢她的心上人,这有可能给他们的关系带来麻烦。"告诉妈咪,查理叔叔有什么不好,你为什么不喜欢他?"刘琳扶着晋豪的后背问道,但直到回到外婆家,晋豪都没有应答她的话。

本以为晋豪今天见到妈咪一定会很开心,但一进门,外婆却感觉到晋豪的脸上蒙着一层冰霜,刘琳也像是个泄了气的皮球,没精打采。

趁晋豪去洗澡的时候,外婆把刘琳拉到一边,问:"早上出门时还挺高兴的,怎么晚上回来就闷闷不乐了?"

刘琳叹了口气,无言地摇了摇头。

"晋豪好不容易刚有所好转,你还是尽量多陪陪他吧。"母亲无力地说了一句,然后弓着背、摇着头回房间去了。

刘琳瘫坐在沙发上,望着天花板,一副凄凉的样子。晋豪确实是她心头难以割舍的一块肉。如果他是一个健健康康、正常的孩子,问题可能就简单多了。离婚后无论是跟她或跟他爸爸,都不用操心。偏偏他是这么一个孤僻的孩子。她真担心,如果她和陈熙怀离婚,这个孩子会有什么反应。

刘琳替晋豪收拾了一下衣物,待他洗好澡后,她也简单地洗了个澡。今晚,她打算在家好好陪陪自己的儿子。

刘琳洗澡出来时,晋豪正趴在床上看书。

"看什么书呀?"刘琳用浴巾搓着头发,在晋豪身边坐下,问道。

晋豪默不作声地把书的封面翻给刘琳看。

"《如何画好兰花》,"刘琳念了一下书名,赞道,"真棒!你今天给我看的那幅兰花画得真好!是你自学的吗?"

"是李妮老师教我的。"晋豪翻转身来,面对着刘琳,"李妮老师画得那才叫好呢!"一说起画画,晋豪的情绪就上来了,人也骤然开心了起来,跟刘琳有问有答。

看见他们母子俩亲昵的样子,外婆一直悬着的心终于放下了。她披着一件外套,坐在床尾处,静静地看着他们有说有笑的样子,脸上浮现出欣慰的笑容。

就在母子俩开开心心的时候,刘琳的电话突然响起。

"这么晚谁还打电话来?"刘琳自言自语道。其实,她能猜到是谁打来的。她拿起电话,瞟了一眼来电显示,果然是他。她挠了挠晋豪的脑袋,拿着电话匆忙走出房间。

"晚上过来陪我睡吧。"电话里对方哀求道。

"事先不是说好了,今晚我要陪儿子吗?"刘琳说。

"求你了,没有你我睡不着。"

"你克服一下吧,这个时候出去我没法向我儿子解释呀。"

"你们母子面也见了,也陪他吃了饭了,他这么大的人就不用你陪他睡觉啦,出来陪我睡吧。"

"你一个大人都说要陪,他一个小孩怎么反倒就不需要陪了呢?"刘琳不由得笑道。

"他对你没有需要了,但我有呀。"

"今晚无论如何都不行。"刘琳狠了心。

"没有你我真的受不了,求你了。"对方继续哀求道。

"一晚都不行吗?"在对方软磨硬泡下,刘琳的语气明显没那么坚决了——被需要是一种荣幸。

"就是不行嘛,难道你还不知道吗?"

"那好吧,见了你我就回来。今晚我无论如何都要陪我儿子睡。"刘琳看了看晋豪的房间,有点无奈地说。

"再说吧,赶紧过来,我快受不了了。"对方催促道。

208

刘琳挂断了电话，咂了一下嘴巴，心想，该如何对晋豪说呢？她挠了挠脑壳，硬着头皮进了房间。晋豪还在看那本国画教材。她在晋豪身边坐下，迟疑了一会儿，最终还是开口道："宝贝，妈妈漏了些东西在外面，现在出去取一下，一会儿就回来，好吗？"

晋豪像是没听见似的，一言不发地紧盯着书本。刘琳知道他不乐意，心里忍不住一阵愧疚，差点儿就要放弃外出的念头了。不过，在经历了短暂的思想斗争后，她还是站了起来，说："妈咪一会儿就回来，你要是困了就先睡。"说完，匆匆换了衣服，拎起手袋，跟母亲交代了几句，就出门了。

刘琳来到时，查理已经在寓所严阵以待了。刚一进门，刘琳就被对方直接抱到了床上。

晋豪等到很晚都不见妈咪回来，最后实在太困了，不知不觉就睡着了。第二天，晋豪一觉醒来，依然不见妈咪，心情陡然蒙上了一层阴霾。

接下来的几天，刘琳都没有回来，晋豪也没有在外婆面前提起过刘琳，一切都显得很平静。其间，刘琳几乎每天都会打电话回来询问晋豪的情况，但晋豪要么不接电话，要么接了却什么话都不说。

周五放学后，晋豪跟露丝一道回了深圳，周末如常参加李妮的国画班，但大家明显感觉到他又像以前那样沉默寡言了。

二十九

周一傍晚，正在公司开会的陈熙怀突然接到岳母打来的电话，问晋豪是不是回深圳了。

"没有啊。不是说好了周一至周五他都去你那里吗？"陈熙怀感觉出了问题,不由得紧张了起来,问道。

"是呀,平时早该到家了,怎么今天这么晚了还没见人呢?"岳母异常焦急。

"会不会跟同学去玩了,所以耽误了回家的时间呢?"陈熙怀说,想了想,又说,"你稍等,我打电话问问其他人。"

陈熙怀给蔡虹霞打了电话,问她女儿露丝回来了没有,有没有见着晋豪。露丝早已回家,而且下午一直没有见着晋豪。知道这一情况后,陈熙怀骤然紧张了起来。他又给岳母打了电话,让她问问刘琳,儿子有没有去找她。岳母答复说已经打电话问过刘琳了,晋豪并没有去找她,也没给她打过电话,刘琳正焦急地四处寻找。

陈熙怀想,晋豪会不会在海关遇上什么事情了呢?于是托人查询了晋豪当天的进出境记录。

经边检查询,晋豪今天只有早上的出境记录,没有入境记录,也就是说晋豪今天去香港后就没有回来。事实已经很清楚了——晋豪人仍在香港。

"我回去香港看看。"陈熙怀向李守忻和李国荣简单交代了一句,驱车直奔香港。

当陈熙怀来到岳母家时,刘琳已经哭丧着脸在那儿等着了。不过,令陈熙怀感到愕然的是,那个多年不见的老情敌查理——黎英达居然也在场!陈熙怀一直很想知道,究竟是什么人能让刘琳连儿子都不顾,见到黎英达后,陈熙怀才终于恍然大悟,原来是这个货!

那句话说的没错——只要你不尴尬,尴尬的就是别人!就在陈熙怀惊愕之际,查理居然主动向他伸出了手,彬彬有礼道:"陈先生,很久不见了!"

查理的问候将陈熙怀从愕然中惊醒,他并没有与对方握手,也没有应答对方,直接问刘琳:"报警了没有?"

"晋豪只是比平时稍微晚一点回家,还没有到报警的程度,估计他多半是到别处玩去了。我们一起去找找,应该很快就能把他找回来的。"一旁的查理替刘琳回答道。

"晋豪是我和刘琳的儿子,我在问我老婆,你瞎咋呼什么!这里什么时候轮到你说话呀?"陈熙怀终于忍无可忍,瞪着查理,咬牙切齿地说。

"现在是找人,不是吵架!"刘琳不满地瞟了陈熙怀一眼说。

"是呀,先想办法找人吧。"一旁的岳母也怕他们吵起来,赶紧圆场。

"没回家,他会去哪里呢?"陈熙怀抓着下巴,自言自语道,"上周在你这边的时候,他有没有去过什么地方,或者说过想去什么地方?"他问岳母。

"没有!"岳母摇了摇头,刘琳却好像突然想起了什么,若有所思地说:"上周我带他去一个餐厅吃过饭,不知道他会不会去了那里呢?"刘琳之所以这么想,是有她的道理的。她这段时间都没有回家,晋豪完全有可能去她带他去过的地方找她。

"是哪家餐厅?赶紧带路!"陈熙怀听罢,立马跳将起来,没等刘琳反应过来,就噔噔噔率先朝门外走去。

当陈熙怀载着刘琳和查理来到那家餐厅时,果然看见晋豪呆呆地坐在靠窗的卡座位置上。让刘琳吃惊的是,那正是他们上次一起用餐的位子。

晋豪身旁站着一名警察和一名餐厅工作人员,他们看似在询问晋豪什么问题。陈熙怀一看这情形,就猜到是什么情况了,赶紧上前对着那名警察鞠躬解释道:"不好意思,我们来晚了。"

警察核实了陈熙怀和刘琳的身份后,教育了他们几句就离开了。

据餐厅经理介绍,晋豪进来后就径直走到这张桌子旁坐下,服务员问他几位就餐,他也不答话,拿起菜牌一言不发地点了三份套餐。餐厅服务员一开始以为小孩的父母随后就到,因此没太在意,但后来发现小孩的家长迟迟没有出现,于是就报了警。警察刚来没多久,陈熙怀和刘琳就到了。

桌面上有三份餐,摆在晋豪面前那份已被吃过,但另外两份却一动没动。

看到父母进来,晋豪的脸上掠过一丝不易觉察的得意,仿佛这一切都在他的意料之中。

陈熙怀上前摸了摸晋豪的脑勺,在他身边坐下。刘琳看了看查理,查理知趣地说:"我在外面等你们。"

"要不你先回去吧。"刘琳对查理说。

查理迟疑了一会儿,应道:"哦。"

查理出去后,刘琳在晋豪对面的位子坐下。

"这是给爸爸妈妈点的餐?"陈熙怀手搭在晋豪的后颈上,问。

晋豪默默地点了点头。

"嗯,晋豪真懂事!"陈熙怀夸道,拿起刀叉就吃了起来,边吃边赞不绝口:"晋豪点的餐真好吃!"

刘琳也拿起摆放在她面前的刀叉,小心翼翼地吃了起来。

看着父母吃自己给他们点的餐,晋豪阴郁的脸渐渐地舒展开来。他一会儿看看爹地,一会儿看看妈咪,脸上露出难得的惬意。不过,这餐饭除了晋豪一个人有成就感之外,陈熙怀和刘琳心里都感到非常压抑和难受,虽然陈熙怀脸上一直挂着强装的微笑。

吃完饭走出餐厅,晋豪右手牵着陈熙怀,左手牵着刘琳,夹在两人之间,边走边兴奋地甩着双臂。

看到女儿一家人齐齐整整地回来,刘琳的母亲既意外,又激动。她含着眼泪,上前使劲地亲了亲晋豪的额头,然后拍了拍他的小屁屁,笑道:"赶紧洗澡去。"

"我们下去走走吧。"趁晋豪去洗澡,陈熙怀对刘琳说。

刘琳也想跟陈熙怀好好单独谈谈,于是默默地跟着他到了楼下。

　　他们来到一棵大树下。这是一棵上了年头的老树，四周围了一圈及膝高的木栅栏，栅栏内立着渔农处的一块牌子，提示这是一棵受保护树木，警示大家不要翻越。栅栏外有几条石板凳，供居民夏日乘凉、闲坐。当年拍拖时，陈熙怀送刘琳回家，每当觉得意犹未尽，且时间允许时，他们就会在其中一条石凳坐下来，延续绵绵的情意。

　　陈熙怀站在石凳前，瞟了刘琳一眼，问："坐吗？"

　　"站一会儿吧。"刘琳淡淡地应道。

　　陈熙怀仰起头看着头顶茂密的枝叶，思想经历了短暂的斗争后，终于开口问道："他什么时候回来的？"

　　"谁？哦，他呀，回来一段时间了。"刘琳闪烁其词。

　　"你打算怎么办？"

　　刘琳轻轻地叹了一口气，无奈且痛苦的样子说："我和你之间已经不爱了，难道你感觉不出来吗？"

　　"晋豪需要你。"

　　"我原来一直下不了决心，是因为放不下晋豪，但后来我才发现，原来晋豪跟着你比跟着我更好，更有利于他成长。"

　　"不，让晋豪改变的不是我，是那里的环境和人。通过今天的事情，难道你还看不出来吗？在晋豪心里，他需要的是我们这个家。"

　　"你觉得我们俩委曲求全下去有意义吗？"

　　"为了晋豪，我觉得有意义。而且，我也不想失去你。"

　　"不要自欺欺人了，我已经不爱你了，求你不要为难我了，好吗？"

　　"那晋豪呢？你如何向晋豪交代？"

　　"晋豪现在还小，不懂事，等他长大后他会明白和体谅我的。"

　　"你要我怎么做才肯留下来？你说，我一定做到。"

"你怎么还像小孩子一样呢？爱情讲的是感觉，感觉！难道你真不懂吗？我对你已经没有感觉了。这种感觉消失后就再也回不来了，永远都回不来了！"刘琳痛苦地摊着双手说。

陈熙怀喘着粗气，呆呆地仰望着远处的天空，久久没回过神来。

"时间不早了，你该回深圳了，晚了口岸就关闸了。"刘琳提醒道。

陈熙怀晃了晃脑袋，尽量让自己的头脑保持清醒，然后说："无论如何，我是不会让你离开的。"

陈熙怀和刘琳回到岳母家，晋豪已经洗好了澡，但还没睡，趴在床上看书。陈熙怀上前抚了抚晋豪的背，说："爹地现在要赶回深圳了，你要听外婆和妈咪的话，有事就给爸爸打电话，好不好？"

晋豪木然地点了点头，晋豪的外婆却劝道："这么晚了，就在这里将就睡一晚吧！"

"不了，公司明天一早还有事要处理，"陈熙怀说，"晋豪在这给你添麻烦了。"

"哪里话，他是我外孙！"岳母甩甩手说。

陈熙怀走后，刘琳顿觉轻松了许多，就连空气都好像一下子变得如海风般清新了。不过，她同时又突然感到被一层空虚和寂寞所笼罩，心里痒痒地想起了查理，却又不想主动给他打电话。她坐在晋豪身旁，眼睛看着晋豪读书，心却早已飞到了查理身边。今晚跟陈熙怀把事情挑明了，虽然陈熙怀不愿意离婚，但她还是感觉迈出了人生的一大步，有一种解脱了、自由了的感觉。她多么渴望能与心上人查理分享此时此刻的心情啊！但那个平日对她糖黏豆般的人，却偏偏在她最需要的时候不在她身边。

最后，刘琳实在是憋不住了，今晚不听听查理的声音，她无论如何是无法安寝的了。晋豪睡下后，她走出房间，轻轻带上房门，拨打了查理的电话。非常罕见，查理居然没有接她的电话。刘琳一连拨打了好几次,对方都始终没有接。如果说打电话前刘琳只是平静、美好地想念对方,现在则不由自主地焦躁了起来。他为什么不接电话?生气了?抑或跟别的异性在一起?

刘琳甚至萌生了打车去查理的寓所一探究竟的念头。但就在这个时候,母亲从房间探出了头来,严肃而不满地轻声斥道:"今晚你就不要到处跑了,在家好好陪陪你儿子吧!"

母亲用这样的语气与她说话,是非常罕见的,因而也非常具有震慑力!所以,当晚即使心如油煎,刘琳最终还是没敢跨出家门。

查理始终没有向刘琳解释那晚为什么没有接听她的电话。当刘琳向他描述了当晚她向陈熙怀摊牌的情形时,他依然非常严肃地告诫刘琳,鉴于他在香港的事情尚未完成,目前不要把陈熙怀逼得太急,免得他采取过激行为,影响他的事业。

"你跟林亨里那边合作的事情进行得怎么样了?"听了查理如出一辙的忠告后,刘琳意兴索然,随口问道。

"进行得很好呀。"查理漫不经心地应道。

刘琳本想往下追问他们究竟在做什么生意,但一看查理那一脸不愿意讲的样子,也只好打住了。不过,查理越不想说,刘琳就越是好奇,心想,你不说,我改天问林亨里,他肯定会说。

自从上次查理带了两个黑衣人一起在餐厅约见了林亨里后,林亨里就像是受到了威吓或警告似的,再也没有打电话来骚扰她了。说起来也怪,以前总想回避他,但太长时间没有他的消息,刘琳心里反而有些想念他了。其实,在刘琳眼里,林亨里也并非一无是处,他那张嘴就很会逗人开心,打情骂俏的话也总让她心情舒畅。

老天爷似乎挺体恤刘琳,正当她在念叨着林亨里的时候,果真就给了她一个机会。查理突然被总公司召回英国开会去了,查理早上刚走,下午林亨里就给她打来了电话。

"Hello!美女。"林亨里一开口就满嘴花哨,让刘琳顿觉心情舒畅。

"消失了这么久,怎么又突然想起我了?"

"哎呀,你都不知道我有多想你!"

"是吗?有多想?"

"就好像老鼠想大米呀!"

"喊!说得这么好听,这么长时间也不见你打电话给我!"

"我哪敢呀?你这个大米有大猫看着呢。"

"胡说,哪来的猫?"

"嗨,那猫凶着呢,厉害着呢,他不让我靠近你呀!说若是我敢靠近你,他就废了我。"

刘琳被他逗得咯咯发笑,她知道林亨里所说的猫是谁。"那今天怎么又敢打电话给我了呢?"她明知故问。

"那猫不是走了吗?"

"你消息还挺灵通。"刘琳笑道。

"那是,我是时刻都在密切关注着你。"

"你就嘴巴会讲,也不见有什么实际行动。"

"有呀,你现在在哪?我马上来接你,晚上一起Happy Hour。"

"在我妈咪家。"

一个小时后,刘琳和林亨里双双出现在维港一家高级西餐厅内。跟查理在一起,查理是主,刘琳是客,刘琳处处都得小心翼翼,生怕做错了什么惹查理不高兴;但跟林亨里在一起,情况恰恰相反,林亨里什么都以她为主,围着她转,所以她感觉非常放松愉悦。

一段时间没见,林亨里看上去又比以前光鲜了许多:座驾换成了宾利,以前手腕上的劳力士手表换成了伯爵满天星,一看这行头就知道他挣大钱了。

今晚请刘琳吃饭,他特意开了一瓶1982年法国拉菲红酒。平时不甚好酒的刘琳,在这么名贵的红酒面前,也忍不住多喝了两杯。

"你和查理在做什么生意?"刘琳品了一口红酒,用审视的目光看着林亨里,问。

"我们俩在一起只谈风月,不谈生意,好不好?"林亨里也喝了一口红酒,故意扯开话题,"这酒属于珍藏版,喝一瓶少一瓶,今晚专门为你开的,其他人我都舍不得拿出来喝。"

"别扯开话题,你还没回答我的问题呢。"刘琳以命令的口吻道。

林亨里又喝了一口红酒,表情一下子变得凝重起来:"有些事情你还是不知道的好。"

"不行,你一定要告诉我。"刘琳逼迫道。

"真不能说。"林亨里完全收敛了笑容,态度骤然冷淡了起来。

"难道你们做的是违法的事?"刘琳摇晃着酒杯,斜斜地瞅着林亨里道。

林亨里冷冷地笑了笑,没有回答,然后就一直僵硬着脸,直到晚餐结束。

刘琳没想到林亨里居然会如此对待她,感到很意外,不爽地一连喝了几口闷酒。不过,让她更感意外的是,吃完饭后,林亨里竟然什么要求也没有提,直接就把她送回了她母亲家。这确实让她始料未及,她原以为林亨里又会像以前那样,见了她像猫见了腥似的,死皮赖脸地向她提那个要求,因而来之前就已想好了一套预案,准备好好整治、折磨他一下,但居然落空了。

刘琳不仅计划落空了,心也落空了。她看着林亨里远去的座驾,心里就像是打烂了一个调味罐,五味杂陈,说不出什么味。

"难道我变丑了,已经没有吸引力了?"刘琳站在路边,用手摸了摸自己的脸蛋儿,暗自思忖,但转念一想,觉得事情没那么简单,从林亨里今晚前后判若两人的表现看,这事可能跟他与查理合作的生意有关。但他们究竟在做什么,以至于一触及这个话题,林亨里就噤若寒蝉、慌忙逃跑呢?这么一想,刘琳不仅萌生了忧虑,更产生了强烈的好奇心。她决定要把事情弄个水落石出。

她没有上楼回母亲家,而是直接打的士直奔查理的住处,她有查理寓所的钥匙。跟查理相处了这么长时间,每次在他寓所的时候,多半都是在做爱,她还从来没有仔细地看过他的寓所。

查理刚到香港时在酒店住了一段时间,现在住的是一所公寓。站在查理寓所门口,刘琳居然有一种做贼的感觉。她掏出钥匙,迟疑了一会儿,左右观察了一下,确保没有人在留意她,才迅速打开房门,一闪而进,然后反手将门关上。屋里安装的是自动感应开关,她一进门,屋内即刻亮起了灯光。

刘琳把屋内每个角落都翻了个遍,除了镶嵌在衣柜内的一个保险箱没能打开外,所有能开的抽屉、箱子都打开看过了,但都没有任何她想要的信息。不过,书桌小抽屉里的几张票据还是引起了刘琳的注意。这是几张用餐结账的小票,时间跨度比较大,但票据抬头都是同一家饭店。这虽然不能体现查理的生意内容,却给刘琳下一步的追查提供了重要的线索——也许,这家饭店就是查理平时与他的生意伙伴碰头会面的地方。

三十

今天,李妮在课堂上让大家临摹一幅花鸟画,画的是一枝墨梅和两只麻雀。学生们听了老师的布置后,即刻拿起画笔埋头画了起来,唯独晋豪双手托着腮帮子,闷闷不乐地一动不动。

李妮走到他身旁,好奇地问:"晋豪同学,你为什么不画呢?"

"我觉得这个画画得不对。"晋豪鼓着腮帮子说。

"呵呵,是吗?你觉得哪里画得不对呢?"听了晋豪的话,李妮眼前一亮,问道。

"我觉得画里面应该有三只麻雀才对!"晋豪说。

"为什么?"李妮听罢,觉得晋豪这个想法太有趣了,追问道。

"爹地和妈咪两个都要在呀。"晋豪说。

晋豪这句话让李妮一下子蒙了,不知该如何回答,倒是一旁的露丝替她解了围。

"图中的就是爹地和妈咪呀。"露丝说。

"对对对,露丝说得对。"李妮赶紧附和道。

"那他们的宝宝呢?"晋豪皱着眉头问。

"他们的宝宝长大了,离开父母过独立的生活去了呀。包括你们,等你们长大以后也是要离开爹地和妈咪独立生活的。"李妮说。

"我不要离开爹地和妈咪。"晋豪一脸不悦地说。

"傻孩子,难道你要跟你爹地和妈咪过一辈子?"露丝嘲讽道。

晋豪没有说话,过了一会儿还是坚持道:"反正我一辈子都不要离开爹地和妈咪。"

他的话引来了其他孩子的一阵哄笑。

李妮一边使眼色制止其他小朋友,一边安慰晋豪道:"没关系的,只要你喜欢,都可以的。"然后对大家说:"这说明我们晋豪同学很爱他的爸爸妈妈,你们说是吗?"

"我们也很爱我们的爸爸妈妈。"大家几乎异口同声道。

今天,晋豪的练习作业跟其他同学画的都不一样,其他同学参照原画只画了两只麻雀,晋豪却多画了一只,在他的画里面出现了三只麻雀。从中也可以看出晋豪的绘画技艺,一起学习绘画的这群小孩,就目前的水平而言,大部分只停留在临摹上,晋豪却能按自己的想象,随心所欲地构图和造型,而且效果还非常不错。

当天绘画课之后,李妮抽空给陈熙怀打了个电话,问他有没有看今天晋豪的绘画作业。

"他们四个人从你那里回来后就直接来到公司,我们都看了。"

陈熙怀爽朗地答道。

"你发现什么了吗?"李妮问。

"不错呀,大家都觉得四个小朋友当中晋豪画得最好,还比建武他们多画了一只鸟呢!"陈熙怀自豪地说。

"其实我让他们临摹的原画只有两只麻雀,晋豪却多画了一只。"李妮说。

"哦,都会创作了?厉害!"陈熙怀更加骄傲了。

"问题不在这,在于他为什么要多画一只麻雀。"李妮苦笑道。

"为什么?"陈熙怀收住笑容,问。

"他好像很害怕跟父母分开,"李妮说,"本来,小孩子依恋父母是天经地义的事,但这种情绪要是过了,那就不正常了。"

李妮的话戳到了陈熙怀的痛处,使他陷入了长时间的沉默。

"我是不是说错什么了?"见陈熙怀突然不说话了,李妮不免紧张起来。之前陈熙怀曾多次和她交流过晋豪的情况,都知道这个孩子有些特别,所以她说话才这么直白。

"没有,你说得没错。"陈熙怀黯然道,"晋豪的性格确实是受到了我和他妈咪关系的影响。"

"对不起,说到你的伤心处了。"李妮抱歉道。

"没关系,还望你多多开导鼓励他。"陈熙怀说。

"晋豪这孩子很聪明,我们一起努力帮助他吧。"李妮说。

李妮一直惦记着要给她的学员办画展这件事。但这事她一个人办不了,必须借助她神通广大的老爹。眼看孩子们的绘画技艺日趋成熟,她觉得时机差不多了。这天,她进市内办事,顺道来到国熙公司找她老爹李守忻。

"哎哟,我们的大画家来了?"见到李妮,李守忻喜悦之情溢于言表,敲了敲烟斗,风趣地说。公司发展上了正轨,加上身体原因,公司的大部业务交给了陈熙怀和李国荣处理,贵县的竹器厂虽说是他投资的,但也全交给了王清富打理。他现在是没事就回公司看看,定期回医院复查身体。虽然做了手术,但那个病还是挺让人担心的,幸好,到目前为止,病情控制得比较理想。

李妮上前替老父亲揉了揉肩膀,问道:"最近身体感觉怎么样?"

"挺好。"李守忻摆了个健康的姿势,说。

"一定要少抽点烟。"李妮叮咛道。

"已经逐渐减少了,争取年内实现戒烟。"李守忻笑道。

"嗯,这就对了。"李妮在父亲脸上亲了一口道,"爸爸,有件事想找你帮忙。"

"哼,就知道你是只黄鼠狼。"李守忻假装生气道。

"好好的小棉袄什么时候就成黄鼠狼了?"李妮调皮地说。

"有什么老爹我能帮上忙的,说吧!"李守忻收起笑容,认真道。

"也没什么大事,"李妮慢悠悠地说,"我之前不是说过要给孩子们举办一个画展吗,想请你协助一下。"

"凭什么让我协助?学生的家长在这里,你怎么不让他们协助?"李守忻指着陈熙怀和李国荣说。李国荣和陈熙怀知道李妮来了,也都从隔壁过来打招呼。

"行呀,我们资助。"陈熙怀和李国荣几乎异口同声道。

"行了,家长们出钱。"李守忻吸着烟斗得意地说。

"哎呀,我说的不是单纯钱的问题。"李妮急道。

"办画展租场地不就需要钱吗,还要什么?"

"我要你帮我找个档次高点的展馆。"李妮说。

"嗯?"李守忻皱起眉头,不解地看着李妮。

"展馆上档次,展览才有影响力,才有意义呀。"李妮说。

"你想找哪个展馆?"

"市区一级美术馆都行。"

"要求还蛮高的啊。"

"要搞就要搞高大上一些呀。在小展馆展还不如不展呢。"

"大展馆场租应该也贵吧?"

"没事,我们两家赞助。"一旁的李国荣看了陈熙怀一眼,说。陈熙怀也点点头。

"钱不是主要问题,问题是如果作品质量或展览主题达不到展馆的要求,出多少钱人家也不会让你进场。"李妮说。

"你觉得你举办的这个展览符合人家的要求吗?"

"说不准嘛,所以才要劳驾你呀。"李妮笑嘻嘻地说。

"既然如此,干吗还要让我去碰钉子?难道我的老脸就不怕丢人?"

"你人缘好,认识人多,别人不会为难你的。"李妮继续笑道。

"去去去,这事我不干。"李守忻拨开李妮按着他肩膀的手说。

"其实,我办这个展览是有我的想法的。我的学员中不只有香港的孩子,也有深圳的孩子。我想以促进深港两地学生交流为目的,举办一个深港两地少年国画交流展。这个主题还是非常有意义的。到时也可以请陈熙怀先生联系一下香港那边,吸收更多的香港小朋友来参展。"

"嗯?听起来好像有那么一点意思。"李守忻想了想,说,"好吧,就冲着你这个想法,我豁出去了。"

数天后,李妮回家时,李守忻告诉她,她以个人名义举办深港少年画展的事没获批准。

"为什么,这么有意义的事为什么不能办嘛?"李妮听了之后,既失望又气恼,使劲地跺着脚说。

"一个大姑娘这么容易激动,一点都不矜持。"李守忻瞟了她一眼,笑了笑说。

一看老爹的表情,李妮就知道其中必定另有隐情,于是冲上前去从后面掐住他的脖子,使劲地摇晃着,逼问道:"你在骗我,是不是?"

李守忻的老伴连忙制止:"小心你爸的身体。"

"我没骗你,人家确实说这样的活动由你这么一个私人工作室来举办很不合适。"李守忻说,"但是,他们说你的这个想法非常好,他们采纳了你的建议,准备以市妇联的名义,举办一个'深港澳青少年书画联展'。"

"辛辛苦苦想出来的项目,结果却被他们剽窃了。太过分了!"李妮听了之后,愈发地不服了,嘟着嘴说。

"你看看,就这么点格局。"李守忻摇头道。

"哼,他们实在是太过分了嘛。"李妮愤愤不平,跺了一下脚说。

"人家不会让你白忙活的。"李守忻说,"他们说了,他们主办,让你的工作室和我们'国熙'协办。这样可以了吗?"

"这还差不多。"李妮听了,当即转忧为喜。

"这样一来,事情就搞大了。"李守忻说,"无论是画展的层次还是社会影响力都不是你原先谋划的所能相提并论的了。"

"突然觉得好有压力哟。"李妮挠了挠腮帮子说。

"现在又感觉怕了,想退缩了?"

"没有,只是感觉计划一下子被打乱了,孩子们参展作品的题材内容都要重新调整了。"

"赶紧辅导孩子们抓紧时间创作吧。这样的大事,要做就要做到最好。"

"其实我从未想过要干这么大的事。"李妮虚虚地笑道。

"既然如此,你现在退出还来得及呀。"李守忻瞟了女儿一眼,故意激她道。

"你女儿不至于那么尿。"李妮扬了扬脑袋,不服地说。

李国荣和陈熙怀听说画展的事后,也都非常雀跃,表示一定全力支持和参与。

这天,几个人正在公司讨论画展的事,秘书举着一面锦旗兴冲冲地走了进来。

"这是什么?"李守忻皱着眉头问道。

"这是李总老家一所小学寄过来的锦旗,还有一封感谢信,感谢我们公司对他们学校的捐助。"秘书说。

"什么捐助,我怎么不知道这事?"李守忻愕然道。

"是这样的,前段时间我以公司名义向家乡一所小学捐了一笔修缮款。这钱是从我私人账户转出的,所以没跟二位商量,见谅了。"李国荣抱歉道。

"既然是以公司名义捐的,那就让公司财务把钱划回给你吧。"李守忻说。

"那就有违我的初衷了,"李国荣说,"这件事不要再提了,就这样吧。"

"你这是做好事不留名呀,也太低调了吧?"陈熙怀笑道。

"跟我们李班长相比,我这算得了什么?"李国荣由衷地看看李守忻说。

李守忻微微笑了笑,没有说话。

"如此看来,跟你们二位相比,我就实在太惭愧了。"陈熙怀吧嗒了一下嘴巴说。

"不要攀比,做力所能及的事就好。"李守忻意味深长地说。

三十一

听说查理今天要回香港了,刘琳顿时有一种雨过天晴的感觉。在查理离开香港的这段日子里,林亨里也不知为何对她疏而远之,使得刘琳有一种被抛弃的感觉,寝食不安,每天待在母亲家里百无聊赖。

在查理回来的前一天,刘琳将他的寓所收拾了一遍。房间、客厅都按照查理离开时的模样收拾得井井有条,就好像查理从来不曾离开过似的。

刘琳一直在寓所等着他，一听见钥匙声响，就迅速从沙发上一跃而起，躲在门后。查理刚推门进来，她就像一只离开了主人太长时间的蝴蝶犬一样，猛地扑在他身上，兴奋地对着查理又亲又咬。查理则把行李箱丢在一边，猴急地一把将她抱起，直奔卧室……

刘琳感觉到，查理这次从英国回来后不仅变得比以前忙碌了，人也沉默寡言了许多。

回来当天，查理跟刘琳亲热完之后，立马就出门去了——据他说是有非常紧急的事要去办。

查理出门后，刘琳仰卧在床上，看着天花板，陷入了沉思。查理的表现，加深了她的怀疑，使她萌生了要一探究竟的想法。

"他这么匆忙究竟要去哪里呢？"刘琳心想，"难道又是去那个酒楼见什么人？"刘琳决定去碰碰运气，看个究竟。"反正闲着也是闲着。"她想。

刘琳简单地梳洗、穿戴整齐后，下楼叫了一辆的士，来到之前发现的餐票上所显示的餐馆，在餐馆对门的一个小咖啡馆里找了个隐蔽位置坐下来，要了一杯咖啡，随手在旁边的书架上取了一本娱乐杂志假装翻阅，两眼却偷偷地盯着对面餐馆的出入口。

将近三十分钟过去了，咖啡也差不多喝完了，但刘琳却什么也没有发现。她看了看自己的腕表，不知怎的，突然觉得这样做好无聊。她自嘲地咧嘴笑了笑，一口将咖啡喝完，正欲起身离去，就在这个时候，一个熟悉的身影在餐厅门口张望了一会儿，然后快步走进餐馆。

看着那个矮小精干、西装革履的背影，刘琳精神为之一振，心里窃喜："难不成他们果真在这里碰头？"她续满咖啡，重新坐了下来。

刚才进去的那个人不是别人，正是林亨里。

此时正是午饭时间，刘琳要了一份腌肉三明治，慢悠悠地边吃边盯着对面餐厅的出入口。

随着午餐时间的结束，对面餐馆用完餐的顾客纷纷往外走。下午将近两点钟，刘琳终于如愿以偿地看见了她想见的人——查理。

查理和林亨里并排走出餐馆，身后跟着数名年龄不一、发型和衣着都非常另类怪异的男子。他们用旁人不易觉察的手势道别后，都各自散去了。

查理和林亨里单独交流了几句，两人一并上了林亨里停在路边的宾利轿车走了。

看到这样的结果，刘琳突然觉得好有成就感，忍不住一阵兴奋。"看来我具备做侦探的潜质。"刘琳暗自笑道。今天这件事进一步激发了刘琳的好奇心，产生了一种迫不及待要揭开查理神秘面纱的冲动。

查理和林亨里走后，刘琳叫了一辆的士，赶回查理的寓所。她担心查理回去比她早，发现她不在会起疑心。

下午将近五点半，查理回到寓所。此时刘琳正躺在床上，听见开门声，她立即装出熟睡的样子。

查理进房间看了一眼床上的刘琳，果真以为她睡着了，于是轻手轻脚地打开衣柜内的保险箱，将一个胀鼓鼓的文件袋放了进去，然后轻轻将保险箱门锁上，就进浴室洗澡去了。

刘琳悄悄睁开眼睛，床头正对着那个保险箱。"如果能打开保险箱也许就可以知道他的秘密了！"刘琳心想，"必须想办法弄到保险箱的密码。"刘琳越想越兴奋。

查理洗完澡从浴室出来的时候，刘琳装作刚刚睡醒。查理上前亲了一下她的额头，说："起来吧，晚上我带你去维园吃饭。"

"去维园那边吃什么？"刘琳使劲地伸着懒腰，问。

"吃什么是次要的，主要是去那边看看风景。"查理似有所指地笑了笑。

晚上七点多钟，刘琳跟着查理来到维园时，发现那里聚集了好多人,有市民,也有警察。市民好像在围观什么。警察则在维持秩序,劝市民离去,不要围观。

"我们过去看看。"查理拉着刘琳的手朝人群走过去。走近了,刘琳才发现,有人正在那里闹事。广场中心,有一伙人在使劲地吹拉弹唱,不停地喊着口号,引来了不少市民的围观和起哄。借着灯光,刘琳发现闹事者中为首的正是中午与查理在餐厅见面的那几个服饰怪异的男子。由于他们的发型、服装太特别了,刘琳一眼就认出了他们。

"原来查理神神秘秘的就是在搞这个!"刘琳偷偷瞟了查理一眼,心想。

查理并没有留意到刘琳正在观察他,双眼紧盯着场地中间那些闹事者,脸上露出得意的表情,紧紧地牵着刘琳的手,忘乎所以地挤向那伙人。

维持秩序的警察走过来将他们拦住,警告他们不要往前靠近。听见警察的警告,查理才猛然醒悟似的,拖着刘琳快速离开了闹事人群。

"走,我们吃饭去。"查理兴奋地对刘琳说。他们进入广场旁边一间高级法式餐厅。这家餐厅在三楼,面对维园广场。查理挑了一个靠窗的位置,视野非常好,坐在这里,维园的风景和动态一览无余。

在等候上菜的这段时间里,查理一直兴奋地紧盯着窗外的那些闹事者,不停地用随身携带的相机拍摄,好像一旁的刘琳不存在似的。

"你对这些闹事者怎么这么感兴趣?"刘琳明知故问。

查理瞟了刘琳一眼,略做迟疑,然后微笑道:"觉得好玩。"

刘琳笑了笑,心想,查理对她还是有所提防的。

"你呢,你对这些闹事者有什么看法?"查理收起相机,放在餐台上,试探道。

"我无所谓,只要不影响我的生活就行。"刘琳耸了耸肩膀说。然后开玩笑似的问:"你这么关心这些事,不会跟他们有什么关系吧?"

"怎么可能?"查理诡异地笑了笑,随后反问道,"如果我跟他们有关系,你会怎么看待我?"

"你只要对我好就可以啦,其他事我不管。"刘琳笑道。

"只是不管而已?不支持我吗?"查理开玩笑似的说。

"我只想过简单的生活,不想参与其他事情。"刘琳说。

"你不觉得志趣相投很重要吗?"查理盯着刘琳的眼睛,问道。

"舒服最重要。"刘琳笑道。

"怎样才叫舒服?"查理问。

"跟你腻在一起就舒服呀。"刘琳羞答答地低声笑道。

查理也笑了。

今晚这餐饭是刘琳和查理两人有史以来吃得时间最长的一次,一直到广场上闹事的人群散去,查理才意犹未尽地朝服务员打了个响指道:"Waiter,埋单!"不过,刘琳感觉到,整个晚上,查理的心思都不在餐桌上,他的注意力始终没有离开窗外那群闹事者。

买单时查理刷的是信用卡。查理输密码时,刘琳假装把头侧向一边,眼睛却偷偷瞟着刷卡机,试图偷看查理输入的密码,却被对方用手遮住了。刘琳一直想找出查理寓所保险柜的密码,打开保险柜,了解查理更多的秘密。就她自己而言,她所有的密码都是相同的——晋豪的生日。所以,她猜测查理保险柜和信用卡等的密码也有可能是相同的。

吃完饭,查理说外头还有事情等着他去处理,今晚不回寓所了,让刘琳自己打的士回她母亲家。

分别了这么久,回来的第一天晚上居然不陪她,这不仅让刘琳深感失落,更让她疑窦丛生。她铁了心,一定要把查理的底细摸清楚。不过,这对她来说并不是一件容易的事情。

刘琳与查理吻别后,独自下了楼,但她并没有去坐的士,而是绕了一圈后又走了回来,躲在餐厅附近的暗处。说也巧,她刚隐蔽好,就看见查理从餐厅慢悠悠地走了出来。查理在餐厅门口驻足观望了一会儿,然后右转走到马路边的公交站,上了一辆开往旺角的公共巴士。刘琳见状,赶紧截停了一辆路过的的士。

"司机,跟着前面那辆巴士。"刘琳吩咐的士司机道。

司机没有马上启动车辆,他疑惑地看着刘琳,分明是在顾虑或怀疑什么。

刘琳尴尬地对着他笑了笑,说:"不好意思,有点私人问题。"

见刘琳这么说,司机却突然变得爽快起来,大声道:"冇问题,去哪里都冇问题!"说完,一踩油门跟了上去。

刘琳一直跟着查理在旺角站下了车,然后远远地尾随着他。查理兜兜转转来到了一家大排档门前。那里,刚才在维园带头闹事的那几个人正围坐着一张桌子在喝酒。

查理一到,那些人纷纷站起来打招呼、让座。查理在一把小圆凳上坐定,打开一罐啤酒,一边说着什么,一边给在座的敬酒。刘琳躲在远处,听不见他们在谈什么,只感觉到他们都非常兴奋,像是在炫耀什么。

喝过酒,查理从身上取出一包东西交给了其中一个青年,从形状和大小猜测,那包东西很可能是钱。

又坐了一会儿之后,查理站起来,鼓励似的拍了拍身旁青年的肩膀,说了几句话,然后向大家拱了拱手,看似要告辞了。

看到这里,刘琳忽然觉得没啥看头的。她打了个哈欠,百无聊赖地暗自道:"还是跟这些混混在一起!"接下来,她没再跟踪查理了,独自打了一辆的士回母亲家。途中,她曾经想绕道去查理寓所,但碍于查理有言在先,叫她回自己家。经历了短暂的思想斗争后,她最终还是不敢违逆查理的意,没有做不速之客。

三十二

田笑笑终于要和吴德胜结婚了。他们将在田笑笑的老家摆筵席,宴请家乡的亲朋好友。当然啦,这个筵席一来是为了答谢乡亲父老;二来嘛,当中也有炫耀的成分。在当地老百姓眼里,香港就代表着财富和出路。所以,田笑笑的这门婚事在家乡引来了不少人的羡慕,甚至还有嫉妒。"田笑笑那样子的人居然也能嫁给香港客,真是傻人有傻福!"不少人慨叹道。

田笑笑和吴德胜本来是要邀请上次参加李国荣新居落成庆典的李守忻等原班人马的,但李守忻、李国荣和陈熙怀等都因业务繁忙走不开,最后是田椿和蔡虹霞带着建武、建芳、露丝以及晋豪参加。李妮因为惦记着那边的自然风光,早就想再次去写生了,所以自动请缨,代替她老爹前往。这样一来,每家都有代表了。与上次不同的是,这一次,李妮可以带着晋豪他们几个一起现场写生。

办婚事前,吴德胜给田笑笑家建了一栋三间两层的楼房,虽然没有李国荣和田椿家那样气派,但也羡煞旁人,更让大家相信田笑笑嫁了一个有钱的香港金龟婿。其实,说是吴德胜给田笑笑家建了房,也不完全正确,因为,建这个房子田笑笑自己也是掏了不少钱的。吴德胜只是一个普通的香港货柜车司机,工资并不是很高,平时开销又大,并没有太多的积蓄。这一点,田笑笑是知道的。以吴德胜当时的财力,连同装修和购置家电,建一层就已经很吃力了,更别说建两层了。建房之前,他跟田笑笑商量,希望先建一层,等日后有了钱再加建一层或两层,但田笑笑不同意。

"要么不建,要建就建两层。建一层多寒酸呀。"田笑笑说。

"我也想一步到位,但我目前确实没那么多钱呀。"吴德胜惭愧地说。

"我有呀。"田笑笑说。田笑笑的小餐馆虽然是小本经营,但薄利多销,加上田笑笑平日非常节俭,挣一分是一分,这些年下来也攒了点钱。

"说好了我给你们家建房,怎么好让你出钱。"吴德胜连连摇头道。

"什么我家你家,我家就是你家!"田笑笑说,"不过,你给我记住了,无论跟谁,包括我父母弟妹,你都说建房子的钱是你一个人出的,知道吗?"

"这样打肿脸皮充胖子不好吧?"吴德胜挠着头皮,惭愧地说。

"你怎么这么笨!你的面子不就是我的面子吗?"田笑笑用手指戳了戳吴德胜的额头,说。

所以,虽然田笑笑老家的房子是她和吴德胜共同出资兴建的,但包括她家里人在内,几乎所有人都以为是吴德胜为了娶田笑笑而给田家建的。

田笑笑和吴德胜在婚宴前一个多星期就回到老家筹办相关事宜,田椿和蔡红霞、李妮一行则在婚宴前两天才回到乡下,住在她和李国荣家的新楼里。

这次回乡下,最开心的莫过于建武他们几个小朋友了。尤其是晋豪,自从上次参加了建武家的新房落成庆典后,就一直念念不忘。至于另外一个小伙伴露丝,也非常喜欢这里的田园风光。

到达后的第二天一早,李妮就带着她的四名学生外出写生了。建武在几个小孩中年龄最大,而且长得也结实,加上他也算是当地人了,对家乡熟悉,所以他既当向导又当保镖。

学了国画后,建武增长了不少审美知识,知道什么样的景物适合入画,所以今天他主动提出要带李妮到后山去写生。这个山虽然不高,但满山都是奇石怪树,随便一草一木、一石一水都可入画。路上,李妮不停地问建武还有多远,山上有什么特别的风景,话中多少带有怀疑的语气。但一进入山中,她立马就被眼前的景色吸引住了。

"这简直就是国画素材的天然宝库!"李妮惊叹道,迫不及待地一边摆放画架,一边对大家说:"你们也赶紧把画架支起来呀。"

"往上走风景更漂亮。"建武得意地说。

"今天就先在这里画,其他地方明天再去。"李妮兴奋地说。

"明天不是去笑笑姐姐家喝喜酒吗?"建武提醒道。

"喝喜酒是晚上的事,我们上午过来画。"李妮不假思索地说。

建武做了个鬼脸,悄悄对身边的露丝说:"笑笑姐姐家明天杀猪,我想早上就过去吃八刀粥。"

露丝会意地笑了笑,低声说:"要不要我跟李老师说你想去吃八刀粥,不想来画画?"

建武连连摇头道:"别别别。"

"怕什么嘛,想吃就说呀。"露丝故意大声说道,把建武急得直瞪眼。

"想吃什么呀?"李妮扭过头来问。

"没……"建武刚想说"没有什么",露丝大声抢先说道:"他想明天早上去笑笑姐姐家吃八刀粥。"羞得建武脸红耳赤,头都不敢抬起来。

李妮哈哈大笑道:"想吃就去吃呗,害羞啥呢?"

"他怕你说他嘴馋。"建芳说。

"那我们明天早上就一起去吃八刀粥吧,吃完粥再来画画。大家觉得怎么样?"李妮说着,无意间看了晋豪一眼,发现他已经悄无声息地在画画了。"你在画什么呢?"李妮上前俯身问道,晋豪默默地用笔指了指前面的一块怪石。李妮看看那石头,再看看晋豪的画,兴奋地向大家招手道:"你们都过来看看!就在你们想着吃八刀粥的时候,晋豪同学已经画了一幅'杰作'了。"

听见李妮招呼,大家一窝蜂围拢过来,都想看看晋豪究竟画了什么。

晋豪画了一块石头和一株长在石头边上的兰草,整幅图就是一幅结构完整的兰石作品。

"你画的是哪里呀?"露丝抬头看了看前方,问。

晋豪指了指那块石头。

露丝看看晋豪的画,又看看那块石头,说:"石头倒是画得挺像的,但石头边上并没有兰草呀。"

晋豪又指了指右边不远处的一棵大树,树根下生着一丛零落的兰草。

李妮夸赞道:"你们看,晋豪同学多聪明!他已经懂得把不同的景物组合在一起,构成一幅完整的作品了。"

"原来一幅作品是这样画出来的呀。"露丝恍然大悟似的点点头。

"别愣着了,你们也赶紧动手画吧。"李妮对建武他们仨催促道,说着,自己也快速地画了起来。

时间不知不觉已到中午。李妮今天已做好在山上画一整天的准备,出门时,她就让田椿给他们准备了水煮花生、鸡蛋以及艾粄等干粮当午餐。趁着中午休息的当儿,李妮逐个检查了建武他们的习作,并一一对他们的作品进行评讲修改。总的来说,还是晋豪画得最好。除了先前那幅兰草,晋豪后来还画了一幅竹子和一株山茶花,画得都相当不错,大家看了都赞不绝口,受到表扬的晋豪脸上露出腼腆的笑容。

露丝拉了拉李妮的衣服,低声说:"李老师,你知不知道,陈刘晋豪在画画的时候是最开心的。"

李妮哪能不知道呢?她摸了摸露丝的头,说:"嗯,他是真心热爱画画,所以能乐在其中。"

吃了干粮,休息片刻之后,李妮又拿起了画笔刷刷地画了起来,巴不得将眼前的景物都尽收笔下。相对而言,孩子们就没有那么好的耐性和自控力了,包括晋豪在内。放下画笔后,他们就开始在

· 233 ·

山上嬉戏追逐了起来。画了整整一个上午的画，李妮觉得这些孩子已经相当不容易了，所以也就不想约束他们了，提醒他们注意安全后，就任由他们自由活动。殊不知，这群顽皮鬼却惹了祸。

南方的秋冬天，是野蜂最活跃的时节，每年这个时候，都会有上山作业的村民被野蜂蜇伤，甚至还发生过野蜂蜇死人的事件。

当地有一种个头大如拇指的蜂，通体乌黑，腹部有两条腰带一样的白纹，当地人称这种蜂为"乌天蜂"。乌天蜂不仅个头大，而且性情凶猛，体内毒液也多，哪个倒霉催的要是被它蜇上一下，轻则伤口红肿、剧痛，数天不散；重则发烧发冷，甚至危及生命。如果更倒霉些，被它们成群袭击的话，那就更是凶多吉少了。据村民介绍，以前曾经发生过这种蜂群体攻击水牛的事件，一群蜂把一头成年水牛活生生地给蜇死了。可想而知它们的攻击力有多强！

李妮他们写生的时候，就已经有零星的野蜂绕着他们飞来飞去了。野蜂虽然有毒，但如果没有受到滋扰，一般是不会主动攻击人畜的。所以，大家都忙着写生的时候，人与蜂谁也不招惹谁，彼此一直相安无事。午后，建武这几个神兽一旦不画画了，就开始倒腾起来，一会儿爬树、一会儿攀爬岩石，一会儿采摘花花果果，一会儿追逐蝴蝶，简直玩疯了。

建武和建芳耳濡目染，知道野蜂的厉害，不敢招惹它们。露丝，一个女孩子，天生就胆小，看见野蜂也都远远躲开。唯独晋豪，不知道他究竟是害怕那些野蜂呢，还是故意要挑战它们，他折了一根小树枝，满山寻找那些野蜂，见一只就驱赶一只。一般的野蜂还好，只要朝它们一挥树枝，它们就乖乖地头也不回地飞跑了。但前面提到的那种乌天蜂可不是逆来顺受的货，一旦遇到挑衅，它们会毫不犹豫地启动攻击模式。

晋豪这个在城里长大的孩子，根本不知道这种蜂的厉害。他挥舞着那根小树枝，像青蜂侠似的见蜂就赶，把四周的蜂驱赶得七零八落。然而，就在他拿着树枝，独孤求败似的"拔剑四顾心茫然"之际，一只黑色巨蜂淡定地朝他飞来。这正是一只能反复蜇人的乌天蜂！晋豪当时站在溪涧边。这只乌天蜂像一架B-52轰炸机似的，轰鸣着直接降落在与晋豪近在咫尺的淤泥上，完全无视晋豪的存在。晋豪之前没有见过这种蜂，甚是好奇。他俯下身子，仔细地打量着这只胖乎乎的黑妞一样的巨蜂。由于相距太近，巨蜂身上的各个部位都看得清清楚楚：那水晶一样的凸出的眼睛、腿上的绒毛、精致的翅膀和触须，还有那圆鼓鼓的蚕蛹一样的腹部。晋豪从未这么近距离观察过一只野蜂。他是越看越喜欢，越看越兴奋，忘乎所以，竟伸手想去抓那只蜂。

这可是一只乌天蜂，岂容被戏弄？刚才它在淤泥中吸水时，被晋豪盯着看，就已经很不耐烦了，如今晋豪居然敢对它动手？它立即呼的一声腾空飞起，调整好姿势，头部正对着晋豪，震动着翅膀，停在空中，怒气冲冲地摆出攻击的架势。晋豪被乌天蜂吓得向后倒退几步，慌乱中不小心踩进淤泥里，他艰难地从泥中拔出脚来，但鞋子、裤脚全都沾满了泥浆。晋豪又气又恼，把怒火发泄在乌天蜂身上，挥动树枝朝它打去。谁知这只乌天蜂看似笨头笨脑，实际却灵活得很。当晋豪的树枝打过来时，它如闪电般往旁边一绕，轻松避开，随即子弹般向晋豪的脸部俯冲过来。晋豪吓得慌了手脚，双手对着乌天蜂狂风暴雨般乱扫乱打一通，但都被乌天蜂神一般躲过了。令晋豪更感恐怖的是，这只蜂不仅没有被他吓退，反而对他发起了更为凶狠，甚至可以说是视死如归的进攻。晋豪见势不妙，慌忙向建武他们那边逃去，期望建武能替他解围。

建武远远看见晋豪捂着脑袋像兔子似的向他跑来，知道情况不妙，随手操起一根竹枝迎了上去，但没等他靠近，就听见晋豪惨叫一声，倒在地上打起了滚儿。这可把大家给吓坏了。建芳、露丝不知就里迅速跑向李妮，寻求李妮的庇护。李妮猜测晋豪是被什么东西咬了，稍微慌乱了那么一瞬，随即操起随身携带的登山杖，大声喊道："晋豪，你怎么啦？"并朝他跑去。建武已率先跑到晋豪身旁,一眼就看见那只对着晋豪的脑袋疯狂攻击的乌天蜂。建武年龄大,胆子大,经验也丰富,他抛掉手中单薄的竹枝,折了一根婆娑的树枝,挥舞着冲上前去试图驱离乌天蜂。谁知乌天蜂如有神助,不仅机灵地躲过了建武的驱赶,还转而对着这个胆敢挑衅它的家伙发起了攻击,并成功地也在建武的额头上"亲吻"了一下。也许是连续蜇人后,乌天蜂自知"子弹"行将用罄,在空中盘旋了一圈,扬长而去。当李妮提着登山杖冲过来时,乌天蜂已经无影无踪了,留下满地打滚儿的晋豪和捂着额头唏嘘不已的建武。

出了这个意外,下午就没法继续画画了,李妮带着大家打道回府。此时的晋豪几乎都无法自己走路了,大家只好一路搀扶着他,偶尔李妮也背着他艰难下山。

由于乌天蜂是在蜇了晋豪之后再蜇建武的,蜇建武时,乌天蜂体内已经没有多少毒液了。所以,相对于晋豪来说,建武的疼痛并不严重,但额头也肿起了一个形同"妃子笑"荔枝大小的包;晋豪就不一样了,他的头部至少被乌天蜂蜇了三处,全都在后脑勺,痛得他眼睛都睁不开。

刚开始,大家并没有意识到问题的严重性,觉得只是被野蜂蜇了而已,抹点药油就好了。但这种蜂的毒性非常强,晋豪当晚就高烧不退、不省人事,还不停地说胡话;建武也有点低烧,只是没晋豪那么严重。

这一次,晋豪没有家长陪同,陈熙怀怕连累大家,曾犹豫让不让晋豪跟着来。但晋豪一定要来,加上李妮、蔡虹霞、田椿等也都说她们会照看好晋豪,叫他放心,陈熙怀这才勉强同意让晋豪来。临行时,李妮还一再向陈熙怀保证,说有她在,叫他不必担心。但没想到却出了这样的意外,可把她给急坏了。李妮慌忙给陈熙怀打了电话,把晋豪的情况告诉了他。陈熙怀得知消息后,急得如热锅上的蚂蚁,要不是李国荣把他拦住,他当即就要连夜驱车过来。"你现在赶过去也没用,还是让他们赶紧送医院吧。"李国荣说。

通完电话后,李妮她们就把晋豪和建武送到了镇人民医院。在医院打了数小时吊针后,晋豪的烧才终于退了。在这几个小时里,李妮一直陪伴在晋豪身边。好几次,迷糊中的晋豪紧紧拽着她的手喊:"妈咪。"听得李妮眼泪都流了出来。

建武虽然没有晋豪伤得那么严重,但也打了一个吊瓶。

两人的烧都退了,用医生的话说就是身体已无大碍了,但他们头上的红包却依然非常抢眼。出了这样的事,原定第二天早上去田笑笑家吃八刀粥的事也就泡汤了,大家都急着补觉。不过,田笑笑让弟弟专程把热腾腾的粥给他们送了过来。

事后,建武对晋豪坏笑着说:"昨晚你抓着李老师的手喊'妈咪',记得不?"把晋豪羞得脸红耳赤。

李妮见状赶紧替晋豪解围道:"晋豪是说梦话而已,但你也说梦话了。"

"我没有。"建武坚决否认。

"你说了。"一旁的田椿与李妮会意地对望了一眼,也笑着帮腔道。

"我说什么梦话了?"建武挺着脖子不服地反问道。

"你抓着你小姨的手喊爸爸。"李妮捂着嘴笑道。她的话把大家逗得哈哈大笑,就连晋豪也笑了。

"你们骗我,我昨晚打针的时候都没有睡着。"建武不屑地反驳道。

"说了就说了,争辩什么?"田椿对着他摆出不容争辩的架势,并看了晋豪一眼。

建武看看晋豪,又回头看了田椿一眼,噘了一下嘴,不再说话。

下午,大家一起去参加田笑笑和吴德胜的婚宴。出门时,晋豪摸着头上仍未消退的肿包,一副难受的样子,说:"我不去了。"

"你为什么不去?"建武惊讶地问道。

晋豪没有说话,只是默默地又摸了摸头上的肿包。

"哎呀，那怕什么？"建武明白晋豪是因为头上的肿包不敢见人，"你看，我也有！而且我的位置比你明显！"建武摸了摸自己额头正中的肿包，说，"男子汉大丈夫，这点事还怕别人笑？谁敢笑你，我打扁他。"

"谁笑你，那是他肤浅，不理会他就行了，怎么能打人呢？"李妮纠正建武道。

"就是，像个野孩子似的。"田椿揪着建武的耳朵说。

晋豪看看建武的额头，觉得他说的也不无道理。虽然建武只有一个肿包，但位置非常明显，非常引人注目。如果他这样子都不怕别人笑话，自己还怕什么呢？这么一想，晋豪顿时顾虑尽散，高高兴兴地跟着大家一起出门了。

事实证明，晋豪之前的顾虑是多余的。在婚宴上，除了他们自己，根本就没有人留意他和建武头上的肿包。

宴席上，看着田笑笑和吴德胜幸福地穿梭于宾客之中应酬，田椿心里不禁掠过一丝惆怅和失落，而偏偏在这个时候，田笑笑牵着吴德胜的手朝他们这一桌走过来，向他们敬酒。

"什么时候喝你的喜酒呀？"接受完祝福后，吴德胜乐呵呵地问田椿。

"我？男朋友都不知道在哪个角落呢！"田椿回答道。

"都这个时候了，还藏着掖着。"田笑笑说。

"没藏也没掖呀，真的没有呀。"田椿说。

"骗谁呀？谁不知道你心里装着国荣哥哥。"田笑笑说。

田笑笑居然在众目睽睽之下把话说得这么露骨，田椿的脸羞得红一阵白一阵。她看了一眼建武和建芳兄妹，制止田笑笑道："你别乱说，小孩子在这里呢。"

"什么是乱说？你问问建武和建芳，"田笑笑不依不饶地说，然后问建武兄妹，"让田椿小姨当你们的妈妈好不好？"

建武被她问得满脸通红，低下头，不敢说话；建芳则害羞地望着田笑笑傻笑。

田笑笑于是逮住建芳问:"建芳,让田椿小姨做你们的妈妈好不好?"

建芳转而傻笑着望了田椿一眼,害羞地点了点头。

"那就赶紧让你们爸爸把田椿小姨娶回家呀,不然的话,田椿小姨可就要嫁给别人了。"田笑笑继续旁若无人地大声说道。

"你赶紧去招呼其他客人吧。"田椿站起来,使劲地把田笑笑往外推。

田笑笑这才带着一片笑声到别的桌去了。

闹完洞房,在回家的路上,蔡虹霞悄悄地问田椿:"都说你和李国荣要在一起,究竟是真是假?"

田椿叹了一口气,无奈地说:"我倒是希望能替我那个死去的姐姐照顾好建武建芳,但国荣哥心里有抵触,所以,究竟会是什么结果,我也不好说。主要还是看国荣哥,看命吧!"

"其实,我也觉得你们两个在一起很合适,你这么能干,对孩子们又好,如果他娶了其他人,谁知道那个人会怎样对待这两个孩子呢?"蔡虹霞说。

"我主要也是怕这两个孩子受委屈,否则,谁愿意做这种让别人笑话的事?"说到这里,田椿忍不住缩了缩鼻子。

"嗨,这又不是什么见不得人的事。对小孩好,而且你们彼此又真心相爱的话,那就可以了,管别人怎么说!都什么年代了,谁会在乎这个呢?"蔡虹霞开导道。

田椿悄悄擦了擦眼泪,没有说话。

"这事你们两个没有好好谈谈吗?"蔡虹霞继续问道。

"谈不了呀,我们自己哪好开口呀?"田椿咂了一下嘴,轻叹道。

"那也是,这事就得让别人去说,"蔡虹霞说,"要不你让陈熙怀或李守忻董事长帮你说一说?"

"我也不好求他们呀。"田椿面露难色道。

"这样吧,我叫露丝她爹地跟他们两个说一下,让他们给你说媒。"蔡虹霞说。

"那就麻烦你了。"田椿感激地望了蔡虹霞一眼,腼腆地说。

三十三

刘琳下午四点多钟就应约来到了查理的寓所,沐浴更衣后,身穿浴袍,半躺在床上,一边看着电视一边等查理回来。直到当晚九点多,查理才疲惫地回到寓所。然而,查理的回来,不但没给她带来丝毫喜悦,反而让她大吃一惊。

听见门铃声,刘琳猜到是查理回来了,兴奋地从床上一跃而起,拖鞋都没穿就冲过去开门。然而,当她打开门正要往门外那人身上扑过去时,却吓得惊叫一声,捂头蹲在了地上。门外站着的是查理无疑,但却是一个满身血污的查理。

查理靠在门框上,虚脱似的默默地看着蹲在地上的刘琳,脸上没有任何表情。刘琳在地上蹲了足足有一分钟才稍微缓过神来,大病初愈似的双手撑着膝盖,艰难地站了起来,但依然不敢靠近对方,只是远远地、一脸惶恐地问道:"你怎么啦?"

"我没事。"查理苦笑道。

"你身上的血?"刘琳咬着手指,战战兢兢地问。

"朋友出了点意外。"查理轻描淡写地答道。

"没事就好,吓死我了。"刘琳心有余悸,上前去搀扶查理。

"不用扶我,替我准备一下,我要洗个澡。"查理一副精疲力竭的样子,摆摆手说。

"哦。"刘琳应了一声,慌不迭跑进浴室先给浴缸放水,然后回到睡房给查理准备浴袍。

查理虽然极力装着若无其事的样子，刘琳还是隐约感觉到事情并没有那么简单。查理洗澡时，她独自坐在床沿上，心情依然无法平静。近期发生在查理身上的事实在是太多了，甚至可以说有些诡异。就在这个时候，电视晚间整点新闻报道的一则消息，更是让刘琳疑窦丛生。

刘琳的注意力本来不在电视上，然而，电视屏幕上一个一晃而过的街头暴力镜头吸引了她的注意。据新闻报道，当天下午，有一群人在香港中环闹事，并与路人发生争执，最后演变成了斗殴，造成多人受伤。电视播放的正是当时打斗及警察清理现场、驱赶闹事者的场面。看到这则新闻，刘琳的第一反应就是：难道查理身上的血跟这事有关？正沉思着，查理洗好澡，一边绑着浴袍的腰带，一边静静地走出浴室。他也注意到了新闻报道，问道："在看什么呢？"

刘琳迎上去，扶着查理的肩膀，娇声道："你真没有受伤？"

"这不好好的吗？要不你验证一下？"说着，一把扯开浴袍，赤条条地对着刘琳，说。

这么多年过去了，查理的身材依然保持得非常棒，身上没有一点赘肉，腹肌、胸肌、马甲线，条块清晰，尤其是那两条人鱼线，非常性感，让人遐想无限。

面对这具并不陌生的青铜般的身躯，刘琳还是情不自禁地一阵脸红。她扑上去紧紧搂着查理的脖子，身体与对方的躯体紧贴在一起，陶醉在温馨与情欲之中。

"刚才在电视新闻看到中环很多人打斗闹事，有人受伤流血了。"刘琳试探道。

查理看了刘琳一眼，大概猜测到了她想说什么，也试探地反问道："如果我跟那些事有关，你会怎么想？"

"我向来不在乎你做什么，只在乎你是不是真心爱我。"刘琳紧紧地搂着查理的脖子说。

"我当然是真心爱你呀，难道你看不出来？"查理抚摸着刘琳的发梢,说,"但你支不支持我的事业嘛?"

"如果我的支持对你有用的话。"刘琳答道。

"你的支持很重要,起码精神上能给我很大的力量!"查理用食指轻轻刮了一下刘琳的鼻梁,说。

"精神上你要多少支持,我就给你多少支持!"刘琳调皮地笑道。

"那我就放心了。"查理搓了搓刘琳的脸颊,"等我的事业完成后,我就带你去英国。"

刘琳把头埋到查理的胸口上,幸福地嗯了一声。

"下午到现在一直没吃东西,饿坏了吧?我们下去吃点东西吧。"歇了一会儿后,查理说。

"跟你腻在一起不吃饭也不会饿。"刘琳笑道。

"那可不行。"查理拧了一下刘琳的脸,说。他坐了起来,"走,换衣服,下去吃东西。"

他们在楼下一家消夜馆里要了一份鱼翅饺,每人吃了一碗燕窝粥。吃完夜宵后,两人绕着公寓走了一圈,算是饭后散步。末了,查理突然说:"你明天替我去内地取点东西,可以吗?"

"取什么呀?"

"就一个文件袋,很小的东西。"

"林亨里不是经常深港两地走,为什么不叫他帮你带?"

"这东西非常重要,得让自己人带。"

"好吧。去哪里取?"

"你明天上午从罗湖口岸北上,十点钟准时到口岸商业城A3411号商铺,到时会有一个戴褐色棒球帽的罗姓中年男子在商铺门口等你,确认身份后,他会把东西交给你。"查理说。

"我们凭什么接头?"刘琳问。

"你把我这串砗磲手链戴在手上,他看见这串手链就会知道你是我派来的人。"查理取下手腕的一串手链,给刘琳戴上。

"好的。"

第二天上午十点,刘琳准时来到查理所说的商铺。这是一个销售DVD影碟和唱片的商铺。当时店铺里客人并不多,但刘琳并没有看见戴褐色棒球帽的男子。就在刘琳四处寻找时,突然听见身后有人轻声问:"请问你是刘小姐吗?"

刘琳猛地转身,发现身后站着的正是她要找的戴褐色棒球帽的男子。"你是罗先生?"刘琳问。

"嗯。"对方点点头,从背包中取出一个牛皮纸大信封,递给刘琳说:"这是给查理的。"

信封的口子封得严严实实的。刘琳接过信封,在手里掂了掂。信封不算重,感觉里面装的确实像是文件,但好像还有光碟之类的物品。刘琳将信封放入手袋,抬头正要与对方道别,却发现对方已不见了人影。刘琳环顾了一下四周,确定对方已经离开现场,下意识地皱了皱眉头,快步走出店铺。她甚至连对方的样子都没有看清楚。

商业城店铺很多,手袋、手表、服装鞋帽、古董字画等应有尽有。刘琳已经很长时间没有光顾商业城了,现在看似又比以前热闹了许多。看着那琳琅满目的国际名牌商品,刘琳真想好好逛一逛,看能否淘到一两件好东西,却又怕耽误了查理交办的事情,只好一步一回头地朝与商业城一桥之隔的口岸楼走去,打算直接回香港。然而,在她路过一家鞋店时,突然听见有人朝她喊道:"陈太太!刘琳小姐!"刘琳扭头一看,发现喊她的居然是蔡虹霞!

"卢太太,怎么这么巧?"刘琳惊讶道。

"你怎么会在这?"蔡虹霞快步上前,抓着刘琳的手,惊喜道。

"我过来办点事,马上就回香港。你呢,买鞋吗?"刘琳问,也显得非常惊讶。

"没有,早上送完露丝去香港读书,路过这,看看而已。"

"露丝不是保姆车接送吗?"

"都多大了,早就不需要保姆车接了。"

"噢,你看,我都糊涂了。"刘琳拍了拍脑门儿说。

"晋豪这几年变化好大。"

"是呀,都长大了,懂事了许多,他外婆可喜欢他了。"

"晋豪很乖,我们都喜欢他。他和露丝他们每个周末都去画画,可开心了!"

"那就好。"

"周末怎么也不见你和他一起回来走走?"蔡虹霞问。

刘琳尴尬地笑了笑,没有回答。

刘琳要与陈熙怀离婚的事,大家是知道的。蔡虹霞意识到说了不合适的话,赶紧转换话题:"走,找个地方我请你喝茶!"

"今天不行,改天吧。"刘琳说。

见刘琳态度这么坚决,蔡虹霞只好遗憾地说:"下次一定要专程来,咱们两姐妹好好聊聊。"

"好。"刘琳使劲晃了晃蔡虹霞的手,点头道。

"我们都希望你们一家人能好好地在一起。"尽管这样的话会使刘琳尴尬,但蔡虹霞还是忍不住说出了口。

"谢谢你们关心,我永远都爱晋豪!"刘琳翘起嘴角,使劲做出微笑的样子。

告别了蔡虹霞,刘琳匆匆赶往关口。这个点正是旅游团出境的高峰时段,过关的旅客比较多。刘琳混在人群中,由于没带什么行李,并没有引起关员的注意,顺利过了关。虽然不知道信封里装的究竟是什么,但她隐约还是感到那文件并不普通,过关时还是有些紧张,担心被海关抽查。她不知道万一被海关发现那些文件会有什么后果。所以,走出海关监管区,踏上罗湖桥后,她如释重负。

从刘琳手中接过信封时,查理罕见地喜形于色。他仔细检查了一遍信封的封口,原封没动,才独自进了小书房,关上房门。

看着那冷冰冰的书房门,刘琳不禁感到一阵失落。

蔡虹霞把在商业城遇见了刘琳的事告诉了丈夫卢桥。

"要把这事告诉陈熙怀吗？"蔡虹霞问丈夫。

"他们目前还是夫妻，如果有需要，刘琳应该会自己告诉陈熙怀的。"卢桥说。

"也是。"蔡虹霞点点头，突然记起了什么似的，问："上次让你找陈熙怀去跟李国荣谈他和田椿的事，你找他说过没有？"

"听陈熙怀说，他已经找李国荣谈过了，但李国荣还是那句话——不可能。"

"李伯呢，李伯找李国荣谈过没有？李伯的话他肯定会听。"

卢桥轻轻地按了一下蔡虹霞的脑袋，笑着说："看样子，你不促成李国荣和田椿就浑身不舒服是吗？"

"那肯定啦，这是好事来的嘛。"蔡虹霞得意地说。

"你的做法就好比极力劝说一个人买一件他自己觉得不合适的衣服，你觉得这是好事吗？"

"这怎么能一样呢？买衣服和婚姻怎么能相提并论呢？"

"唯一不一样的就是，衣服不合适，再买一件就拉倒了；婚姻不合适那可是会影响两个人一生，影响几个家庭的。所以，合不合适，还是让他们自己去决定吧。"

"问题是现在田椿很喜欢李国荣，很想替她姐姐照顾两个小孩和李国荣呀！"

"唉，怎么说你好呢？"卢桥无奈地摇摇头说，"幸亏你对自己的婚姻没有像对别人的那样糊涂。"

"你什么意思嘛？"

"自己慢慢去想。"

"讨厌！你们不说，我自己找李国荣说去。"蔡虹霞说。

蔡虹霞果真瞅准了一个机会，拉着陈熙怀给李国荣和田椿说媒。但李国荣还是那句话，他和田椿是不可能的，还让蔡虹霞把他的意思转告给田椿,叫田椿尽早另找归宿。

田椿知道后,也放出了狠话,说她这辈子已不打算嫁人,要把建武和建芳当成自己的小孩来照顾。至于他李国荣爱娶谁为妻,与她无关,她也不感兴趣,不想知道。

虽然知道这是田椿赌气的话,李国荣听了之后还是非常担忧。田椿的倔性子李国荣是知道的,她是说到做到的人。如果她真那样做,叫他如何向她死去的姐姐交代呢?

见李国荣决意不娶田椿,陈熙怀来了个一百八十度的转弯,给他出主意说:"既然你不想娶她,那你就赶紧找个人结婚,让她死了这条心,免得耽误人家。"

"她都放出这样的话了,我结不结婚都改变不了什么的啦!"李国荣摊着双手说。

"她的话是说给你听的,你还不明白吗?我就不相信她真的不嫁人。不信?你结婚试试,说不定你今天结了婚,她明天就嫁给别人了。"陈熙怀言之凿凿地说。

但蔡虹霞却提醒他们道:"你们这些臭男人不要用你们的薄情来度量我们女人的痴情!"作为女人,她完全能体会田椿用情之深,也完全相信田椿既然说出口,就一定会那样做。

蔡虹霞的话道出了李国荣的担忧,让他陷入了更为进退两难的境地。

"你这样子也不是个办法呀。事关你们的幸福,你怎么可以这么没主见呢?"见李国荣优柔寡断的样子,陈熙怀更是着急。

"你就别操心我的事情了,先处理好你自己的事情吧!"李国荣被陈熙怀逼急了,脱口而出。

这话一下子戳中了陈熙怀的心,他想自己的婚姻都搞得一塌糊涂了,还有什么资格在别人面前就婚姻问题当师爷呢?真正出问题的是自己的婚姻。他与刘琳目前这个状态究竟算什么呢?刘琳要离婚,他不同意;他想找刘琳好好谈谈,刘琳却避而不见。总之,刘琳的意思是,除了离婚,一切免谈。

陈熙怀与刘琳的关系,旁人都看在眼里,但又帮不上忙。谁都不敢给他出主意,无论是劝散或劝聚都不合适。大家心里都明白,他们目前的这种状态,还真不如离了算了。不过,大家都深谙"能拆十座庙莫拆一个家",哪怕心里这么想,也都三缄其口。

陈熙怀本人虽然极力希望挽回这段婚姻,却不知道该如何办,或者说能做的并不多。他所有的精力都放在了生意上,他的人生目标就是挣更多的钱。他认为,只要生意成功,有足够的钱让刘琳过上舒适的生活,刘琳就不会想着离婚,自然就会回到他身边了。所以,他一直在拖在等。但眼下,他与李守忻和李国荣合伙的公司已经上市,财产也越来越多,刘琳却没有如他所愿回心转意,反而渐行渐远。这让他更加懊恼,更加不知所措。

不过,如果陈熙怀知道刘琳心里是怎么盘算的,他大概就不会这么坚定地认为他能挽回这段婚姻,也不会将自己置于进退维谷之间了。

刘琳去意已决,她要跟查理去英国。她这种意愿是如此强烈,以至于可以抛开一切——包括晋豪。在她看来,她对晋豪已经付出很多,付出得那样彻底和无私,晋豪现在已经日渐长大,而且,已经展露出一个正常孩子的特征,她再也不用担心他的前景,再不用对他心怀愧疚,可以问心无愧地寻找属于自己的生活了。她对自己说,她的前半生是为别人而活的,后半生,她要为自己而活,要按照自己的意愿去生活,真真切切、快快乐乐地体验生活。她毕竟将近四十岁了,再不抓住这青春的尾巴,她这辈子就完了。她始终认为,孩子长大了有自己的人生,但无论身在何处,他永远都是自己的孩子,这一点是永远都改变不了的。至于陈熙怀,他只是她生命中的过客,他们遇见了,当然也爱过——她相信他们爱的时候她是真心实意的——这很重要,不仅对陈熙怀,更是对她自己。这说明她从没敷衍人生——别人的和她自己的。现在,她与陈熙怀的遇见已经走到末路，正是抱着她笃定的从不敷衍人生的理念，她要释放彼此，去寻找自己的人生，去寻找或者再续自己的另外一段前缘。

三十四

经过一段时间的筹备，由深圳市相关群团组织牵头主办，国熙公司及李妮工作室等单位协办，深港澳三地少年联动项目——"深港澳少年书画展"终于在市美术馆开展。该展览征集了深、港、澳三地少年的国画、毛笔书法作品500余件，作品内容以反映三地文化融合、颂扬港澳回归以及传承华夏文明为主题。展览得到了省市相关领导的高度重视。开幕式当天，不仅来了许多业内专家学者及书画名家，三地都派出了高级别的行政官员出席开幕剪彩。展览一开始就受到了社会各界及新闻媒体的广泛关注，取得了很好的社会效益。按照日程安排，展览将在深圳美术馆展出两周，然后相继转至香港和澳门两地公展。

晋豪邀请妈咪刘琳出席开幕式，刘琳起初答应参加，但就在开展的前一天突然说临时有重要的事情走不开。为了安抚晋豪，刘琳向晋豪保证："在香港展览的时候，妈咪一定出席，而且还会喊好多叔叔阿姨一同前来捧场。"

妈咪的缺席让晋豪感到非常失落，不过，这种失落很快就被展览的成功所带来的喜悦洗刷掉。晋豪创作的花鸟画《归巢》，无论是题材、意境还是技艺都得到了专家们的一致好评，作品被选为此次展览海报的背景图案。晋豪此次共有三幅作品参展，另外两幅分别名为《团圆》和《怀抱》，也是花鸟画，也都获得好评。

刘琳虽然没有参加深圳的开幕式，但一直关注着展览的相关情况，就在开展当天，居住在香江边的刘琳躺在查理寓所的床上，手里把玩着展会的宣传小册子。看着小册子封面那幅精致的画作，刘琳心里既感到惊讶又欣慰。她没想到晋豪居然对国画有这么浓厚的兴趣,而且还有这么高的天赋。虽然她并不指望晋豪日后能在绘画领域成名成家,但有了艺术的陪伴,他这一辈子再也不会孤独了。

就在刘琳陷入沉思的时候,从外面进来的查理探过头来问:"在看啥呢,这么入迷。"

"看晋豪他们的展览海报。"刘琳把小册子递给查理看。

查理接过宣传册,应付地瞟了一眼,随口道:"嗯,不错。"

"看都没看,就说'不错',"刘琳夺回宣传册,指着上面的画说,"这幅画是晋豪画的,漂亮吗?"

查理假装认真地看了一眼,再次说道:"确实不错。"

"听说他们这次展览的规模很大,影响也很大,深圳、香港、澳门三地巡展,媒体纷纷报道,说这是促进三地文化交流的重要活动,对中华文化的传承与发扬具有深远意义!"刘琳指着宣传册上的文字说,"没想到晋豪一个小孩也能参与这么有意义的活动。"

听着刘琳得意扬扬的介绍,查理先是眉头紧锁,随后像是突然想到了什么似的,问道:"你是说到时他们还会来香港展览?"

"是呀,宣传册上有说呀。"刘琳指着宣传册给查理看。

"在哪里展?"查理接过小册子,问。

"好像说是在会展中心。"刘琳答道。

"这份海报给我。"查理拿着宣传册转身进了书房。

"拿去呗,我这里还有几份。"刘琳不解地望着查理的背影说。查理突然对画展变得关心起来,让刘琳感到有些莫名其妙。当查理从书房出来时,刘琳忍不住问:"你怎么突然关心起这个展览来了?"

查理阴险地笑了笑,说:"既然他们说这个活动这么有意义,社会影响这么大,我们确实要好好关注一下。"

随着交往的加深,查理对刘琳渐渐放松了戒备,很多事情他已不再隐瞒和刻意回避了,刘琳因此得以逐渐扒开了他的神秘面纱,

249

查理其实是受某国外团体委派,回来从事乱港活动的人。刚知道他的真实身份时,刘琳一度感到非常紧张,但最终还是被他的花言巧语和信誓旦旦的承诺洗脑了。反正用不了多久就可以跟着他去英国了,到时这边的事与她就再也没有关系了。刘琳是这么想的。

刘琳的感觉没有错,查理突然对画展变得关心起来,确实是动了歪心思。既然这个画展影响这么大,这么受关注,是不是可以利用这个画展做点文章呢?但究竟怎么做,他一时并没有什么主意。

第二天,查理约了几个核心成员讨论近期活动计划时,抛出了画展这件事。

"这件事由港府和内地部门联合举办,虽然是小孩子的画展,但他们的宣传站位很高,社会反响也很大。如果我们能在里面做点文章,给它泼桶脏水,肯定能够引起很大的轰动。"查理说。

其中一个外号叫狗公的中年男子拍着桌子说:"既然要轰动,那就搞大它。在开幕式当天制造个爆炸事件,炸死那群'扑街'。看以后还有谁敢参加这样的活动。"

"这样做不太好吧?万一发生重大伤亡,会引起公愤的,那样会把我们置于与民为敌的不利境地的!"另一名男子说。

"难道你现在做的事情是与民为善吗?"狗公对着那名男子吼道,"只要我们做得非常隐蔽,谁会知道这是我们做的呢?"

听着他们的对话,查理陷入了沉思。他是受命而来的,而眼下这些人都是他高金收买的亡命之徒,他不仅给他们支付高额的经费,还承诺事成后安排他们移民国外,所以这些人干起事来都非常卖力。查理回来香港也已很长时间了,虽然做了一些事,但在他主子看来,都是些小打小闹的儿戏,离他们的要求相差甚远。因此,他也急于想做件大事,以便尽快回去向主子请功。

"如果计划稳妥的话,我觉得狗公的想法可行。"查理最终表态道。他所说的稳妥,就是隐蔽,确保警察追查不到是他们干的。这样就可以撇清关系,不会引起社会对他们的公愤。

一个大胆的、残忍的计划在他们当中酝酿开了。实施计划的关键就是要弄到炸药。香港地方虽小，安检设施却非常齐备，对爆炸品的监管更是非常严格，简直是密不可泄，要在现实中携带或运送爆炸品绝非易事，远不像港片中描述的那么简单。而且查理不想给警方留下与他们有关的痕迹。最后，查理选择了林亨里。

查理了解林亨里的为人，知道他贪财，只要有利可图什么事都敢干，同时也知道他对刘琳有企图，所有这些在查理眼里都是可以利用的弱点。他之所以选中林亨里作为合作对象，除了有上述的可控点外，主要还是因为林亨里不仅在香港的路子多，而且对内地的情况也熟悉，涉及两地的事情他都能搞定。自从刘琳介绍他们认识后，林亨里替查理解决了不少问题，当然也从他这里获取了巨额的报酬。至于他们之间从事的究竟是一种什么样的勾当，只有他们自己知道。

"能替我弄一个遥控炸弹吗？"找到林亨里后，查理直截了当地问。

"什么时候要？"林亨里点了一支烟，吸了一口。不问原因是他们之间的约定。

"越快越好，最好在一周内弄到。"

"需要多大量的炸药？"

"一公斤。"

"什么类型的炸药有要求吗？"

"能炸响就行。"

"连同雷管、引线整个装置吗？"

"当然，可以直接遥控引爆的那种。"

"这种东西管得很严，不好弄。"林亨里吸了一口烟，瞟了查理一眼，说。

"你开个价吧。"查理很干脆，他觉得林亨里这么说无非是想多要些钱。

林亨里一边坏笑着,一边将舌头在口腔内转了一圈,伸出一个手指按在桌面上。

"一万?"查理看了一眼林亨里伸出的手指,问。

林亨里摇了摇头。

"十万?"查理再问。

林亨里再摇头。

查理骤然皱起眉头,看着林亨里的眼睛,压着嗓子惊讶地问道:"难道是一百万?"

林亨里擦了擦鼻尖,仿佛有点不好意思地点了点头。

"咱们老拍档了,你不能这么狮子大开口呀。"

林亨里往椅背上一靠,悠然地说:"这个价不高。"

"一公斤的普通炸药一百万还不贵?都抵得上一枚防空导弹的价钱了!"

"一公斤炸药的成本不贵,贵在把它弄到手风险很大。"林亨里在烟灰缸上弹了弹手中的香烟说:"你以为现在还是'97'前呀?这东西现在管得有多严你知道吗?"

查理想了想,咬了咬牙根,说:"好吧,你尽快给我搞定。"

"你得先给一半钱作定金。"

"你怎么这么急,怕我没钱给你吗?"

"不是我急,这种事按行规都是先付钱给卖家的。"

查理摇摇头,无奈地说:"好吧,下午转给你。哪个账号?"

"这个只能通过现金交易。"

"这样的话,我得赶紧去准备现金。"说完,查理很不爽地匆匆离开了。

林亨里瞪着查理离去的背影,心想,他究竟想炸什么地方呢?虽然查理每次找林亨里办事,林亨里表面上都不问缘由,领了就办,看似很讲规矩,其实他每次都暗地设法摸清楚事情的来龙去脉。他这样做,一来是要弄清做这些事情要承担多大的风险;二来是要评估一下查理有没有少给他酬劳。不仅如此,林亨里甚至把查理的底细摸得一清二楚,包括他的住址、交往的交际圈,以及他不远万里回到香港的真实目的。对林亨里来说,查理是做什么的不要紧,要紧的是能让他快速挣钱。至今为止,林亨里觉得查理的钱还是比较好赚的。另外,关键的是查理曾许诺协助他移民英国。这一点,林亨里是相信查理的能力的。他如果要移民,未必要查理帮忙,有钱就可以了!但通过接触,林亨里发现查理具有强大的势力背景,这也是当他知道刘琳与查理的关系后,就再也不敢对刘琳有越轨行为的原因。当然,那只是表面的,他心里对查理要多恨有多恨,连做梦都想阉了他。这次因为查理委托他办的这件事让他隐约嗅到了血腥味和潜在的风险,所以不太愿意办。他本想通过高价让查理知难而退,但没想到对方如此坚决,不惜重金。这更让他感到问题的严重性。炸药这个东西不别的,万一发生爆炸,出现人员伤亡,可是重大的公共刑事案件,警察可是要一查到底的。他担心事件会牵连到他,但又不想拒绝,怕失去了他"万事通"这块金字招牌。

离开了林亨里后,查理就直接去准备钱了。刚才林亨里确实让他感觉很不爽,不仅因为他漫天要价,更因为他明显感觉到林亨里今天的态度有些傲慢,完全不像以往那个小丑的模样。他从中看到了林亨里人格的两面性,从而也让他深感不安。他甚至后悔让林亨里知道并参与他们太多的事务。"看来这个人日后将是一个隐患!"查理心想,脸上掠过一丝杀气。

当日下午,查理让狗公将五十万元定金放进了林亨里的车后备厢。关上车门后,狗公拍着手上的灰尘,凑到车窗前,用近乎威胁的口吻冷冷地对林亨里说:"给我办好点,不要玩野。"

对方凶神恶煞的样子,让林亨里不寒而栗,他仿佛从对方的眼里看到了死神飘忽的影子。

三十五

　　由于指向严男的投诉越来越多、越来越清晰,严男被停职调查了。虽然只是暂停职务,但他已深深感觉到什么叫"人走茶凉"。在昔日热情的同僚的脸上,如今他仿佛只看到一个字:滚!看着那些势利眼,严男真恨不得上前给他们两个嘴巴。

　　"等我跨过这道坎,看我怎么收拾你们这群狗崽子!"严男心里是想一回骂一回。

　　为了刷存在感,被停职后,严男在上班时间反而不怎么往外跑了,每天上班就等着饭堂开饭,不过,他甚至感觉到,就连饭堂的人都在给他脸色看。

　　这天午饭,严男早早来到饭堂,刚端起盘子,一眼就看见了那道红焖猪脚——近期食堂隔三岔五就有这道菜。他总感觉这道猪脚有什么寓意。

　　"这段时间怎么老吃猪脚?"他一边打菜一边问身边的服务员。

　　"猪脚好呀,以形补形,吃了猪脚,跑得快呀。"服务员伶牙俐齿地说,也不知道她说这话是有意还是无意。

　　"跑得快?你们都希望我快点跑、快点滚蛋,是吗?"严男闻后,脸色大变,将手中取菜的钢铲子一扔,厉声喝道,把服务员吓得面无人色。

　　"不不不,不是这个意思。"服务员苍白着脸,连声道歉。

　　"告诉厨房,如果他们想滚蛋,就让他们自己多吃猪脚。"严男气得饭都不吃了,甩下盘子,愤然走出了饭堂,刚出门口,迎头正好遇上了严洁。

　　"严主任,这么快就吃饱饭了?"严洁问,依然没改娇滴滴的声音。

一听这声音,严男浑身舒坦,心里的不快顿时消散了一大半,心想,还是小严对我忠诚。

"没吃?走,我带你出去吃好的。"严男挥了挥手说。

"不去了,我在饭堂随便吃点,中午休息一会儿,下午还有任务呢!"严洁皱着眉头说。

严男叹了一口气,朝严洁甩了甩手,独自下了楼,开车直奔邱震摇公司而去。"唉!都变了。换了以前,我说要带她出去吃饭,她哪有不去的道理?"严男失落地叹道。

看见严男来了,邱震摇既惊讶又高兴,连忙让座上茶。

"吃了没?"他给严男递上香烟,问。

"没呢!"严男瓮声瓮气地应道。

"正好,我们也没吃,"邱震摇说,"走,一起吃饭去。"

"走。"严男也豪横地挥了挥手。

邱震摇等人一如既往的热情与恭敬,令严男深感欣慰。"还是这帮兄弟靠谱。"严男心里感慨道。为了告慰眼下这些"虔诚"的追随者,严男告诉他们说:"你们放心好了,我不会有事的。退一万步讲,即使我不当这个主任了,一样能帮助你们做生意。"

"看严主任这话说的!"邱震摇摆摆手说,"不管您当不当主任,您永远都是我们的好大哥!我们永远都敬重您、孝敬您!"

"好,我们以后一起把我们的事业做得更大更强!"严男拍着桌子说。

就在这个时候,魏向贱居然带着他的两个狱友摸了进来。

"你们来这里干什么?"一见到魏向贱,邱震摇大吃一惊,慌忙站起来,将魏向贱等人拦住。

"邱总怎么这个态度?"魏向贱说,"我们不是老朋友吗?你怎么好像不太愿意见到我们似的?"

"我们兄弟归兄弟,但现在有领导在,不方便嘛!"邱震摇解释道。

"领导？就是那个同你们合伙做生意的什么主任？"魏向贱装出惊讶的样子，边说边伸出手向严男走去，要与严男握手。

"好了好了，你们先出去，回头我再请你们喝酒。"邱震摇试图将魏向贱推出去，不过，相对于魏向贱肥胖的体态，他单薄的身躯就好比蚍蜉撼树，根本就推不动对方。

魏向贱的话让严男倒吸了一口凉气，他不满地瞪了邱震摇一眼，心里骂道："你这个白痴！怎么可以让他知道我们的事呢？"

从严男的眼神里，邱震摇感觉到了他的不满，脸不由得一阵煞白。

面对站在眼前的魏向贱，严男礼节性地让对方碰了碰自己的手。

"领导放心，你和邱震摇之间生意上的事，我们是不会说出去的。"魏向贱阴险地笑着说。

严男对魏向贱是既害怕又厌恶，不知该如何接他的话。他望着邱震摇，意思是叫他赶紧把魏向贱他们赶走。

魏向贱也知道严男他们心里在想什么，他们越想他走，他偏偏就赖着不走。他看了看对方的反应，说："我们的嘴巴严不严，取决于我们的肚子有没有吃饱。"

邱震摇一听，知道魏向贱又是为钱而来的，肺都气炸了，但眼下最要紧的就是打发他们走，同时不能让他们在外面胡说八道。于是，他抚着双手，说："好好好，钱的事好说。你们先回去，我和领导有事要商量，回头我单独联系你。但你们要记住，领导跟我们的生意一点关系都没有，如果你们在外面乱说，休想得到一分钱，知道吗？"

"既然如此，我们就静候佳音了。"魏向贱像大明星似的跟众人挥手道别，带着两个狱友大摇大摆地走出包间，经过陈闻洁身旁时，还趁机摸了摸她的脸。

"流氓！"魏向贱走后，严男怒骂道。

旁边一直默不作声的李少锡看了严男一眼,心里暗暗地说:"我看你比他们更像流氓。"

随着辰锡走私业务的发展,李少锡越来越感到脊背发凉。好几次,他非常正式地向邱震摇提出自己不想干了,但邱震摇他们又岂肯轻易放过他呢?说是被要挟也好、骑虎难下也好,李少锡现在是人在贼船,身不由己,只能听天由命了。

邱震摇在老家的房子已经盖好,过几天就要入伙。据说房子非常气派,简直像宫殿。他原本打算邀请严男、李少锡和林亨里一同回老家参加入伙仪式,但根据目前的情况,严男是去不了了。林亨里因为帮查理搞炸弹,正与香港那边的"朋友"密切联系,也走不开。李少锡本来心里就对邱震摇不满,见大家都不去,就更求之不得,趁机也推了。最后,就连向来形影不离的陈闻洁也说不知道该以什么身份参加,不去了。

邱震摇本想借新居入伙之机,请这边的贵客回去在乡亲父老面前好好炫耀一番,但这个想法最后落空了。

林亨里他们人虽然不到,但贺礼是不会少的,要不怎么显示出他们的情谊和义气呢?

然而,他们的这些所谓"义气"也好,"豪情"也好,已经撑不了多久了,因为一张针对他们的调查网已经悄然铺开。几乎就在严男被停职调查的同一时间,海关缉私局一个小会议室里,由王局长主持的一个专案缉私部署会正在秘密地召开。

会上,情报科郭科长向与会领导和干警汇报了他们掌握的有关辰锡公司的走私材料,其中包括严男参与其中的大量证据。除了严男之外,他的妻子和儿子也利用他的职务和权力,成立空壳公司,长期从事走私违法活动。

听完汇报,王局长拍案道:"简直是触目惊心,无法无天。证据链都串得起来吗?"

"完全没问题,"郭科长说,"现在就等一个突破口了。"

"好,一定要找准时机,将关键嫌疑人一网打尽!"王局长弹了弹烟灰,铁青着脸说道。

三十六

画展的成功让晋豪成了小有名气的人,各家媒体争相报道了他,并刊载那幅寓意深刻的《归巢》。作为指导老师,李妮也因此沾了光。每当媒体采访晋豪,问他这幅画的创作灵感来自哪里时,他的眼神总是流露出忧伤。

开幕式当天,一位记者姐姐请晋豪给大家讲讲《归巢》这幅画的含义。其实光看标题,画中含义已一目了然,记者只是想让身为香港人的小画家自己亲口说出来而已——这是新闻从业者的套路。

"回家。"晋豪羞涩地答道。

"你的另外两幅画《团圆》和《怀抱》看似也有家的意境。你为什么会创作这么一组画呢,你的灵感来自哪里?"记者继续问道。

晋豪抬头望了身边的李妮一眼,眨了眨眼睛,答道:"家对于我们每个人都很重要呀。"

"嗯。"记者若有所思地点点头,继续问道:"听说你来自香港,但在深圳和香港都有家,请问,你更喜欢哪边的家?"

"都喜欢。"晋豪答道,眼睛顿时红了。

"感觉哪个家好?"

"有爸爸妈妈在的家就好。"晋豪说完,竟然哇哇地哭了起来。

一旁的李妮见状,赶紧将他搂在怀里,把他带离了采访现场。

晋豪的反应也把记者吓着了,她悄声问李妮:"这孩子怎么啦?"

李妮朝她摆摆手,示意她不要再问了。记者并不知道晋豪的家庭情况,正是她的问题触痛了晋豪的心。

晋豪趴在李妮身上,抽泣了好一阵子才渐渐平息了下来。李妮轻轻拍了拍他的后背,鼓励道:"没事了,坚强起来!"

晋豪擦了一把眼泪,抬头望着李妮,泪眼汪汪地问:"李老师,我刚才是不是很丢人?"

"应该说是很感人。"李妮不假思索地答道。

"为什么?"晋豪眼前一亮,问道。

"大家都觉得你很率真呀。"

"率真好吗?"

"我们都喜欢率真的人。"

"为什么?"

"率真的人都很善良、很真诚呀。"

"但是我哭了。"

"哭和笑一样,只不过是一个人情绪的自然流露而已,没有什么不对的呀?我们每个人高兴的时候都会笑,伤心的时候都会哭呀。"

"李老师你哭过吗?"

"当然哭过。我小时候也经常哭。"李妮看着晋豪,一点都不觉得难堪地笑道。

"因为什么哭呢?"

"小时候因为哥哥偷吃了我的糖。"李妮噘着嘴说。

"哈哈……"晋豪一听,忍不住破涕为笑。

通过此次画展,建武和晋豪还结识了来自澳门的一位参展小画家,并成了好朋友。这位小画家名叫斌仔。

这次画展的成功举办,李守忻可谓功不可没,从策划、联系沟通到筹备工作结束,他都全力参与,不但出力,还让"国熙"从经费上赞助此次活动。

然而此时,国熙公司却出了一点小问题,其在成都直销店的一名店长卷款潜逃了。

"大概卷走了多少钱?"当行政秘书慌张来报时,李国荣问。

"五……五十来万。"秘书紧张得话都说不清。

"这事又不是你干的,你慌啥子哟?"李守忻安慰她道。

"我这不是担心你们听到这个消息后会生气嘛。"秘书不好意思地笑道。

"你该担心的是那个卷走款项的店长。"李守忻说。

"现在该怎么办?要不要报警?"李国荣问。

"你亲自跑一趟成都,弄清事情的来龙去脉再说。"李守忻顿了顿,接着说,"其实这件事我并不太担心,我更担心公司这两个月的业绩都出现了较大幅度的下滑,你们查清楚是什么原因吗?马上就要公布业绩了,这样的数据怎么向股民交代呢?"

"主要原因是成都、重庆、西安等内陆城市销售额出现了不同程度的萎缩。"李国荣说。

"萎缩是明摆着的,但究竟是什么原因导致萎缩呢?是不是我们的产品出现了质量问题,抑或是产品的设计款式、用料等跟不上市场的要求呢?"李守忻说。

"这个得深入调研一下才知道。"李国荣说。

"你趁着了解卷款事件,沿途一路过去,对那边的市场做个深入调研,找出原因后我们再研究应对措施。"李守忻说,"还有,我觉得我们的产品无论是设计款式还是用料都要提升,保持与国际市场接轨。只有这样,才能保持或提升产品的竞争力,才是一个上市公司应该有的样子。"

李国荣和陈熙怀点头表示赞同。

"在国际市场、原料这两块,熙怀多费心了。你出去考察一下吧,回头拿个方案出来。"李守忻说。

"我正有这个想法。"陈熙怀说。

李守忻看了看台历,说:"趁早吧。这边的画展虽然还有个把星期结束了,但加上报关、布展等工作,估计要在2月1日才能移到香港,当中有大半个月时间呢。你现在出去考察,还能赶回来参加香港展的开幕式,给晋豪现场加油。"

"嗯。"陈熙怀点了点头。

李国荣回头对秘书说:"你去给我和陈总安排一下行程和机票。"

"马上办理。"秘书应声而去了。

"我们两个都离开了,公司的事辛苦您了。"李国荣看着李守忻说。

"都放心去吧,我留下来既照看公司,又替你们带小孩。"李守忻笑道。

李国荣和陈熙怀对望笑了笑。其实,他们都知道李守忻这是在开玩笑,即便他们不在家,建武、建芳有田椿看着,晋豪也可以去香港他外婆家里,哪用得上他李守忻带呢!况且,孩子们都长大了,也无须像放牛似的紧盯着。

这时,秘书进来报告说机票、酒店都已安排好了。李国荣和陈熙怀于是告别李守忻,分头准备去了。

陈熙怀从香港飞,他本想顺道把晋豪送到香港他外婆那里,但出乎意料的是,晋豪这次居然一反常态说要留在深圳。

"爸爸出差了,你一个人在这边,爸爸不放心。"陈熙怀说。

"你放心出差吧,"晋豪说,"我和建武说好了,我去他家住。澳门那个斌仔也会过来。"

"我担心的是你们吃饭怎么解决,总不能天天到外面吃麦当劳吧?"陈熙怀说。

"你忘了还有田椿姐姐吗?"晋豪愉悦地说,"田椿姐姐已经答应了到时来建武家做饭给我们吃。"

"哦,这样也好。"陈熙怀若有所思地说。他原以为晋豪这次肯定会回香港他妈咪身边的,却没想到他居然选择留在深圳,这让他有些始料未及。

李国荣和陈熙怀出差后,田椿把餐馆交给员工打理,在建武家全天候照顾这群来自三地的小画家,做饭、洗衣、搞卫生,忙得不亦乐乎。

第二天中午,吃过午饭后,孩子们在各自的房间内午休,田椿正在收拾客厅卫生,突然接到李国荣打来的电话。

"家里可热闹了。"田椿说。

"我听说了。辛苦你了。"李国荣在电话里头说。

"不辛苦,我是为了建武和建芳。只要他们开心我就开心。"田椿说,话语中带话。

李国荣一时不知该如何应答。田椿的心思他是知道的,但李国荣无法接受。当中的原因并不是田椿的条件不好,相反,田椿长得甚至比她姐姐还要漂亮,性格好,又独立能干,追求她的人不少,但她始终不为所动,全部心思都在建武兄妹身上——其实是在他李国荣身上。

"你老大不小了,也该为自己的事着想了。"沉默了一会儿,李国荣说。

"不用你管。"田椿撑道。

"你这话就不对了,怎么不用我管呢?在深圳,我就是你的兄长,我不管你谁管你?我要对你家里人,对你姐负责!"李国荣气恼地说。

"要是对我姐负责,你就不是这样子了。"田椿呲道。

"我什么样子了?"李国荣一听就急了。

"你要是真对我姐负责,就会替建武、建芳着想。"

"我怎么不为建武、建芳着想?"李国荣越听越着急,"告诉你,他们两兄妹就是我的全部!"

"说的比唱的好听!"田椿说,"你连他们需要什么都不知道,还说他们是你的全部!"

"那你说,他们需要什么?"李国荣窝火地反问道。

"他们需要一个像我姐姐那样的人来照顾他们!"田椿嗔怪道。

李国荣叹了一口气,沉默了一会儿,说:"田椿,我知道你的意思。你是田芸的妹妹,我一直把你当亲妹妹一样看待,我也希望你把我当亲哥哥。"田芸正是李国荣的亡妻。

"你当我是什么那是你的事,但我是不会把你当亲哥哥的。要不是因为建武和建芳两兄妹没妈,我根本就不想见到你!"田椿喘着粗气说。

李国荣大概觉得再说下去也没什么意义了,咂了咂嘴巴,说:"建武、建芳他们在干啥,能叫他们听电话吗?"

"你电话打的不是时候,他们正在午睡。"田椿说。

"那就算了,辛苦你了……"李国荣还想再说一两句感谢的话,但田椿不等他说完就把电话挂断了。

李守忻并没有忘记他说过要替李国荣和陈熙怀"带小孩"的话。这天早上,他打算带晋豪他们几个小伙伴去莲花山看风景,却突然感觉身体不适,儿子李革命赶紧将他带到医院检查。一查,不好了,癌细胞出现了转移,扩散到肺部了,必须即刻住院治疗。

"能不住院吗?"在办理住院手续时,李守忻若无其事地问医生。

医生看了一眼旁边的李革命,神情严肃地说:"住院吧。"

"听医生的,住院好得快些。"李革命扶着父亲的肩膀说。

"近期事情特别多,李国荣和陈熙怀都出差了,公司没人看。另外,前天王清富打电话来,说竹器厂出了些问题,要我过去协调一下。"李守忻说。

"你就安心治病吧,回头我通知李国荣,他很快就会回来。至于贵县竹器厂的事,我跑一趟吧。"李革命说。

三十七

　　林亨里收了查理的定金,却迟迟没有交货。眼看深港澳三地少年书画联展的时间日渐临近,查理是既焦急又气恼。不过,查理越着急,林亨里就越故意拖着。他希望能从中看出点破绽,搞清楚查理究竟想炸什么地方。

　　查理左等右等不来,一气之下让狗公给林亨里下了最后通牒,如果2月1日前林亨里不能交货,后果自负。正是从狗公的这个最后通牒里,林亨里得到了一个时间信息:2月1日。他推测,查理要的炸药可能会在2月1日或稍后一两天内使用。于是他便开始从多个途径去了解2月1日之后香港各界都有哪些重要活动。他相信,这些重要活动之一很有可能就是查理此次制造爆炸目标。

　　林亨里猜测的方向是对的。查理之所以把目标定在2月1日深港澳三地少年在会展中心的联合书画展,首先是因为香港会展中心是国际瞩目的地标建筑,1997年香港回归祖国的庆典就在这里举行;其次,三地少年的联合书画展属于交流与展览活动,寓意深远。如果在这么一个具有特殊意义的地点制造一起爆炸事件,其影响也将是爆炸性的。他甚至认为,这次"深港澳少年书画展"是上天赐予他的良机。这次行动如果成功,他又可以在幕后主子那里大大地邀功。正是怀着这么"美好"的想法,查理近期简直是如沐春风,连走路都感觉飘飘然了。

　　刘琳也感觉到查理近来的心情特别好。这天,两人"燕语呢喃"之时,刘琳忍不住低声问道:"你近来有什么开心事吗?"

　　"跟你在一起就是我最开心的事。"查理用手指刮了刮刘琳的鼻梁说。

　　"你什么时候可以离开这里,带我去英国呀?"刘琳噘着嘴问。

"快了。"查理耐人寻味地看着刘琳的眼睛说。

"你不会骗我吧?"刘琳轻轻地扯着查理的络腮胡子,问。

"我怎么可能骗你呢?"查理亲了刘琳一口,说。

"你已经伤害了我一次,不许再伤害我。"刘琳装出气恼的样子说。她所指查理当初抛下她去英国的事。

"放心,不会有第二次。"查理保证道。

这时,查理放在床头柜上的手机滴答了一声,显示收到信息。查理拿起手机,微微侧过身去,输入手机解锁密码,然后站起来一边往外走,一边阅读信息。也许是一时疏忽,向来小心的查理居然忘了床头柜上的那面镜子。就在他输入手机密码时,刘琳透过那面镜子把他输入的密码看得清清楚楚,并默默地记了下来。

查理看完信息,对刘琳说他要出去办点事,吻了一下刘琳的额头,匆匆出去了。这正中刘琳的下怀,此时,她还真巴不得查理赶紧离开,好让她有机会检验一下刚才看到的密码。她透过窗口,看着查理上了一辆停在楼下的私家车离去后,扑到那个她一直惦记着的保险柜前,输入她刚才偷看到的密码——她猜想查理保险柜和手机的密码完全有可能是一致的。但结果令她失望,那个密码并不能打开保险柜。

白兴奋一场!刘琳气馁地坐在床沿上喘了好一会儿气。虽然这个密码不能打开保险箱,但有了这个密码,她将有机会打开查理的手机,偷看他手机上的秘密。这么一想之后,刘琳的心情立马又转阴为晴。

当晚,查理回来不算太晚。进屋后,他把外套一挂,手机往床头柜上一搁,就进浴室洗澡了。查理晚上洗澡一般都会顺带排便,他因患有严重的痔疮,每次排便用时都会很长。刘琳听见查理掀开马桶盖的声音时,知道他要如常排便了,立即欣喜地拿起查理的手机,输入密码,打开了手机。她先是翻开手机的信息通知栏,但收件箱是空的。显而易见,查理每次收到信息,阅读之后就把信息删除了。发送内容也是清空的。刘琳转而打开手机的通讯录。手机里储存的电话号码并不多，当中有她的号码，也看到了林亨里的号码，其余联系人她基本都不认识。有一个标注为"保险柜"的联系人却让刘琳眼前一亮。这个名为"保险柜"的联系人项下记载的并不是一个电话号码，而是两个英文字母加上一串数字和符号。难不成这是保险柜的密码？刘琳忍不住一阵欣喜，当即将它记了下来。随后，她又翻看了手机其他一些栏目，但都没有她感兴趣的内容。这一次，拿到了可能是保险柜的密码，她已经相当满足了。她小心翼翼地把手机放回了原处，若无其事地躺在床上继续看电视。

将近半个小时后，查理虚脱似的从浴室出来。查理进来先是瞟了一眼他床头柜上的手机，然后冲着看电视的刘琳微微笑了笑。刘琳也报以娇媚的一笑，向他张开了双臂。

这个时候，查理的电话又响了，他拿起电话跑到客厅去接听，不一会儿，又匆忙回到卧室，一边找衣服穿，一边对刘琳说："我还要出去一趟。"

"这么晚了还出去？"刘琳用手肘支起上身，噘着嘴，装着失望和不满地说。其实，她心里巴不得查理马上离开，好让她试试刚才看到的密码能否打开保险柜。

查理没有解释，习惯地上前吻了吻刘琳的额头就出门了。查理一走，刘琳立马从床上跳起来，正要往窗外探看查理的动向，却突然听到屋外传来开锁的声音。"他怎么又回来了？"刘琳慌忙跑回床上。

"忘了些东西。"查理回屋后，边解释边直奔保险柜，打开柜门倒腾了一会儿，拿了一沓什么东西塞进口袋，重新关上柜门，然后朝刘琳挤了挤眼睛，又匆匆出去了。

刘琳在窗口目睹了上次那辆车把查理接走，松了一口气，兴奋地搓了搓手，走到保险柜前，小心翼翼地输入那个密码，随着嘀的一声，保险柜的锁咔嚓了一声。密码无误！刘琳忍不住一阵激动。

保险柜内放了一些现金,有美钞、英镑,也有港币,其余是一些文件、光盘,还有查理的护照和一部微型摄录机、录音笔等。

刘琳逐一翻看了那些文件,很多文件上面都标有"秘密""机密"等字样。刘琳对这些文件不感兴趣,但其中一份标题为《2月1日会展中心制爆行动方案》引起了她的注意。这是一份同时用中英文打印的材料。从文件内容看,这应该是一份汇报材料。

"'2月1日''会展',这不是晋豪他们书画展的时间和地点吗?"刘琳自言自语道,"'制爆'是什么意思?难道是要制造爆炸事件?"这么一想,刘琳不禁毛骨悚然。查理暗中在做些什么事,刘琳是很清楚的,他要制造一起爆炸事件也是完全有可能的,但没想到他居然要在晋豪画展时制造爆炸!这可怎么办!伤到晋豪可不行!

方案的实施细则中还提到炸弹的来源是林亨里。这一点刘琳并不意外,她知道林亨里一直在跟查理合作。

看到这个方案后,刘琳第一反应就是不能让晋豪受到伤害。她脑海里接连闪过几个应对的念头:劝查理不要在那个时间制造爆炸,叫晋豪不要参加展览的开幕式,最后一个方案就是报警。

如果选择第一种方式,无异于告诉查理她偷看了他的东西,届时不知道他会有什么反应,弄不好会激怒他。采用第二种做法,她又该如何向晋豪解释?不说出实情是说服不了他的,如果说出实情,恐怕他们立马就会报警。如果直接报警的话,就等于要与查理决裂了,这是万不可做的!

想来想去,刘琳觉得还是先找林亨里了解一下详细情况再说。她看了看时间,已经是凌晨一点多钟了,这个时候是不方便找人家的。明天吧,明天一早就去找林亨里问问清楚,她想。

当晚查理没有回来,刘琳度过了一个辗转反侧的不眠之夜。第二天清晨,刘琳感觉刚刚入睡,就被查理进门的声音吵醒了,但她假装不知,紧闭眼睛在床上装睡。虽然闭着双眼,但刘琳还是能感觉到查理蹑手蹑脚来到了床前,在她跟前站了一会儿,大概是在端详她的睡姿,然后在她额头轻轻吻了一下。这一吻,让刘琳煎熬了整整一晚的心顿时又受到了滋润。查理还是非常爱她的。她坚信。她不停暗示自己,这个事情一定要处理好,既要让晋豪免受伤害,又不至伤了查理的感情。

趁查理沐浴的时候,刘琳准备好了早餐。由于昨晚通宵在外忙事,按查理的习惯,他今天上午是不会出门的。沐浴之后,他会简单吃些早餐,然后补觉。

刘琳刚把早餐摆放在餐桌上,查理就从浴室里出来了。

"是我把你吵醒了吗?"查理一边绑着浴袍,一边上前吻了吻刘琳的脸蛋儿。

"没有,是我自己醒来的。"刘琳甜美地笑了笑,说。

"昨晚累坏了,等会我要好好睡一觉。"查理伸了个懒腰,在餐桌前坐下。

"嗯,吃完早餐就睡吧!"刘琳说,把一碟三明治和一杯温牛奶推到查理面前。

"你陪我再睡一会儿吧!"查理抓着刘琳的手说。

"你自己睡吧,我待会儿出去办点事。"刘琳继续微笑道。

"你不在,我睡不着。"查理晃着刘琳的手,撒娇似的噘嘴道。

"乖,我办完事很快就回来。"刘琳抚摸着查理的手,安抚道。

"好吧,真没劲。"查理露出失望的样子。

刘琳喝了一杯温牛奶,草草吃几口三明治,就吻别了查理,拎着手袋出门了。

"快点回来啊!"查理对着她的背影喊道。

"好,你安心睡觉吧!"刘琳回头露着笑靥说。

刘琳一踏出查理住所,立马就拨打了林亨里的电话。

"才几点呀?还让不让人睡觉呀,小姐?"林亨里明显是被刘琳的电话叫醒的,迷迷糊糊地说。

"你在哪?我去找你!"刘琳很干脆。

林亨里一听,立马像触电了似的,兴奋地说:"真的呀?你怎么突然这么主动,我好怕怕哟!"

"少废话,我有正事要找你。"刘琳严肃地说。

"好吧。在哪见面?"

"老地方!"

四十分钟后,刘琳和林亨里在维港一家咖啡馆靠窗的位置相对而坐。刘琳面前只有一杯咖啡,林亨里面前则摆着一份丰盛的早餐。

"吃点吗?"林亨里叉起一小块培根递到刘琳嘴边。

"我吃过了,喝点咖啡就行了。"刘琳摇了摇头,端起咖啡喝了一口。

林亨里把培根放入口中,边咀嚼边瞟了一眼刘琳中指上的红宝石戒指,问道:"近来陈总还好?"刘琳与陈熙怀的情况他是清楚的。

"今天不谈他。"刘琳喝了一口咖啡,犹豫片刻,终于压着嗓子问道:"你和查理是不是计划2月1日在会展中心制造一起爆炸事件?"

林亨里一听,先是怔了怔,然后反问道:"你怎么知道的?"

"这你别管,反正我就是知道。"

林亨里只知道查理要制造爆炸事件,但却不知道时间和地点,这也是他千方百计想要了解的。如果刘琳所说的是事实,无疑是把他所无法得到的信息送上门来了。真是踏破铁鞋无觅处,得来全不费工夫!不过,他表面上却不动声色,装出小心谨慎的样子,前后左右察看了一遍,言不由衷地说:"没有。"

刘琳觉得林亨里是有所顾虑,所以才不敢承认,于是说道:"你放心,我不会举报你们的,只是当天晋豪他们要在那里举办画展,我担心晋豪的安全而已。"

"这事你去问查理不是更清楚吗?"林亨里说。

"我就是在他那里得知这件事的,今天特意来向你核实一下。"刘琳说。

"既然他说是就是的啦。"林亨里耸耸肩说。

"能不能叫他换个时间、地点?"刘琳看着林亨里恳求道。

"这事你得跟查理说,我们都听他的。"林亨里一脸无奈的样子说。

刘琳若有所思地看着林亨里,说:"好吧,看来你是指望不上了,我只能自己去跟他说了。"说完起身就要走,却被林亨里一把拉住。

"这么久没见面,一见面就要走呀!"林亨里抓着刘琳的手说。

"不然呢?"

"你先坐下。"林亨里示意刘琳坐下,又左右看了看,压着嗓音说:"虽然我不知道你这个消息是怎么得到的,但我敢肯定这绝对不是查理主动告诉你的,除非你也参与这个行动。"林亨里紧盯着刘琳的眼睛,看她的反应。

"我对你们这些活动不感兴趣,"刘琳侧着脸说,"我只是担心晋豪的安全而已。"

"那这个消息就是你偷听到的啰?"林亨里试探道。

刘琳没有回答。

"如果他知道你偷听了他们的行动计划,你可能就会有危险!"林亨里说。

"有什么危险!"刘琳瞅着对方不以为意地说。

"难道你不明白这是非常严重的罪行吗?万一被警方发现了,可是要重判的,你知道吗?"

"既然这样你为什么还要干?"

"今天我们之间的谈话你会跟查理说吗?"

"不会,他不知道我来见你。"

"那就好。"林亨里舒了一口气,看似诚恳地说:"不管你信不信,也不管你如何对我,你在我心里始终是最重要的,我愿意为你做任何事情。"

"少贫嘴,说正经事。"刘琳打断他的话道。

"这件事情我也是被迫无奈。"林亨里说。

"什么叫被迫无奈?牛不喝水按得了牛低头吗?"刘琳呲道。

"不怕跟你说,我一开始之所以跟他合作,一来是因为你,再者是为了钱。"林亨里说。

"怎么又跟我扯上关系了呢?"

"难道你忘了查理是你介绍我认识的吗?"

刘琳想想,觉得也是,但辩解道:"我是介绍你们认识,但没让你们做违法的事情呀!"

"我一开始也没意识到事情会发展到今天这个地步,等我意识到的时候,已经没有退路了。"林亨里追悔莫及的样子。

"什么叫没有退路?直接拒绝不干不就行了吗?"

"你之所以这么想,是因为你不知道我替他都干了些什么,也可能你还不知道查理的真实面目和背景。"林亨里停下来,观察着刘琳的反应。

"我倒不觉得他有什么特别之处。"刘琳冷冷地道。

"你不要被他斯文的外表蒙骗了。"林亨里冷笑道,"查理是一个背景复杂,而且心狠手辣的人,凡是他认为会妨碍到他的人,他都不会手下留情。"

"不要危言耸听。"刘琳冷笑道。

"一点都不危言耸听。"林亨里严肃地说,"就拿这件事来说,尽管我知道后果非常严重,也不得不干。"

"你可以选择报警呀。"刘琳说。

"报警?就冲我以前替他做的那些事,果真报警,我也不会有好下场。"林亨里苦笑道。

刘琳一时无言以对,双方陷入了短暂的沉默。

"你还没告诉我,你是怎么得知这个消息的?"林亨里打破沉默问道。

"我偷看得来的。"

"果然如我所料。"林亨里轻轻拍了一下大腿,"这样的话,你最好不要让他知道你知道这件事,否则你真的会有危险。"

"那我现在该怎么办?"听林亨里这么一说,刘琳仿佛也有些害怕了,皱起眉头问道。

"要制止他,唯一的办法就是报警。"林亨里直盯着刘琳的双眼,试探道。

"我不想报警,我只是不想晋豪受到伤害。"

"那就只能听天由命了。"林亨里往椅背上一靠,舒了一口气道。其实,他真正担心的是刘琳会去报警。

"他不是让你提供炸弹吗?你弄个不会爆炸的炸弹给他不就行了吗?"

"那样的话,他会把我扔到海里去喂鱼的!"

"看来我只能想办法让晋豪不要参加开幕式了。"刘琳无奈地说。

"其他孩子呢?你忍心看着其他孩子无辜受害吗?"

"这又不行那又不行,你叫我怎么办吗?我总不能眼睁睁看着晋豪去送死吧?"刘琳焦急地说。

"你先回去,我想想办法。"林亨里说,"记住了,我们今天的会面和谈话千万不能让查理知道,否则,我们两个都会有生命危险。"林亨里仿佛做出了一个重要的抉择。

刘琳与林亨里自从上次趁查理回英国见过面之后,就再也没碰面了。上次见面,林亨里性格上的变化已经让刘琳深感意外了,没想到这次他的变化更大,简直就像是换了一个人似的。今天这个林亨里已经完全看不到以前那个样子了,说话的语气沉稳了许多。换了以前,无论林亨里说什么,刘琳是绝对不会相信他,但他今天突然给了她一种信任感。听了他的话之后,刘琳竟相信他真的会像他所说的那样去想想办法。

林亨里预订了一张去塞浦路斯的机票,将一切安排妥当之后,就打电话给查理,告诉他东西已经准备好了。查理非常高兴,约定当晚在屯门龙鼓滩一手交钱一手交货。

傍晚时分,当林亨里驱车来到龙鼓滩时,查理的拍档狗公已经带着几个人在一间木屋前等着他了。

"查理没有来吗?"下车后,林亨里环顾了一下四周,问。

"这些事不需要他露面。"狗公道,"东西呢?"

"在车上。尾款带来了吗?"林亨里问。

"在木屋里。"狗公指了指身后的木屋说,"进里面验货吧。"

林亨里犹豫了一会儿,从车尾厢取出一个小皮箱,跟着狗公进入了木屋。

三十八

这天,接受完组织问话后,严男垂头丧气地来到辰锡公司。这里永远都是他心灵和肉体最舒适的港湾,每次来,都会享受到帝王般的待遇。

近来,邱震摇和林亨里都不在,公司里只有李少锡和陈闻洁。陈闻洁虽然不是公司的股东,但也是公司的重要人物。邱震摇不在时,她可以代替邱震摇监管公司的业务运营,这几天货物进出关都是由她负责办理。

一看见严男进来,陈闻洁立马起身相迎。李少锡却并不像邱震摇他们那样,见了严男像老鼠见了猫似的惊慌失措,而是一如既往地指了指茶几,不冷不热地说:"来了?坐,喝茶!"这是李少锡一贯的态度。但严男今天也许是因为心情不好,觉得李少锡是故意怠慢他,心里极度不爽。不过,他无论内心对李少锡多么不满,从来都不敢对他发火。李少锡、邱震摇和林亨里三个人当中,李少锡是唯一没有被严男骂过的人。有些人就是这样子,你越是怕他,他就越是对你颐指气使;你若不怕他,他反而会处处顾虑着你的感受。

但是,陈闻洁的温柔体贴很快就将严男心中的不悦化解了。喝了一会儿茶,由于没有了邱震摇和林亨里左右奉承,严男觉得很没意思,就对着陈闻洁说:"我们去蒸一下吧。"

陈闻洁看了李少锡一眼。李少锡喝了一口茶,不紧不慢地说:"你们去吧,我一人留在公司。"陈闻洁虽然跟他有过好几腿,但对于李少锡这样的公子哥而言,陈闻洁也就是他的一个工具,用过了也就用过了。虽然一开始他对严男横刀夺爱非常不满,但为了生意,他也就忍了。严男喜欢,而她又愿意,那就拿去吧,反正他也不缺女人。李少锡有个习惯,不管什么原因,跟别的男人睡的女人,他是绝对不会碰的。所以,尽管后来陈闻洁私底下多次向他示意,他都没有再搭理她。

严男和陈闻洁先在黄金海岸蒸了个桑拿,做了个泰式按摩,晚上到龙腾每人吃了个鱼翅捞饭和双头鲍鱼,喝了一瓶邱震摇存放在那里的罗曼尼·康帝红酒,陈闻洁饭后还吃了一碗冰糖燕窝。

"要不,今天这餐饭我请你?"饭后,严男用餐巾擦着手说。

"不用你买单,公司专门设有招待你的费用。"陈闻洁说。

"饭后怎么安排?"严男问。

"你说了算。"陈闻洁调皮地说。

"去喜来居吧。"

"好!"

严男同陈闻洁双双进入了喜来居最豪华的总统套房,准备度过一个销魂的夜晚。然而,令他们万万没想到的是,他们的美梦居然没等到黎明就被碾碎了,严男也由此得到了应有的惩罚。

沐浴后,严男与陈闻洁激战了一个多小时。最后,两人都心满意足地安然入睡。

正当他们在彼此的怀抱中做着温柔的美梦时,房间内突然闯进来很多人。陈闻洁首先惊醒,只见十多个身穿制服的人把他们的床围得铁桶似的,有的正举着摄像机对着他们拍摄。这些身穿制服的人,正是海关缉私警察。

一见这架势,陈闻洁顿时吓得三魂不见了七魄,慌忙推醒仍在酣睡的严男。

被从美梦中叫醒的严男似乎还没回到现实,大为不满,揉着惺忪的眼睛,刚要骂人,就被一名干警当头棒喝道:"赶紧起来,把衣服穿上!"

这么一呵斥,严男彻底惊醒了。他一边手忙脚乱地找衣服穿,一边战战兢兢地问:"你们……是哪个单位的?"

"我们是海关缉私局的。"刚才呵斥他的那位干警说。

"海关缉私局?我认识你们王局长。"严男一边穿衣服,一边哆嗦道,"我是严男,严主任,你们王局长跟我关系很好,我可以给你们王局长打个电话吗?"

"没这个必要,你认识谁都没用!"那位缉私警察说,"跟你说吧,今晚的行动正是王局长亲自下的命令!别动歪脑筋了,赶紧穿好衣服,跟我们走。"

几乎与此同时,一队缉私警察敲开了李少锡的家门,把李少锡直接从家里带走了;另一队缉私警察则赶往辰锡公司,将"辰锡"的生产车间、仓库、办公区域等场所全部施封。

缉私警察的这一行动可谓迅速,把严男、李少锡他们打得措手不及。那么,海关缉私警察为何会选择在这个时候采取行动呢?

原来在当天夜里,海关缉私警察在口岸截获了一辆正准备出关的货柜车。根据申报,这辆车装载的是辰锡公司的一批布料,但经开箱查验,发现里面装的是满满当当一整集装箱的名牌包和服装,涉嫌严重伪报且案值数额巨大。缉私警察当即控制了司机和辰锡公司负责押运的人员,并连夜展开审讯。

辰锡公司的押运人员做梦也没想到他们公司的货物居然也会被查,当即就乱了方寸,在威严的缉私警察面前吓得浑身哆嗦,很快就供出严男、李少锡走私的犯罪事实,并将以往的走私行为全都供了出来。这无疑是调查辰锡公司走私犯罪的重大收获。王局长接到报告,已经是凌晨一点多钟,他连警服都顾不上穿,披着一件外套,趿着一双老北京布鞋匆匆回到局里,连夜召集会议,展开行动。

"必须趁辰锡公司的其他相关核心人员获悉消息前采取行动。"王局长兴奋之情溢于言表。

"据我们现场抓获的嫌犯供述,严男参与辰锡公司的走私犯罪活动,而且在该公司持有股份。"情报科郭科长说。

"该是清除这条蛀虫的时候了!"王局长咬着牙根说。

"根据我们的情报,辰锡公司的几个重要成员,目前只有李少锡和陈闻洁在深圳。"郭科长说。

"哦?其他涉案人员呢?"王局长皱着眉头问。

"邱震摇回了老家,操办新居入伙;林亨里前几天回香港后,就一直没有回来。"郭科长说。

"严男呢?"王局长弹了弹烟灰问。

郭科长与下面的情报人员对望了一眼,隐晦地笑了笑,说:"估计此时他与陈闻洁正在喜来居酒店做着美梦。"

王局长哼了一声,冷冷地说:"上级早让我盯住他。那就让他的美梦在今夜结束吧!"

"要不要等等林亨里?"郭科长问。

"等不及了。"王局长果断地掐掉烟蒂,说,"不能因为一条鱼而放弃了一网的鱼。以后再对他进行边控吧!"

紧接着，王局长开始部署行动。他将行动组分为五组：一组留守缉私局总部，负责指挥协调；二组直扑喜来居酒店，将严男和陈闻洁带回缉私局调查；三组负责捉拿李少锡；四组负责查封辰锡公司；五组连夜驱车前往邱震摇老家，在他收到消息前将他控制并带回。

头一天，邱震摇新居入伙，大摆宴席，晚上喝得烂醉如泥，不省人事。也正因为如此，海关查封辰锡时，辰锡公司的一名在逃保安偷偷给他打了十多个电话，企图向他通风报信，他都全然不觉，一个电话都没有接听。上午将近十点钟，当海关缉私警察出现在他床前时，他仍在呼呼酣睡。

为免惊动当地村民，引起不必要的麻烦，缉私警察悄无声息地把邱震摇带上了警车，马不停蹄，直接赶回了深圳。至此，辰锡走私集团除了林亨里外，已悉数落网。

人虽已抓获，但无论是严男、李少锡，还是邱震摇和陈闻洁，个个都矢口否认参与了走私。特别是严男，从一开始就装出一副无辜的样子，信誓旦旦说自己跟辰锡没有半毛钱的关系。

在严男铁了心要抵赖到底的时候，他的后院起火了。当他的老婆得知，他是在喜来居酒店总统套房内与陈闻洁裸睡在一起时被抓获的，那个老女人就像往滚烫的油锅里倒入了冷水，立马炸开了花！

"我跟了他几十年，连7天酒店他都没请我住过，他居然和一个婊子住喜来居酒店，而且还是总统套房！在他心里，我还不如个婊子。既然他不仁，就别怪我不义。"他的老婆情绪近乎崩溃，骂道，"什么喜来居、总统套房？我让他牢里蹲、坐班房！"

严男的老婆当即向海关缉私局举报了严男的走私犯罪事实，并提供了确凿的证据。

枕边人供述的证据，件件都是铁证，严男想抵赖都抵赖不了了。

见抵赖不了，严男就打起了同情牌，恳求王局长能对他网开一面。

"看在往日的情分上，您就网开一面，可怜可怜我，给我留条生路吧。"当王局长把从他老婆那里采集到的部分证据展示给他看时，严男哭哭啼啼地哀求道。

"少来这一套！"王局长厉声喝止道，"首先，我跟你并没有什么情分可言，即使有，我也不会帮你，也帮不了你；再者，你的所作所为，并非可怜，而是可恶。这么好的环境，就被你们这么一小撮人搞得乌烟瘴气。你现在唯一的出路不是求我，而是坦白。"

严男后院起火，防线全线崩溃，自知再也无法抵赖了，最终不得不向海关缉私局的办案人员详尽供述了走私犯罪的事实。

有了严男提供的证据，李少锡、邱震摇、陈闻洁等如摧枯拉朽般招供，赖无可赖，只得认罪。

至此，辰锡公司走私犯罪的事实清楚，证据确凿，下一步就等做齐材料后移交检察机关了。

三十九

海关缉私局在找林亨里，刘琳也在急着找他。自从上次在咖啡厅与林亨里分手后，刘琳就一直联系不上他了。2月1日临近，晋豪他们的书画展就要从深圳移展香港会展中心了。然而，如何应对查理将要在会展中心制造的爆炸，确保晋豪的安全，刘琳依然毫无头绪。她原本把希望寄托在林亨里身上，他却突然玩起了失踪。刘琳又急又恨，暗自道："那天看他一本正经的样子，还以为他真的会想办法呢。看来，是指望不上了。"

正当刘琳急得如热锅上的蚂蚁时，晋豪给她打来了电话。假期这段时间晋豪一直在深圳，他们母子已经很久没见面了，甚至连电话也没多打。从这点刘琳已完全感觉到了晋豪的变化。以前,晋豪总是离不开她,不在一起时,一天几个电话。现在,即使长时间不见面,如果非必要,他居然可以电话也不给她打一个了。对此,刘琳一方面感到有些失落,但另一方面又有一种解脱的感觉。以前,她总担心晋豪离不开她,所以做什么事都有所顾虑。现在看到他越来越像个大小伙,越来越有主见,越来越独立,想到再也不必为他的生活和未来担忧了,她觉得自己的使命已经完成,内心的负担也就放下了。

"妈咪,后天你能来会展中心参加我们展览的开幕式吗?"晋豪在电话里问。

听晋豪这么一说,刘琳才猛然醒悟,后天就是2月1日了!她顿时慌了神。

"你能不能不去参加开幕式?"慌乱中,刘琳脱口而出。

晋豪一听,触电似的僵了一会,问:"妈咪,你说什么?"

"嗯……妈咪是说你能不能不参加后天的开幕式?"刘琳吞吞吐吐地重复道。

晋豪本来是要邀请妈咪参加开幕式的,没想到却被当头浇了一盆冷水。他不解地问:"为什么?"

"嗯……后天……妈咪正好有一个非常有意思的活动,妈咪想带你一起去。"刘琳谎称道。

晋豪没有说话,默默地把电话挂了。

刘琳急得连喂了数声,然后重拨了回去,但晋豪没有接听她的电话。刘琳意识到自己伤了晋豪的心,又急又懊恼。晋豪不接电话,她便拨打了陈熙怀的电话,但对方的电话一直处于关机状态——陈熙怀出国考察仍未回来,在国外他启用了另外一部手机。

"这可怎么办呢?"刘琳在屋内急得团团转,"如果实在不行,只能求查理了。"她想。

查理不在家,这几天他一直在外面没日没夜地忙,估计是在为2

月1日的爆炸做准备。

刘琳独自在查理的公寓里一直煎熬到了晚上将近十二点，才等回了查理。

查理一看刘琳的神色，就感觉不对劲，问："怎么啦，亲爱的，身体不舒服？"

刘琳又急又怕，不知该如何开口，犹豫了好一会儿，才吞吞吐吐地说："我想求你一件事。"

查理上前搂着刘琳的腰，在她额头上亲了一下，微笑道："亲爱的，你什么时候变得这么生分了？有什么事你尽管说好了，无论什么事我都会答应你的，这你是知道的呀！"

"真的吗？"刘琳将信将疑道。她双手撑着查理的前胸，看着查理的眼睛说："那我就说了？"

"说吧。"查理肯定地点了点头。

"2月1日你们能不能不要在会展中心制造爆炸？那天晋豪在那里出席展览活动，我担心会误伤到他。"刘琳鼓足勇气说道。

让刘琳没有想到的是，查理听了她的话，脸色突变，适才还充满爱意的脸霎时蒙上了一层冰霜。他双手抓着刘琳的肩膀，冷峻地瞪着她的眼睛，阴沉地问道："这是谁告诉你的？"

刘琳被查理的反应吓得脑子里一片空白，不知所措，慌乱中指了指保险柜。

"你偷看了我的保险柜？"查理恼怒中带着恐惧，情不自禁地厉声问道。

刘琳从未见过查理这种表情，吓得几乎窒息，一句话都说不出来。

查理使劲地吸了几口气，极力克制住情绪，缓了缓语气，紧瞪着刘琳的眼睛，问："还有谁知道？你还告诉了谁？"

刘琳机械地摇了摇头，支支吾吾道："没……有……"

"确定？"查理拧紧眉头，眼睛死死地盯着刘琳。

"真没……有。"刘琳再又摇头道。

查理这才松了一口气,随即笑道:"好,答应你,不炸了!"转而用严厉的语气叮嘱道:"记住,这件事到此为止,千万不要跟任何人说。"

听查理这么说,刘琳才如释重负地吐了一口气。她用手掌不停地抚着自己的胸口,一边喘气一边点了点头。

"那好。"查理拍了拍刘琳的肩膀说,"我马上打电话叫他们停止行动。"说完,转身出门打电话去了。

不一会儿,查理回到屋内,一脸轻松地耸了耸肩说:"取消了,不用担心了。"并上前搂着刘琳,轻轻拍了拍她的背,"不用担心了,快上床睡觉吧。"

约莫过了半个小时,查理的手机突然响起。查理按下接听键,听对方说了一句话,没做任何回答就挂断了电话,快步朝门口走去。

"这么晚,谁呀?"刘琳看着查理的背影,疑惑地问道。

"一个朋友送点东西过来。"查理头也不回地应道。

查理打开门,进来的是一身黑色便装、头戴黑色鸭舌帽的狗公。他手里还拖着一个超大的黑色行李箱。见面后,二人并没有任何交流。

查理朝睡房内的刘琳喊道:"琳,你出来一下。"

"什么事?"刘琳答应了一声,裹着一条大毛巾,欢快地从睡房走出来。她刚踏出睡房门,猛地看见一支喷雾状的东西正对着她的脸,拿喷雾的正是狗公。没等刘琳反应过来,狗公轻轻一按喷剂,一阵烟雾喷在了她的脸上。刘琳来不及哼一声,就像一个布娃娃似的松垮垮地倒在了地板上。

查理和狗公合力将刘琳塞进了狗公带来的黑色行李箱。在搬动刘琳的身体时,狗公触碰到了刘琳软绵绵的乳房,不由得心生淫意,一个邪念随着血液猛地涌上了他的天灵盖。

"把她处理好,不要留下任何痕迹。"拉上行李箱的拉链后,查理搓了搓手说。

"我会的。"狗公往下拉了拉鸭舌帽,拖着沉甸甸的行李箱下了楼,打开停在路边的一辆面包车,将装着刘琳的行李箱搬上了车,驾车消失在夜色中。

一路上,狗公不停地回头看着那个行李箱,满脑子都是刘琳火辣的身躯和软绵绵的双乳。这么好的东西不尝尝就扔掉,实在可惜。狗公心想,脑海里翻腾着淫邪的画面。

狗公载着刘琳来到了龙鼓滩,进入了上次与林亨里交易的那间木屋,打开行李箱,借着手机电筒微弱的光,把刘琳浑身看了个够,心想:这女人真美呀!狗公本是一个社会最底层的混混,哪有如此真切地触碰过此等尤物?此时的他早已欲火焚身,他掀开刘琳的衣服,猴急地趴了上去……

第二天,刘琳清醒过来时,惊恐地发现自己被铁链拴在了一个完全封闭的房间内,嘴上粘着胶纸。她努力寻找记忆,想弄清楚究竟发生了什么事,但她的记忆只能追溯到查理搂着她的腰,亲吻着催促她上床睡觉的那一刻。"查理!我亲爱的查理呢?"刘琳极力想呼喊,但嘴被胶纸封得紧紧的,根本喊不出来。

刘琳虽然记不起自己为何会身处此境,但有一件事却记得非常清晰,那就是晋豪他们的书画展,以及查理要在书画展开幕当日制造爆炸的事。这让她焦急了一会儿,不过,她马上又记起查理已经答应她取消爆炸行动。"看来,这事不用担心了,查理答应过我的事就一定会办到的。"这么一想,刘琳欣慰地吐了一口气:晋豪的事是不用她担心了,该担心的倒是她自己!

就在刘琳惶恐之际,门开了,进来一个体形高瘦、眉骨暴突、颧骨隆起的中年男子。此人正是狗公——刘琳并不认识对方。

看样子,狗公是来给刘琳送吃的。他把食物连同自己的手机放在一张小木桌上,在身上搓了搓手,面无表情地看了刘琳一眼,拿起一瓶水走到刘琳面前，拧开瓶盖，撕去封住刘琳嘴巴的胶纸，将瓶口撑入刘琳口中。此时的刘琳早已唇干舌燥，已顾不上害怕，一口气喝了半瓶水。待刘琳喝完水后，狗公指了指小木桌上的食物，大概是让刘琳吃。刘琳哪有心思吃，她蜷缩成一团，两眼直瞪着自己的脚趾，浑身发抖。

狗公摇了摇头，把刘琳的嘴巴重新封上，解开拴住刘琳的绳索，像拖着一头待宰羔羊似的，将刘琳拖进浴室。浴室没有浴缸，只有一个花洒。狗公把刘琳的衣服剥掉，用花洒帮她冲浴，边冲边用手抚搓她的身体。刘琳一开始还拼命挣扎，但渐渐地体力耗尽，也就不再反抗了，任由狗公那双粗糙的手在她的躯体上来回滑动。

见刘琳安静了下来，狗公又撕去了封在她嘴巴上的胶纸，说："只要你不吵闹，就可以不封嘴巴。"

就在这时狗公的手机响了，他当着刘琳的面快速瞟了一眼来电显示，就在这一瞬间，刘琳清晰地看到手机屏幕上显示"查理"二字，顿时如同遭受了电击，浑身热血沸腾，感觉一下子又活了过来。

狗公瞟了她一眼，拿着电话匆匆走了出去。

不一会儿，狗公回到屋里，把刘琳从床上解了下来，将她重新拴在一旁的水管上，并扔给她一条床单，这次没有封住她的嘴巴。

"不要叫喊，这是地窖，叫喊除了给自己制造噪声外，不会有人听见的，"狗公阴森森地说，并指了指小木桌，"食物和水都在那里。"说完就离开了。

刘琳几乎都没有听进去对方在说什么，满脑子都是刚才看到的来电显示的那两个字："查理"！此"查理"不会就是彼"查理"吧？刘琳心里激烈地打着鼓。不会的，叫查理的人多着呢！不对，这事还是要弄清楚。刘琳心里不停地来回倒腾着。也正因抱着要弄清事实的强烈愿望，给了她一丝生存下去的念头。她爬到小木桌旁，强迫自己啃下了桌面上的食物。

刚才打电话给狗公的确实是刘琳"亲爱的"查理。明天就是见证"奇迹"的时刻了,查理要与狗公好好商量一下行动的具体细节。为免目标太大,走漏风声,这件事由狗公独自一人负责实施。

　　查理把狗公叫到了他的公寓里。没有了刘琳,公寓就剩他自己一个人了,做什么事感觉方便了许多。

　　"那件事办妥了?"见面后,查理首先问狗公。他指的是刘琳的事。

　　"办妥了。"狗公避开查理的目光,答道。

　　"行李箱里放重物了吗?"

　　"放了两个十公斤的哑铃。"

　　"嗯,不要中途浮起来就行。"查理略显放心地说,瞟了狗公一眼,"你身体不舒服吗?怎么一夜之间感觉整个人蔫了似的?"

　　"拉肚子。昨晚拉到现在,停不下来。"狗公撒谎道。

　　"要吃药。"查理用怀疑的眼神瞟了狗公一眼,装着不经意地提醒道。

　　"吃了。"狗公捂了捂肚子应道。

　　"那个爆竹维修好了?"查理问。爆竹是指炸弹。

　　"放心,把连接手机的那根引线插上去就行了!"狗公不以为意地说。原来,林亨里交来的炸弹居然没有连接遥控引线。

　　"没想到林亨里那个王八蛋竟然敢糊弄我们!"查理咬牙切齿道。

　　"他那点小把戏难不倒咱们。"狗公冷笑道。

　　"已经放到指定位置了?"查理问。

　　"安置好了,明天等他们人齐后,一拨打电话就可以引爆了。"

　　"嗯,那就好。按照他们的议程,开幕仪式上午十点钟开始。"查理说。

　　"我会提前到场,根据现场情况选定最佳引爆时机。"狗公说。

　　"拜托了。"查理拍了拍狗公的肩膀说。

四十

陈熙怀是在书画展的前一天赶回深圳的,他要在第二天陪晋豪参加书画展的开幕式。

"妈咪参加吗?"陈熙怀问晋豪。

"她说她要参加另外一个活动,还想让我跟她一起去呢。"晋豪噘着嘴巴说。

"再给她打个电话核实一下吧。"陈熙怀皱了皱眉头说。

"打过了,打不通,显示手机不在服务区内。"晋豪无奈地说道。

"深圳展不来也就罢了,香港展也不来,太不像话了!"陈熙怀气愤地说道。

"没关系的,爹地,随她吧!她自己开心就好了。"晋豪反过来安慰陈熙怀说。

听了晋豪的话,原本满肚子怨气的陈熙怀也释然了。他欣慰地拍了拍儿子的肩膀,感慨地说:"长大了!"

李国荣比陈熙怀回来得还要早,他一听说李守忻旧病复发住院了,立马就赶回来了。

陈熙怀是回来后才得知李守忻发病住院的事的。他第一时间前往医院看望,但令他惊愕的是,李守忻竟然已经卧床不起了。病情发展得如此迅猛,出乎大家的意料。

2月1日当天,深圳这边的主办单位组织深圳的参展小书画家统一包车前往香港会展中心出席开幕式。李国荣、陈熙怀等则乘坐自己公司的车自行前往。作为策划者之一的李守忻因身体原因无法参加,只能由女儿李妮代为出席了。

上午十时,在香港会展中心,深港澳三地代表在一片喝彩声中剪断了展厅门前的彩带,标志着三地青少年书画作品联展香港的展览正式拉开了序幕。紧接着是三地主管官员及小书画家代表轮番上台致辞。晋豪、斌仔和建芳分别代表三地小画家上台发言。

查理从早上开始就一直端坐在电视机前，留意新闻报道。十点钟，当电视直播书画展的开幕式时，他的心都快要跳到喉咙了。他屏住呼吸，等待马上就要炸响的惊天一爆。但直到开幕式结束，嘉宾散尽，都不见期待中的爆炸。他又急又恼，当即拨通了狗公的电话。

"怎么回事？活动都结束了，怎么不见放烟花？"查理气急败坏地问。要知道，这件事他可是向国外的主子汇报了的，他远在国外的主子此时此刻想必也正在电视机前等待惊天的一爆。

"不知道呀，我使劲拨打烟花上的电话号码，就是不见反应呀。"听得出，狗公也正急得团团转。

"这点小事都办不好！"查理气得将电话狠狠地摔在一边，没想到自己精心策划、付出了巨大代价的爆炸行动，居然是个哑弹。这回果真是开了个国际玩笑。

愤怒过后，查理开始查找原因。问题出在哪儿呢？林亨里本来在交付的炸弹上动了手脚，拔掉了遥控引线，但这已经被他们发现并排除了，修复后的炸弹是可以正常引爆的。那问题会不会出在狗公身上？整件事都是他亲手落实的，他有没有可能背叛自己呢？在事实真相水落石出之前，一切皆有可能。查理想，昨天见到他时，就觉得他目光闪烁、神不守舍，当中肯定有鬼！查理于是再又给狗公打电话，催促他想办法把炸弹拿回来，检查一下，看看问题出在哪里。

此时的狗公也非常沮丧，查理承诺事成之后给他二十万港币酬劳，现在打水漂了。傍晚时分，狗公按照查理的指示，乘人不备，把炸药包偷偷取了回来。不过，他回到荒郊住处，打开炸药包时，发现他放置的炸药包居然变成了一包泥土。显然，炸药已经被调包了。狗公慌忙向查理汇报，告诉他炸药被调包了。查理一听，肺都气炸了："你保存好那包东西，我马上过来看看！"

听说查理要过来，狗公非常紧张。要是被查理发现刘琳还活生生地在他家里，那可不得了。怎么办呢？干脆现在就把她弄死算了。狗公心头掠过一丝杀气，但又实在不舍得。狗公关上大门，回到关押刘琳的地窖。

刘琳裹着床单蹲坐在原处，看上去比之前平静了许多，似乎不怎么害怕了，但显得非常憔悴。见狗公进来，刘琳瞟了他一眼，随即将目光移向自己的脚趾。

狗公在床沿坐下，失神地看着刘琳，内心激烈地斗争着，该如何处理刘琳呢？这么美的人，丢海里实在可惜！

刘琳又瞟了狗公一眼，冷冰冰地说："你杀了我吧，我不想活了。"

"别嘴硬，把老子惹烦了，现在就成全你。"狗公哼道。

刘琳把脸侧向一边，过了一会儿，仿佛在自言自语："你认识查理吗？"

"别问那么多！知道得越多，死得越快！"狗公威胁道。

"这里是什么地方？"刘琳没有理会他，继续问道。

"这是我在郊外的一个土宅，周围都是荒山野岭，没有人会发现你的。别想那么多，更别想逃跑。老实点，把我伺候好了，我就让你多活几天。"狗公说。

"我根本就不想活了，更没想过要逃跑，你认识查理吗？"刘琳轻声问道。

狗公没有回答刘琳的问题，沉默了一会儿，说："等会有个人要过来，如果你不想死的话，就不要发出声响。"狗公把刘琳重新拴到水管上。

"什么人？"

"一个要取你性命的人。"

刘琳不置可否地机械地点了点头。

狗公把地窖的门锁上，回到地面。此时已是夜晚，狗公刚把屋内的杂物收拾妥当,就看见远处弯弯曲曲的山道上有一辆汽车颠簸着朝他这边驶来。狗公猜那肯定是查理了。

狗公猜得没错,来的正是查理。查理把车直接开进院内,停在狗公那辆面包车旁边。他是独自开车过来的。

狗公极力控制住慌张的情绪,露出很沮丧的样子,迎了上去。

"那玩意儿呢?"一见面,查理就问。

"在这。"狗公把查理带到杂物房,指着地上的一包东西说。

查理小心翼翼地翻看了一下那包东西,里面装着的的确是泥土。

"怎么会出现这样的情况?你确定当初放置的不是这包东西?"查理恶煞星般眼瞪狗公,质问道。

"老板你这是在怀疑我吗?"狗公反问道。

"你能告诉我,问题出在哪里吗?"查理缓了缓语气问。

"显然有人发现了我们的行动。"狗公终于说了一句明白话。

"既然有人发现了我们的行动,为什么不直接让警察逮捕我们?"查理问,脑海里立马想到了刘琳,心想,会不会是她给警察报的信?

"谁知道呢?"狗公耸了耸肩说,"也许他们觉得还没到动手的时候吧。"

狗公这句话也许只是随口而出,但在查理心里狠狠地扎了一下,使他猛然感觉到有一双隐形的眼睛在默默地监视着他们。这么一想,查理忽然变得焦躁起来,不过他并没有马上要离开狗公住处的意思,仿佛还有什么事没有处理完似的。他站在院子中间,四周环顾一圈,带着试探的语气说:"你这里荒山野岭的,屋里藏些什么恐怕都不会被人发现。"边说边往屋里走去。

"看老板你说的,我能藏什么呢?"狗公说,脸上笑嘻嘻的,心里却咚咚地打着鼓。他不想让查理进屋,但又不好阻止他。

查理进到屋里,像侦探似的在每个房间踱了一遍,没有发现什么,但似乎并不死心,回到客厅后,机警地环顾一周,故意大声说:

"之前听说你这边有很大的一个地窖,怎么也不带我参观一下?"

"地窖已经多年没有使用,都积满水了,又脏又臭,没什么好看的。"狗公吓了一跳,连忙说谎道。地窖的事他有一次酒后在查理面前提起过,没想到他居然还记得。真是言者无意听者有心呀!

"不会吧?怎么可能进水呢?"狗公越是不想让他看,查理就越觉得可疑,越是想看,于是更大声地嚷道。谁知,他话音刚落,屋内某个角落就隐约传来呼喊声。"什么声音?"查理触电般反应道。他侧耳细听了一会儿,然后顺着声音传来的方向走去。

狗公知道事情要败露了,紧张得直冒冷汗。

查理站在地下室门前,推了推那扇上了锁的铁闸门,盯着狗公逼问道:"谁在里面?"也许是里面的人听见了外面的动静,又大声呼喊:"救命!"

狗公无可奈何地摇摇头,从牙缝里挤出两个字:"刘琳。"

查理一听,顿时暴跳如雷,对着狗公当胸就是一脚,骂道:"果真被我猜到了。你想干什么?这样的事情你都做得出来?"

狗公被踢得瘫坐在地上,羞愧地低着头,一句话也不敢说。

查理并没就此住手,上前对着狗公又是一脚,接着从身上拔出一把匕首扔在地上,命令道:"马上解决她!"

狗公看了看那把匕首,无力地摇头道:"我下不了手。"

"你怎么这么傻?这个婊子不死,死的就是我们!"查理压着声音,咬牙切齿道,"我们这次行动失败说不定就是她给警察报的信。"

"不可能。她对你可痴情了,她还指望你来救她呢!"狗公说。

"你懂个屁!赶紧杀了她。"查理命令道。

"我不干,要杀你自己动手。"狗公把心一横说。

"这么多钱真是白花了!"查理气得上蹿下跳,却拿狗公没有办法。这时,里面的呼救声不断传出,查理怒气冲冲地捡起地上的匕首,割了一块窗帘布蒙住了脸,几脚踹开地窖的门,踩着石阶蹦了下去，冲到刘琳面前。

查理虽然蒙着脸，但刘琳还是一眼就认出了他。她捂着身体，羞愧地低下了头，声泪俱下。

查理瞪着刘琳，咬着牙，一言不发，冲上前对着刘琳举刀就刺。刘琳本以为查理是来救自己的，毫无心理防备，被连刺了两刀，伴随着喷涌而出的血液，她发出了撕心裂肺的哀号。

狗公实在忍无可忍，冲进地窖，一把抱住查理，大声斥道："够了，放过她吧！"边说边把查理往外拽。

如果在平时，狗公要制服查理应该是勉强可以应付的，但这两天，他已在刘琳身上耗尽了元气，身体极度虚弱，根本控制不住查理。查理一把将他推开，咬咬牙，对着他的腹部就是一刀。

狗公没想到查理居然会对他下毒手，惊愕中捂着伤口跌跌撞撞逃出地下室。但查理似乎也要置他于死地，持刀一路追过来。狗公身中数刀，跌倒在堂屋。

查理把狗公踩在脚下，满脸凶狠地说："失去了忠诚，就是一文不值的垃圾！既然你这么喜欢她，今天我就让你们一同葬身于此吧！"说完，举起匕首对着狗公的胸口猛刺。然而，就在他的匕首刺向狗公的时候，狗公用尽全身力气，对着他的裆部一脚踹去，查理痛得眼前一黑，跪倒在地。狗公连滚带爬跑进厨房，取了一把锋利的菜刀转身扑向查理。剧痛后的查理刚缓过气来，恼怒地举着匕首迎向狗公⋯⋯

四十一

开幕式结束后，陈熙怀带着晋豪去看望外婆。晋豪外婆这两天也没有接到刘琳的电话，但并不以为意。她知道刘琳在外面有男人，也知道那男人是谁。近来刘琳一直跟那个男人在一起，甚少回家,只是偶尔打个电话回来问候几声。她三番四次劝导刘琳,叫她珍惜眼前人,不要去追逐那些虚无的东西,但刘琳油盐不进,任凭她怎么说都无济于事。

离开岳母家后,陈熙怀和晋豪与李国荣、建武他们会合,充当他们的向导,陪同他们到香港各处转悠了一圈。

当晚,正当陈熙怀父子陪同大家在尖沙咀一家餐厅用餐时,墙上的电视插播了一则突发新闻:晚上八时左右,位于大尾督的一栋独立村宅发生了一起凶杀案,警方在案发现场发现两具男性尸体,并在该建筑的地窖内发现一名受伤昏迷的女子,该女子已被送往玛嘉烈医院抢救。案件的具体案情,警方还在进一步调查之中。

正当大家对新闻报道议论纷纷的时候,陈熙怀接到了岳母打来的电话。电话里,老人家哭哭啼啼地告诉陈熙怀,警方刚通知她,刘琳出事了,正在玛嘉烈医院抢救。

至此,陈熙怀才恍然大悟,刚才新闻里的主角居然是刘琳!陈熙怀和晋豪来不及与大家道别,就慌忙赶往医院……

刘琳身中两刀,所幸没有伤及要害,只是失血过多昏迷了而已,经医院抢救,目前已脱离生命危险。

查理和狗公在互砍中,都把对方给杀死了。查理的死信传到了国外,他的妻子匆匆赶来,虚张声势,企图恶人先告状,但因所有证据都对她不利,最后她连查理的骨灰都没有领取就悻悻回去了。

案发后的第三天,香港警方接获市民报案,在大浪西湾发现了一具高度腐烂的男尸。尸体被装在一个黑色行李箱里,行李箱内同时还放着两个十公斤重的哑铃。据法医鉴定,死者死亡原因是头部受到重物撞击导致颅骨破裂。

经警方调查,最终确认死者是香港市民林亨里。警方根据林亨里生前的通信记录以及活动轨迹,很快就查清了他与大尾督凶杀案中两名死者查理和狗公以及刘琳的关系,并迅速侦破了这宗谋杀案。警方顺藤摸瓜,发现了查理他们在会展中心制造爆炸未果的案情，抓获了提供炸弹的嫌疑人。不过，根据提供炸弹的嫌疑人交代，他交给林亨里的炸弹是完全可以遥控引爆的，那么究竟是谁暗中把炸弹置换了呢？警方在进一步调查中了解到，就在书画展开幕前，曾有特殊身份人员对会展展厅做了地毯式的安全检查，会不会是他们发现并排除了炸弹呢？但对方没有给出明确答复。

历时两周的深港澳少年书画联展香港展览结束了，下一站将移至澳门。在闭幕仪式上，主办方特意安排了一个放飞和平鸽的活动，来自深港澳三地一百多名少年聚集会展广场，手捧和平鸽，跟着音乐旋律，一起将手中和平鸽，将祝福与期盼，抛向蓝天……

活动结束，当陈熙怀父子随同参加活动的人群兴高采烈地走出会展中心时，晋豪突然收住脚步，拉了拉陈熙怀的衣服，指着马路对面，说："爹地，你看。"

陈熙怀顺着晋豪示意的方向望去，马路对面一个身穿黄色罩裙、头戴黄色丝巾的女子正站在路边，静静地看着他们。在步履匆匆的人流中，她就像是湾区海岸上的一棵病树。在她的四周长着高大挺拔的梧桐，诠释着"梧桐生矣，于彼朝阳"。

"刘琳！"陈熙怀脱口而出。

没错，对面站着的正是晋豪的妈咪刘琳。不知道她是来晚了还是因为愧疚而不敢进入，她错过了联展的闭幕盛典。

病榻上的李守忻知道展览在香港圆满结束，深感欣慰。他昨天收到了月月的来信，信中说，她妈妈已经回家了，一家人终于团聚了。爸爸好高兴，竹器厂生意很好，她的学习成绩又进步了……

这时，李革命拎着一个胶袋走进病房，取出一个硬皮本递到李守忻面前，问："你说的是这个本子吗？"这是李守忻托他从家里拿来的。

李守忻点了点头，颤巍巍地接过来，翻开，本子上密密麻麻记着许多名字和地址,"这些是我一直资助的学生,当中的二十个大学生,这两天需要给他们汇生活费了。上面有标注,我走不动了,你去替我办一下吧。"李守忻说,从床头柜摸出一个信封,连同硬皮本一起递给李革命,"这是我的银行卡和身份证,密码是我的生日。"

李革命接过父亲递来的东西,心情沉重,欲言又止。

"这件事以后只能交给你了,要确保他们顺利完成学业。"李守忻补充道。

李革命将硬皮本放回胶袋,叹了一口气,道:"安心养病吧。"转身走出病房。

离开医院后,李革命径直来到就近的银行,按照本子上的名字和金额逐一转账,但转到第十六位学生时,发现卡里余额不足。李革命知道,这可是父亲的分红及工资收入卡,每月打入此卡的钱并不少,却居然一点不剩,真是不可思议!李革命微微笑了笑,掏出自己的银行卡……